华 章
传奇派

品味无限不循环的人生

犯罪动机 ①

靠近你成为你

戴西 —— 著

重庆出版集团　重庆出版社

图书在版编目（CIP）数据

犯罪动机.1,靠近你成为你/戴西著.— 重庆：
重庆出版社,2024.3
ISBN 978-7-229-17835-2

Ⅰ.①犯… Ⅱ.①戴… Ⅲ.①推理小说—中国—当代
Ⅳ.①I247.5

中国国家版本本馆CIP数据核字（2023）第 146397 号

犯罪动机1：靠近你成为你
FANZUI DONGJI 1：KAOJIN NI CHENGWEI NI

戴西 著

出　　品：	华章同人
出版监制：	徐宪江　秦　琥
特约策划：	乐律文化
责任编辑：	王昌凤
特约编辑：	曹福双　高惠娟
营销编辑：	史青苗　刘晓艳
责任校对：	张铁成
责任印制：	梁善池
封面绘图：	非　鱼
封面设计：	DOLPHIN Book design 海豚 QQ:592439371

重庆出版集团
重庆出版社 出版
（重庆市南岸区南滨路 162 号 1 幢）
三河市嘉科万达彩色印刷有限公司　印刷
重庆出版集团图书发行公司　发行
邮购电话：010-85869375
全国新华书店经销

开本：880mm×1230mm　1/32　印张：10.75　字数：220 千
2024 年 3 月第 1 版　2024 年 3 月第 1 次印刷
定价：49.80 元

如有印装质量问题，请致电023-61520678

版权所有，侵权必究

目录

楔　子		1
第一章	声音	3
第二章	动机	41
第三章	鬼影	79
第四章	背叛	129
第五章	谎言	162
第六章	幻象	224
第七章	罪之书	248
第八章	抛弃	281
第九章	轮回	315
尾　声		332

楔子

恶魔通常只是凡人并且毫不起眼,他们与我们同床,与我们同桌共餐。

夜风中飘来一股幽幽的白兰花香，我贪婪地嗅着，生怕错过一丝一毫这世界上最美妙的气味。

我期待这一刻的到来，我朝思暮想，终于看见了你。

屋内，我屏住呼吸，站在你身后，看着你纤细修长宛若天鹅般的脖颈高傲诱人，不由自主地发出了一声叹息。

你透过面前的镜子看到了身后隐匿在阴影中的我，虽然我已经竭力表现出足够的善意，但是你仍然惊恐地瞪大了双眼。你的眼神分明是在告诉我，我就是个怪物，你害怕我……

就在那一刻，我突然闻不到白兰花的香味了。心中紧紧包裹着的欣喜不断下坠，沉入无尽的深渊，莫名的悲伤让我的心瞬间陷入了慌乱，我变得无法控制自己的情绪，而你刺耳的尖叫声更是让我愤怒无比。

我必须得阻止你，不惜一切代价。

你为什么要叫？在我的世界里，没人有叫的权利。

嘘！好了……好了……

虽然花香没了，但是我会陪着你的，只要你安静下来，一切就都会变得非常容易。但这浓烈的血腥味让我恶心想吐。好吧，我这就去清扫干净，别生气。

妈妈。

第一章 声音

有人说,时间可以治愈一切。我不这么认为。伤口一直存在着,意识为了保护神智,会用伤疤覆盖,减轻伤痛,但它永远不会消失。

2004年5月。

暮色沉沉,二十米开外的路灯忽明忽暗,来往的车辆不断地呼啸而过。

已经很久没下雨了,空气中弥漫着汽油和金属摩擦的气味。国道上来往的车辆似乎从未中断过,车速都很快,车轮碾压过路面的刹那,一阵尘土飞扬。

"……78、79、80……"

阴影中的他佝偻着背倚靠在地标柱子旁,像极了一条疲惫的流浪狗,双眼紧闭,嘴里不断叨咕着,脸上写满了深深的倦意。

他嘴唇时不时地哆嗦一下,再次睁开布满血丝的双眼时,怀里依旧紧紧搂着那只破旧的帆布包,而他惴惴不安的目光则在眼前的车流和自己脏兮兮的鞋面上来回游荡着。

"……82、83、84……"

嘶哑的嗓音几乎掏空了他混乱的脑海,他显然意识不清,不知道自己为什么还能站在那儿,而不是已经彻底瘫倒在地。

他太累了。

目光扫过脚边水泥柱子上用红色油漆写的地标数字，这个标记他已经再三核对无误。路基前方是一片漆黑的荒野，远处摇曳的灯光与夜空紧紧融为一体，就好像从未分开过一般，令人窒息。

"……98、99、100。"

终于数完了，他艰难地深吸一口气，随即便是一阵剧烈的咳嗽，喉咙中夹杂着的浓烈的铁锈味让他作呕。但他手上的动作没有丝毫懈怠。强忍着喉咙的不适，他匆匆把胸前的帆布包放在距离地面不到七十厘米高的水泥柱子顶上。

水泥柱子顶上只有手掌那么宽的地方，用来放这个破旧的帆布包刚刚好。

做完这一切后，他疲惫极了，抬手看了一眼手表，便转身头也不回地快步向不远处不断闪烁着的路灯走去。那下面停着自己的车，车内亮着灯，引擎一直都没有关。

他迅速收起了车后方马路上的红色三角停车反光标识，顺手将它丢进车后座。正要拉开车门的时候，裤兜里的手机突然传出了刺耳的铃声。他整个人犹如触电一般立刻接起电话："喂喂，我都照你说的做了，我……"

电话那头却只传来一句冰冷的话语："愣着干什么，马上离开那个地方！"

"等等，别，别挂电话，我都照你说的做了，那佳佳呢？佳佳在不在你身边，我想听……"话还没说完，电话就被挂断了。

一阵彻骨的寒意袭来，他忍不住哆嗦了一下，却还是立刻拉开车门钻了进去，一刻都不敢耽误。

车子在飞速前行，手机放在了副驾驶座上，因为他怕错过电话，但他心中的不安却愈发强烈起来。

就在这时，一辆对向行驶的黑色运动型汽车与他的车交错而过，对方突然加速并向左猛打方向盘，轮胎摩擦地面发出尖锐刺耳的声音。这无疑是冒险之举，但司机丝毫没有犹豫的迹象。车头蹿入这边车道的刹那，黑车驾驶座所在位置的车门应声打开，漆黑一片的车内伸出一只手刚好抓住了柱子顶上的帆布包，距离和角度都被计算得分毫不差。在即将撞上柱子时，车门被迅速关上，发动机低吼，黑车飞驰而去。

从黑车出现到离去，只有不到六秒钟的时间。

与此同时，一辆正向行驶的银灰色小面包车迎面而来，面对这辆突然高速行驶的黑色汽车，司机出于本能猛打方向盘避让，结果车速失控，整辆车直接冲下了高高的旱桥防护栏。车子的红色尾灯在无边的黑暗里划出了一条可怕的抛物线，瞬间又消失得无影无踪。

车祸产生的连锁效应是显而易见的，后面的车辆司机纷纷踩了急刹车，接连响起的追尾碰撞声让本来寂静的国道上顿时横七竖八乱作一团。

几条黑影循声愤怒地冲上了水泥地标柱旁的路基，接着就向不远处停在岔道内侧的警车冲去。没多久，警笛骤然响起，夜空中的长鸣声震人心魄。

他早就死死地踩下了刹车，喘着粗气，整个人虚脱了一般趴在方向盘上，看着后视镜中逐渐远去的警灯，身子不断地颤抖着。

他心想：早就知道这家伙是个疯子，我为什么还要心存侥幸呢？

此时，他最害怕的事情终究还是发生了。绝望的感觉瞬间充满了他身体的每个毛孔，让他不寒而栗。

他已经可以确定警察再怎么努力都追不上那辆拿走钱的黑车了，凭借那样的车速，车子早就驶过前面五公里不到的花桥路口了。那里总共有八条岔道，更别提岔道旁那犹如迷宫一般纵横交错的城郊接合部，要知道那个区域住了这座城市将近四分之一的人口，很多还都不是当地的原住民，要想找到难得很。

他伸手拿起了副驾驶座椅上的手机，屏幕一片漆黑，这让他又一次感到深深的不安。空洞的眼神盯着手机屏幕，他欲言又止，胸中压抑许久的愤怒"唰"的一下席卷全身。他双手使劲砸着方向盘，揪着头发，嘶吼着，拼命发泄着内心的痛苦和无助。

也不知过了多久，疲惫不堪的他终于安静下来。他斜靠在驾驶座上，眼睛无神地看向车窗外黑沉沉的天空，泪水滑落脸颊。三天以来，他第一次感觉到自己耳边原来还可以变得死一般的寂静。

车窗外，不到一公里远的旱桥上，警灯闪烁，一辆银灰色小面包车的车身正在被赶到现场的救援车辆缓缓吊起。

一周后，他便在家中接到了警方的书面通知：解救任务彻底失败，案件破获可能需要很长一段时间，希望他对此能够保持足够的耐心，更不要失去希望，毕竟只要没有见到尸体，一切或许还都有可能……

他不敢相信这是真的。

犹如被无形的锤子狠狠地砸在了胸口上，他的手一松，那份书面通知滑落到了面前的地板上。他并没有弯腰去捡，只是发出一声长叹，伸手摸出钱包，然后从里面的夹层里小心翼翼地取出一张珍藏的照片。

一家三口的合影在昏暗的灯光下，洋溢着无尽的幸福，他的手指逐一抚摸过那熟悉的脸庞。沉思许久，他摸出了打火机，火焰点亮的刹那，他的泪水也汹涌而出。

这个世界不再属于他了。

2022年9月，安平路308号公安局内。

阳光明媚，秋高气爽。

李振峰停下脚步，看着窗外微微发黄的银杏树树冠发了会儿呆，一阵微风吹过，几片树叶便打着转儿飘落下来。他把视线从窗外收了回来，经过安东生前的办公桌回自己工位时，他顺手把一根烟放在了安东的相框旁。

相框中的安东虽然穿着警服，但表情并不严肃，露着一口洁白的牙齿，咧着嘴笑嘻嘻地看着自己身边经过的每个人。当初李振峰没有选择留下安东警官证上的照片，因为他不想随时提醒自己这家伙已经殉职了。

回到工位上以后,他伸手摸出了一盒烟,利索地剥去了玻璃纸,这是自己在食堂旁的小卖部里买的,刚才那支给安东的烟是自己上一包抽剩下的最后一根。以前的李振峰从不抽烟,还总是抱怨安东偷着过烟瘾把警车里弄得到处是烟味,但是自三百三十五天前那个冰冷的傍晚开始,李振峰也有了这么个坏习惯,并且过渡期显得非常自然,平静得就好像他突然想起了自己还会抽烟一样。

处长马国柱一路尾随着李振峰过来,为了那个特殊的人事决定,他已经犹豫了很久,这次终于到了非说不可的地步。临了他却还是没有勇气去打破眼前的平静,心情不免有些沮丧。

他刚想转身离开,李振峰从工位上一抬头,看见了他,然后靠在椅背上咧嘴笑了起来,笑容中带着一丝惯有的调侃:"马处,鬼鬼祟祟地跟着我老半天了,你想干啥?有事儿喊一声就行了,我听得见。"

马国柱干脆走上前在他对面坐了下来,下巴朝安东工位的方向努了努,脸上的表情有些不太自然:"几天了?"

李振峰抽回了递烟的手,笑容依旧没变,声音却黯淡了许多:"三百三十五天。"

"都快一年了啊。"马国柱若有所思地点点头,目光在安东的照片上一闪而过,"这孩子是个好警察,可惜了。"

"这房间里的每个人都是好警察。"李振峰的回答有些不近人情。他是个聪明人,一下子就猜到了马国柱的来意。

房间里的空气瞬间多了一些火药味,马国柱脸上的表情略显尴尬:"通知你一下,那张桌子找个时间赶紧收拾收拾,我已经跟后勤说过了,明天会有人来上班,顶安东的位置。"

虽然已经料到了结果,但这个消息还是让李振峰感到有些措手不及:"这么快?"

"都十一个多月了。"马国柱的语气强硬了起来,他边说边站起身,"时间已经不短了,再说这位置非常重要,也不能老空着。"

"重要?可是……"部门刚整合没多久,李振峰有过这个心理准备,但仍旧忍不住难过。

"部门没整合之前,人手够多,但是现在必须把这空缺补齐了,别给我找那么多借口。"马国柱大手一挥,"没人看着你,我就是不放心。"

"我不需要保姆!"李振峰冷着脸说道。

两人之间摆开了即将大吵一架的阵势,偌大的办公室里瞬间变得鸦雀无声。

许久,马国柱无声地点点头,他看着李振峰,目光温暖了许多:"年轻人,你口口声声把安东当兄弟,可你真的了解他吗?"

李振峰一时语塞,不知道自己该如何回答这个问题。

马国柱却自顾自地在安东的椅子上坐了下来,拿起桌上的相框,脸上满是不舍:"前后加起来满打满算他跟了你四年有余,无论哪一次你们俩一起出去执行任务,他应该都是不要命地冲在你的前面,对吧?不错,这小子的身体素质确实是比你好,抗压能力也比你强多了,遇到突发情况他自然会比你先出手。但是你知道吗,凭他的资历早就可以去分局挑大梁了,王队那边也冲我要了大半年的人，弄得我后来都不敢接他的电话。老实说，我私底下都劝过安东多少回了，不能老当你李振峰的保姆，但这小子还是选择跟着你，继续当你的左右手，因为只有这个身份才能近距离跟你学习。"

"他这个傻小子。"李振峰轻声自言自语，"我又不是什么专家。能出去单干多好。"

一听这话，马国柱叹了口气，又把相框放回桌上，摇了摇头："看来你是真的不懂他呀，唉！这家伙跟我说过他很崇拜你，他想成为第二个你，顺带就保护你了。人各有所长嘛，道理很简单的，只是他都看出了你的弱点，你却浑然不觉，真是枉费了他一片苦心。要知道好几次如果不是安东这家伙及时出手救你的话，你的照片早就被挂到外面的光荣榜上了。"

马国柱的话犹如一记狠拳迎面袭来，疼得李振峰闭上了双眼——这是没有办法回避的事实。

黯然低头许久，李振峰沙哑着嗓子说道："马处，你安排吧，我都听你的。"

马国柱却似乎有些于心不忍，迟疑了一会儿后，凑近他小声说道："阿峰，我能理解你的心情，毕竟你们合作了这么久，但这一篇总得翻过去，该放下的时候你还是要放下。还有啊，新来那小子比你年轻几岁，作为老大哥，你得多看着他点儿，费点心，他将来会是个好苗子。"

"你认识他？"

马国柱笑得有些勉强："本来我是不打算把他安排给你的，但是架不住他连发了好几次申请，成绩又不错，我们又缺人，各方面都符合，就把他拉过来跟你搭档。你有什么情况随时跟我汇报。"

李振峰点点头。

马国柱走后，他便站起身来到安东的办公桌前，默不作声地拿起相框和桌上所有的东西，接着在众人的目光中把桌子收拾得干干净净，这才转身回到工位上，把相框放进了自己的抽屉里。

窗外，阳光仍旧明媚，无名鸟在银杏枝头清脆地唱着。

城市的另一头，安平市最大的回迁户住宅小区——回龙塘三期，其中一栋住宅楼前围了好多人。一辆派出所警车停在楼门口，红色的消防车横亘在它旁边，安全气垫孤零零地在楼下架着。

"请让一下，请让一下……"

身高一米八四的年轻警察罗卜推着共享单车艰难地挤过人群。停好车后，他随手把自己沉甸甸的行李袋从车筐里取了出来，打开警车门塞进车后座，环顾了一下四周，这才快步向楼里走去。

那个行李袋里装着的是他六年来在清河派出所上班时的所有家当。因为赶时间，等不到别的顺风车来接自己，刚下夜班的罗卜不得不骑着那辆绿色出行的共享单车蹬足了三公里才赶到现场。

事情发生得太突然了，现场处理警情的年轻同事有些吃力，不得已之下才又向所内求援。而罗卜是所里最擅长调解谈判的警察。

走进楼的刹那,罗卜朝上看了一眼,楼层太高了,阳光晃得他头晕。

来之前他只是听说有人要跳楼,却怎么也没想到现场形势这么糟糕:一个人坐在十八层楼楼顶水泥围栏外那一圈房檐的尽头,位置还偏偏是个死角,身旁唯一的一根落水管是那种踩一脚就会裂开的单薄的PVC管,日晒雨淋更是让它脆弱得像纸一样,所以解救人员根本就没有办法从后面踩着它在不惊动目标人物的情况下顺利靠近。剩下的办法就只有正面进攻,通过宽度仅仅三十厘米左右的水泥房檐外墙走上大约三米的距离,然后从左手方向扶着水泥防护栏杆直接靠近。

当然这是下下策,因为跳楼者的情绪这时候已经处于崩溃边缘,更别提他手中还提着一把菜刀架在自己的脖子上,容不得人再向他靠近半步。

楼顶平台上鸦雀无声,罗卜先是和同事王宇耳语了几句,随即转头看了眼身旁干着急的消防班长,后者冲他点点头:"兄弟,你总算来了。"

"刚下夜班。怎么样,背景摸清楚了吗?为什么跳楼?"罗卜目光紧盯着跳楼者,小声问道。

"事发突然,周边群众说这个人像徐绍强,信息还在核实中。这人情绪有些激动,嘴里一直叨咕着一个名字,好像是什么红,说有问题啥的,然后就大喊要见市局领导。"

"没错,他应该就是徐佳的父亲徐绍强。"罗卜收回目光,转而皱眉看着面前的水泥护栏,心里开始估算距离和高度,

"女儿徐佳丢了十八年了,他每年都会想尽办法公开闹腾一回。唉,人被逼到这程度,又落了个人财两空,想想也是怪可怜的。"

"你说的是那个找女儿找了十八年的父亲?他女儿还没找到啊?"消防班长恍然大悟,"我有印象了。去年就接到过一次出警任务,但他那回没闹得这么凶,被我们的指导员给及时薅住了。"

"几次都是老地方,但这次位置更危险,都玩命了,这么耗下去的话迟早会出事。"罗卜感到有些棘手,他飞快地伸手比画了一下,"我们必须尽快采取行动,不然局面会失控的,你们消防尝试过正面营救了吗?"

消防班长回答:"当然试过。但这家伙属于油盐不进的那种,啥都听不进去,我们消防的人一靠近他就拼命吼,你们的那个小伙子说话他也听不进去。现在这种情况动静又不能弄得太大,虽然下面留人做好了防护,但是这么高的楼层,气垫起不了太大作用。所以还得正面做思想工作才行。"

"那就交给我吧。"罗卜点点头。

"师兄,给。"生怕再次刺激到跳楼者,同事王宇凑上来压低嗓门,顺手往罗卜手里塞了一团不到三米长的红绿相间的塑料晾衣绳,"走得匆忙,按你的要求,手头只有这个能用了。"

罗卜皱眉:"颜色花里胡哨的,算了,不要了。"

"那用我们的吧,够结实。"消防班长刚要解开自己腰间的挂扣,就被罗卜伸手拦住了。

他摇摇头:"不行,太显眼了,容易刺激到他。"

"师兄，不用保险绳的话太危险了。"王宇有些担心地看着他。

"别担心，我有分寸的。你马上找人下去把围观群众驱散开，他们靠大楼太近了，至少退到那棵大榕树后面。这边在最短距离内留三个人就够了，待会儿等我控制住他，你们瞅准时机一起上，两个摁手，一个控制脑袋，随便抓哪儿，哪怕薅住头发也得给我把人往里拖，明白了吗？"罗卜低声叮嘱了几句后，便把执勤服的软底警帽摘下来递给同事，随后伸手接过一瓶未开封的纯净水揣进执勤服后裤兜，几步走到护栏边，双手攀住水泥护栏，深吸一口气，然后用力跨了出去。

见状，消防班长嘀咕了一句："这小子疯了。"

罗卜这番玩命的举动瞬间引得楼下一阵惊呼，同时也吸引了不远处跳楼者警觉的目光。

楼顶风很大，罗卜脚底软绵绵的，眼前发黑，每向前挪动一步都跟踩在厚厚的棉花堆上似的，似乎根本触不到底。他感觉自己呼吸困难，又不得不竭力克制住想要向下看的冲动。

"别过来！你敢再向前一步的话我就跳下去死给你看！"随着距离的缩短，这个满脸怒气的男人声音嘶哑，手中的菜刀在阳光下变得愈发刺眼。

听到对方熟悉的口音，罗卜更确定此人就是徐绍强，心里便有了主意。可是很快，他的心又悬了起来，徐绍强手上的菜刀随时都有可能脱手，楼下围观的群众此刻少说也有上百人，虽然已经退出了一定距离，但是误伤到人的概率还是有的。

距离差不多了，他停下脚步，稍微活动了一下自己发麻的左手,然后就这么勾着防护栏,笑眯眯地用当地话和这个落魄的男人扯嗓子拉起了家常:"大哥本地人,对吧?我是公安,你不是要找我们公安的人吗?你听我说啊大哥,这人只要活着,什么事儿都好商量的,你有啥要求尽管提就是,我一定尽量满足你。如果一时半会儿做不到的话,我也会马上向上级领导汇报。总之,只要你的要求合理合法,我就不会让你受半点委屈的,你相信我。"罗卜深知不能刺激他,所以当作不认识他一样尽力安抚。

"你?"徐绍强微微一怔,花白的头发被风吹得乱成了一团。他上下仔细打量了一番眼前这个年轻警察,目光最终停留在罗卜的警衔上,转而果断摇头:"年轻人,我认得你,你是郑所长身边那个小警察吧?我的事情你管不了,你们郑所长也管不了,当年管这件事的人早就死了,不然的话我也不会在这儿费工夫。你赶紧叫公安局里真正能够管事的人来。"

"大哥,都六年了,年年我都能见到你,所以你的事我当然知道。相信我,不只是我们所里的同事,但凡知道这个案子的人,始终都没有放弃过寻找你女儿徐佳的念头。你女儿的案子还在,我们更需要你的配合与支持。"罗卜语重心长地说道,"你为了这一天也已经等了很久了,但是你想过没有,这人一旦命都没了,就什么希望也没了,你不是一直期盼你女儿徐佳有回来的那一天吗?回去吧,大哥,你和我好好聊聊,也许我真的能帮到你呢?"

"你真的能帮我?"徐绍强有些意外,眼前这个年轻的小警察说出来的话是自己这么多年来从未听过的。

"那是当然,"罗卜用力点头,"我是公安,我们公安对群众说话都是算数的。"

一阵沉默,徐绍强低下头,其间几次抬头欲开口说话,却又很快打消了念头。这一幕让罗卜愈发感到不安。

果不其然,男人脸上的皱纹微微颤动着,最终,他沮丧地摇摇头:"算了吧,换汤不换药,我不能再相信你们的话了,都敷衍我好多年了,每次都说帮我找到佳佳,可是十八年了,你们还是没有做到。"徐绍强越说越激动,但突然又冷静下来,看了一眼罗卜,提醒道:"年轻人,你心眼儿好,谢谢你,听大哥的话,你快回去吧,外面站着危险。"

罗卜敏锐地抓住了对方话语中难得的一丝共情,他知道能说出这种话的人内心深处根本就是不想死的,便索性靠近了一步,继续劝说道:"大哥,别人对你说什么我不知道,但是我今天有的是时间,刚交班出来。你听我说,你下来,咱们一起在天台待着好好聊聊,讲讲当年的细节,说不准能帮你找到新的线索呢。"

"不,不要再诓骗我了。"徐绍强脸色一变,把头转向另一边,刻意躲开了罗卜的目光,咬着牙狠狠地说道,"我今天就是要见公安局管事的,要不然,天王老子来了也不行!"

"大哥,你这话就差点意思了,我们公安怎么可能诓骗群众?那可是犯错误的。"看来劝是劝不回了,长时间耗下去只会陡增变故,人命第一,只能来硬的了。罗卜一边说着一边不动声色地伸出右手向自己的裤子口袋摸去,那里塞着一瓶水,是他刚从同事手里拿来的。

17

"你,你想干什么?"徐绍强瞬间神情紧张了起来,生怕对方掏出什么武器,紧紧攥着菜刀的右手迅速指向了罗卜的裤子口袋,结结巴巴地追问道,"里面……里面藏了什么?是不是手铐?我不进去,我跟你说过了,你用什么手段都不管用的,听到没有,我……我警告你……"

"别误会,大哥,我只是想给你拿瓶水,"罗卜抬头指了指天空,"太晒了,喝点水解解渴,我保证一定在这儿陪你,事情不解决我肯定不会走的。"说着,他把刚取出的水瓶顺势向对方递了过去。

对于一个极度紧张的人来说,这瓶水的诱惑力是非常大的。徐绍强犹豫了一会儿,但也只是短暂一瞬的工夫。他舔了舔嘴唇,脸上紧张的表情松弛下来。

事态都按罗卜预先设定的计划在发展。

"大哥,麻烦你过来接一下,我的腿有点抽筋,动不了了。"罗卜尴尬地笑了笑,手仍然向前伸着,双脚果真站在原地纹丝不动。

看见罗卜向自己示弱,徐绍强的戒备心顿时解除了。他放松下来,随意把手里的菜刀往身后狭窄的水泥板上一丢,接着上身便向罗卜所在的方向倾斜了过来,左手则向水瓶的位置伸去,嘴里嘟嘟囔囔:"你就站那儿别动啊——"

话音未落,刚才众人眼中还浑身僵硬得像个木偶一样的罗卜却瞬间变成了一只动作灵巧的狸花猫。他的嘴角划过一丝狡黠的笑容,就在两人的手指即将接触的刹那,眼瞅着就那么几厘米的距离,罗卜拿着水瓶的右手突然松了。徐绍强满脸惊讶,手依旧向前伸着,姿势还来不及改变,眼睁睁看着塑料水瓶从高空掉落。

就在这一交错的空档,罗卜腾出的右手迅速反转一扣,钢爪般的五根手指在死死抓住了对方左手手腕的同时反方向用力一带,徐绍强毫无防备,脚下险些失去支撑,身体剧烈晃动了一下,幸好右手本能地回身搂住了栏杆。

时间凝固了,小小的纯净水塑料瓶无声地坠下高楼,先是砸在户外阳台防护栏上,瓶子瞬间炸裂,接着便水花四溅反弹了出去。围观的人群见状才反应过来,慌忙四散躲避,生怕被砸到。

楼顶上,徐绍强的手腕被罗卜扣住了,罗卜不容许对方再有任何挣脱的机会。这样的救援方式是非常冒险的,无论时间还是动作都必须控制得恰到好处。

阳光下,徐绍强这才回过神来,他的情绪立刻失控,因为惊吓过度而侧身紧贴栏杆,撕心裂肺般惨叫起来:"救命啊!杀人啦!杀人啦!公安杀人啦——"

罗卜沉住气,左手猛地松开水泥护栏,迅速借力进一步缩短两人之间的距离,右手却依旧死死地扣住对方的左手手臂和上半身不松开,然后把他用力推进了水泥护栏里。

这是一场赌局,赌的就是对方求生的本能。罗卜之所以这么笃定地出手,是因为他曾经见过真正的自杀者的目光,而徐绍强并不想自杀。

"疯子,你他妈就是个疯子!你骗了我,我要投诉你,投诉公安杀人……"情绪激动的徐绍强跳着脚咒骂个不停,可话还没说完便被周围的人从栏杆上拽下，很快就被前呼后拥地带下了楼。

有惊无险，围观的众人都长长地松了口气。最后离开的消防班长伸手帮了一把爬进栏杆的罗卜，嘴里小声埋怨："你这家伙怎么比我们消防的人还会玩命？刚才那一扑都快把我给吓死了。"

罗卜嘿嘿一笑："不玩命怎么救得了人？"

消防班长脸上的笑容却消失了："你可别搞错了，兄弟，玩命和救人可是两个不同的概念。答应我，以后可别这么干了，明白吗？我可不想你的照片出现在篮球对抗赛上，那可不是好玩的。"

清河派出所与一街之隔的清河区消防中队经常会在月末挑个休息日打一场篮球友谊对抗赛，虽然比赛不是正式的，但是大家却都很在乎这个特殊的荣誉。

罗卜突然停下脚步，表情尴尬："哥，抱歉，我已经调离清河派出所了。"

"调离？什么时候的事儿？去哪儿？"

罗卜清了清嗓子，顺势搂住消防班长的肩膀，压低嗓门："已经批了，市刑侦大队一处重案组，一会儿就去报到。"

"噢哟，恭喜了兄弟！以后再见面时你可就是大侦探了！"

罗卜瞬间笑得像个孩子。

来到一楼，走出电梯，阳光依旧明媚，罗卜忍不住舒坦地伸了个懒腰，毕竟昨晚上一宿没睡，现在的自己迫切需要一个枕头。

"师兄,你也忒狠了,刚才把我吓得够呛,以为你们俩都要掉下来。"同事王宇的脸色依旧有些难看,"还好郑所没来,不然见了这场景又得骂人了。"

罗卜笑了笑,俨然一副老大哥的模样:"别怕,我师父他不是没来吗?再说我距离都算准了,不会出事的。不过以后你得小心点,可千万别学我玩命,懂不?"

"放心吧,我可没你那胆儿。"王宇咕哝了一句。两人在警车边停下了脚步,他转身继续问道:"师兄,你刚才到底是怎么判断出要用这个险招的?就没有别的选择了吗?"

罗卜沉吟了一会儿后说道:"听好了,这是我最后一次教你,以后我去了别的单位可能就没机会了。真想自杀的人一般有两种情况:其一,独自找一个僻静的地方留下遗书,并且很快就结束自己的生命,不会给别人来拯救自己的机会。其二,有明确的诉求,但是情绪暴躁,在与解救人员的交谈中不会产生共情,在你做出试探的时候他不会表现出对生的期盼,而大多只是以发泄为主。这次我用了一瓶水就看出这位大哥还不是真的想死,他只不过是想用死亡来逼迫我们帮他达成某种目的罢了,所以我就出手了。

"人的情绪一旦被压抑到某种程度,在孤注一掷的情况下也会有冲破理智的冲动,所产生的后果往往连他自己都无法控制,那时候就不是后悔那么简单了。更何况这位大哥上了年纪,年龄摆在那儿,再拖下去的话一旦体力跟不上就有失足掉下去的可能,那就是第四种情况,属于意外,谁都不想看到那样的结局,所以我也只能拼了。"

王宇若有所思地点点头:"对了,师兄,那这人怎么处理?"

罗卜朝警车的方向努了努嘴:"先带回所里,咱们的老熟人了。"

"老熟人?"王宇一脸惊讶地问道。

"没错。你刚来所里没多久,当然不知道这档子老黄历。他每年只来一回,闹完就走,难道不是老熟人吗?对了,他喝了好多酒,刚才我往里扒拉他的时候他哈出的酒气儿熏得我头晕。"罗卜皱了皱眉,顺势转头看了一眼警车后座,被解救下来的徐绍强依旧是一副满脸沮丧的表情,"放心吧,他跟咱们郑所是老朋友了,只要见到郑所,他肯定会打消寻死的念头,相信我。"

"刚才听你提到他丢女儿的案子,我大概就有印象了,"王宇点点头,"郑所上周开会时好像提过一嘴,说每年固定时间段这人都会来闹一次。师兄,人口失踪也归我们管吗?"

"没那么简单。你才来所里半年,当然不知道啦,回去好好查查回龙塘三期当年的绑架案接警记录就行,应该是2004年5月,也就是十八年前的事了。他叫徐绍强,当年读高中的女儿被绑架了,还被勒索了好大一笔钱,结果这么多年过去了,他女儿依旧活不见人死不见尸。"说着,他抬头朝左手边的楼顶看了看,刚才自己救人那一幕就是在那里发生的,"听师父说,他当年就住在这栋楼里。为了找女儿,他把房子卖了,家也散了,一贫如洗……唉,也是惨啊!"

"那他的家属呢?"

罗卜摇摇头:"他家里就他一个人了,你直接把人带回所里去吧。照顾好他，给他弄点吃的，年纪大的人多弄点汤汤水水的好消化，让他醒醒酒，然后交给我师父就行。师父会负责把人送回去的。"

清河派出所所长郑福明，是罗卜的带班师父，同时也是所里资历最老的警察，脑袋里装着整个辖区的往事。

"郑所认识他？"

"都快成亲戚了，每年都是我师父出面和他谈心。"罗卜回答，嘴角露出苦笑。

"那你呢？师兄，不一起跟车回所里？"王宇从驾驶室里探出头来，有些依依不舍，"这几年都是你照顾我们，下班后兄弟们还想着凑份子给你饯行呢。"

罗卜接过对方从警车里递过来的行李袋，摇摇头："不用，我下班了。这年头挣钱不容易，哥儿几个都省点钱花吧，心意我领了。以后有时间我一定会回来看望兄弟们的。"

"那，你现在要去哪儿？顺路吗？我开车带你一段？"

"不了，朝阳菜场就在前面，我想先去看看我妈，然后再去局里报到。你们快走吧，车上还有人，别耽误了事儿。"说着，他习惯性地伸手拍了拍警车的车顶。

警车很快便开走了，楼栋前的空地上人群犹如潮水退去，瞬间变得空荡起来。

走出小区，站在马路边就能看到不远处朝阳菜场大楼上的绿色牌子。今天绝对是个好天气，只是初秋的阳光依然有些刺眼，罗卜边走边伸手从口袋里摸出一副灰色的偏光镜戴上。就在这时，手机响了起来，他扫了眼屏幕，上面是一个陌生的网络虚拟号码，但他知道是谁打来的。他边走边按下了接听键。

"准备好了吗，罗警官？"电话那头的声音隐约透露出一丝兴奋。

果然是这家伙。

"嗯。"罗卜的声音没有任何波澜，目光平静地看着远方的天空。

片刻的沉默过后，对方突然换了一种语气，似乎有些患得患失："你就不怕我对你有什么企图？"

罗卜并没有回答这个问题，看着十字路口的红灯，他直接就挂断了电话。

很快，绿灯亮起，人群又开始移动。罗卜把行李袋往肩上一扛，混杂在匆匆的行人中穿过了马路。

马路对面的白玉兰树旁站着一个人，那人的脸上还带着手机被突然挂断的不悦，极不情愿地收起了手机揣进兜里，看着十多米开外罗卜逐渐远去的背影。他知道罗卜要去哪儿，正犹豫要不要跟上去的时候，耳畔突然传来一阵抱怨声，让他听了竟然有些心烦意乱，他便索性停下脚步转身看去。

一辆小型工程车停在路边，车斗里满是小树苗，车窗开着，打电话的是一个皮肤黝黑、身材壮实的中年男人，满脸都是尘土。

"老板，我跟你说啊，价钱必须是二百，不然这生意我根本做不了。现在杧果树不好弄，我到处求人才搞到这二十棵……

我知道,我知道,这白玉兰树早就该淘汰了……成本,我懂,成本……"

他紧锁双眉,呼吸急促,好不容易等到对方结束了通话,便迫不及待地上前问道:"不好意思,师傅,你刚才说换树是怎么回事?"

中年男人一时之间没弄明白他的来意,愣了会儿,脱口而出:"就是换树啊,整条街的白玉兰树都要换掉。"

"为什么?"他的目光错愕,声音瞬间变得尖锐,"为什么要换掉?白玉兰树不是挺好的吗?你们懂不懂?到底懂不懂?我不允许你这么做!"

眼见他的情绪逐渐失控,中年男人被这突如其来的变故吓了一跳,上下打量了一番对方,回过神来后咬着牙冲他狠狠地啐了口唾沫:"关你屁事,娘娘腔!"话音未落,便一脚油门逃也似的开着工程车跑了。

他被彻底骂蒙了,呆呆地站在原地,任由身边经过的路人投来异样的目光,眼泪无声地流了下来。

朝阳菜场的水产区域共有五个租赁摊位,鱼贩子王秀英的摊位是其中之一,位置靠近后门出口处,平时以贩售淡水鱼为主,偶尔也会卖些海鱼,但数量非常少。

王秀英在朝阳菜场的鱼摊已经摆了近十三年,她是个性格泼辣、脾气直爽的女人,遇到看不惯的事总会出头说几句公道话,为人仗义,久而久之,和对面同样是淡水鱼摊位的摊主李芳成了好朋友。李芳的年龄比王秀英小了一轮多,因为家暴离婚了,她也有个儿子,在读小学。

中午空下来的时候,王秀英便会在摊位的一角支起个小方桌,拉上几个摊主聚在一块打牌解闷,唠唠嗑。

王秀英什么都谈,除了自己的家事,即使在牌桌上被刻意问起时也是一笑了之。大家只知道她的儿子是警察,还是一周前才知道的。

那天她儿子罗卜来到王秀英的摊位前,尴尬地红着脸低着头,就像个做错事的孩子似的一声不吭。

王秀英不温不火地问罗卜:"派出所干得好好的,为什么要调到市公安局?"

罗卜并没有说原因,只是说:"妈,来不及了,正式调令已经下来了。"

王秀英听罢摆摆手,嘴里狠狠咕哝了句:"滚!"然后便脸色惨白,低着头独自坐在摊位上生闷气,谁劝也不搭理,时不时地转身迅速抹一把眼泪。

就在大家快要忘记这茬儿的时候,今天上午,罗卜又一次来到母亲的摊位前,依旧像个准备上交差成绩单的倒霉孩子一般,双手来回紧张地搓弄着,不知道怎么开口才好。

王秀英起先以为是顾客,刚准备起身打招呼,眼角余光瞥见罗卜手里的行李袋,顺势抬头又见到儿子熟悉的黑眼圈,双眼便蒙眬了,轻声问道:"昨晚又值班了吧?"

罗卜点点头:"今天直接去报到。妈,你……"

话还没说完,王秀英摆摆手,叹了口气:"什么都别说了,走吧。"

罗卜如释重负："妈,谢谢你的支持,我抽空会回来看你的。"

王秀英却只是苦笑,刚想说点什么,看着罗卜已转身离开的背影,只能把到嘴边的话硬生生给咽了回去,目光中满是落寞。

"英姐,你儿子要去市公安局上班了啊?"李芳一脸的羡慕。

"是啊。"王秀英咧嘴一笑,"都忙去,都忙去!没见过警察吗?又不是什么大老板,我家小子没啥出息的,就是一个打工的,别凑热闹了。"

"英姐,明年的摊位招标又要开始了,你就不想换个好一点的位置?"李芳一直都想不明白一件事——王秀英在菜场平平淡淡地卖了这么多年的鱼,竟然一次都没有参加过菜场摊位投标,只是交钱保底了事,然后这么一直守在僻静的角落里,安然自得。

王秀英塞了一嘴的馒头,冲着李芳摇摇头,表示自己不在乎,随即打开面前的大屏幕手机,找到最新的电视台频道,这是她吃饭时雷打不动的习惯。

此刻,屏幕上正在播送现场突发新闻。

"今天是2022年9月19日,星期一,就在刚才,本台得到线索,证实本市安湖路水月洞天小区发生了一起灭门血案,死者为一家三口,目前警方已经介入此案的调查。下面,我来采访一下该小区的物业经理,看看能不能从中得到一些有关本案的背景线索和资料……"

一位四十出头的中年男人出现在屏幕上。他身穿物业统一制服,自我介绍说是物业经理,叫赵成。面对镜头,他脸上的神情有些不自然:"他们一家很平常的,真的很平常,没有什么特别的地方。男的叫戴虎成,是我们本地人,女的叫祁红,是从苏川嫁过来的。男孩叫戴佳文,是个懂事的好孩子。"

记者问:"夫妻婚后感情怎么样?有过争吵吗?邻里之间关系和睦吗?"

赵成摇摇头:"挺好的呀,都没拌过嘴、打过架,有时候傍晚还能看到他们在小区里散步,挺温馨的。"

记者问:"他们在哪儿上班?"

赵成说:"市中心的CBD,上班都在同一栋楼里,所以经常一起下班回来。家里的孩子在贵族学校念书,平常时间周一到周五家里都有钟点阿姨上门打扫卫生和做晚饭,周末两天阿姨休息。也没见他们和别的什么人来往,谁知道会突然出这个事啊!"

女记者追问道:"那个孩子多大了?"

赵成说:"十几岁的样子吧,很懂事也很有礼貌,平常都坐着他爸妈的车进出小区,偶尔一个人进出时见到我们也都会打招呼,嘴巴可甜了。唉,谁能想到他会死得这么惨,真是太可惜了。"

女记者从对方的言辞中明显察觉到了什么,立刻问:"是你们报的警吗?您看见现场了?"

"是我们报的警,"赵成伸手朝后面的办公室指了指,"今天是周一，我们接到男主人单位的同事的电话，说是联系不上他们夫妻俩，让我们帮忙去看一下。我们到了他家，门虚掩着，推门进去就发现了死尸。唉，太惨了，真的太惨了，三条人命。"说到这儿，这个中年汉子连连摇头，满脸同情。

"您上一次见他们是什么时候？"女记者问。

"周五晚上看见他们开车回来的。"赵成连连摆手，脸上满是恐惧，"唉，不说了，不说了，太血腥了，我现在想到那现场就想吐。"

……

看到这儿，王秀英的胃顿时剧烈抽搐起来，她本能地转身想去拿脚边的垃圾桶，谁知发颤的手指反把手机直接推到了地上，去捡手机的时候又把桌上的豆浆袋子给打翻了，洒了一地。她一边手忙脚乱地收拾着地面，眼泪却在干涩的眼角悄悄打起转来。

就在这时，耳畔响起了一阵逐渐走近的熟悉的脚步声，最后在摊位前停了下来。

"老板娘，今天有江鲈鱼卖吗？"声音尽管有些疲倦，却依旧是柔声细语，隐约还带着一丝小心翼翼。

这是个周身上下都收拾得干干净净的中年男人，四十岁上下的年纪，身材瘦削，皮肤有些苍白，左手总是揣在兜里，头上戴了顶灰色棒球帽。王秀英总觉得对方的职业肯定是老师，可能是教美术一类的，文艺范儿十足，反正是一个不应该来逛菜场的人。

她赶紧直起腰，笑眯眯地招呼道："当然有，都给你留着呢。老板，老见你过来，这么爱吃江鲈鱼啊？"

"是的，是的，我从小就爱吃，我妈还在的时候就经常给我买。"中年男人的眼里满是亮光，"她说了，多吃江鲈鱼能让我变得聪明。"

王秀英微微一怔，心情有些莫名的低落，她的儿子并不爱吃，手上的动作也慢了下来。

"老板娘，出什么事啦？"中年男人关切地问道。

"没事，没事，上年纪了，总会突然想起点儿啥。"王秀英尴尬地笑了笑，利索地清洗打包好江鲈鱼，又贴心地往塑料袋里塞了一把小葱和一块老姜，这才一并递给对方，"这么爱吃的话明天接着给你留，你不来没关系，我留着自己吃也行。"

"谢谢。"中年男人满意地拎着装鱼的塑料袋转身走了几步，想了想，又回过身来到摊位前，把塑料袋放在摊位上，然后腾出右手从兜里摸出两朵小白兰花递给王秀英，笑眯眯地说道，"老板娘，白兰花开了，我顺手在街边捡的，送给你，谢谢你的关照。"

这是用普通的铅丝穿就的两朵小白兰花，花朵洁白，样式非常别致。王秀英接在手里，看着愣了会儿，再抬起头时，买鱼的男人已经再次提起塑料袋离开了。她嘴角不由得露出了一丝笑意。

每个女人都爱花。

"英姐，老客户？"李芳嗑着瓜子，慢悠悠地踱到摊位前，一边探头向出口方向看去，一边嘀咕。

"没错，经常来。"王秀英顺手把买鱼男人给的纸币塞进铝制钱箱，又把白兰花绕在胸口的扣子上，接着便在塑料高脚凳上坐了下来，脸上洋溢着快乐，腰板也挺直了许多。

"哟，英姐，这花真是捡的？咱菜场门口那老太太起码得卖两块钱吧？"李芳笑眯眯地看着她。

王秀英一仰头，满是骄傲地说道："买的又怎么啦？人家看得起我这卖鱼的老太太，送我两朵花表示感谢，怎么，看不惯啦？"

"英姐，话可不能这么说，这花当然是小事，我只是觉得挺奇怪的，看那人年纪也不小了，又穿着高档风衣，还经常来你这买鱼。你说啊，这年头上菜场的男人凤毛麟角不算，那得多爱吃鱼才会经常来啊！"李芳啧啧连连，忍不住又瞥了一眼王秀英胸口的白兰花。

"江鲈鱼，他爱吃江鲈鱼。"说到这儿，王秀英却不免有些怅然若失，因为自己的儿子罗卜一点儿都不爱吃鱼，"爱吃鱼的人都很聪明的。"

"英姐，你说啥？"李芳没听清楚。

王秀英把手一挥："没啥，打牌，打牌！"她索性伸手把胸前的白兰花拽了下来，塞进了裤兜里。

多一事不如少一事。

时间回到一小时前。

安平路308号大院内三辆警车正准备出发。

李振峰从驾驶座一侧的窗口斜眼看着神情有些不自然的

罗卜，目光就像两把锋利的锥子，仔仔细细地在对方身上扎了一串无形的窟窿，最终停在了罗卜胸口的工作牌上。

罗卜赶紧抖擞精神："我叫罗卜，罗成的罗，占卜的卜。"

"你身上有酒味。"李振峰皱了皱鼻子。

罗卜尴尬地嘿嘿一笑："别误会，师兄，来的路上顺道救了个酒鬼。"

"我姓李，跟你不是同门。"李振峰也懒得再多说什么，只是朝自己右手边的位置努了努嘴，"利索点。"

罗卜见状心中一喜，三两步绕过车头钻进警车坐上副驾驶位子，说道："去哪儿，李哥？"

"出现场。"李振峰沉着脸咕哝了句，"你的行李呢？"

"丢传达室了。"罗卜一边说着一边四顾了一下略显空荡的车厢，"李哥，这辆车就我们俩？"

李振峰并没有搭理他，只是目不转睛地盯着车前方的路面，脚下的油门渐渐踩到了底。刺耳的警笛声中，三辆警车鱼贯而行，迅速穿过热闹的安平路，径直开向环城大桥对面的开发区。

"出过现场吗？"李振峰冷不丁问道。

"出过，我实习的时候轮过岗，在分局。"罗卜微微有些紧张。

李振峰应声转头看了他一眼："那就好。"

水月洞天小区位于开发区安湖路上，是安平市出了名的高档小区，环境舒适，再加上管家式的物业安保服务，房价也是相当贵。

警车开进小区的时候，路两边站满了保安。李振峰注意到罗卜脸上的神色有些讶异，而在此之前两人一路上什么话都没说："我看过你的档案，你是清河派出所调过来的对吧？"

罗卜点点头："干了六年。"

警车应声在案发现场外停了下来。这里属于清河派出所管辖范围，调过来的第一个案子就在自己曾经的辖区，罗卜感到意外也不足为奇。

下车后，李振峰抬头扫了眼面前楼房的临街窗户："才四层？"

"这是跃层结构式住房，一梯两户，一个楼栋里总共四户人家，私密性非常好。"罗卜回答，"上次有个传销的案子我来做过走访。"

穿过警戒带，两人并肩走进了楼栋。

李振峰的下属对罗卜的突然出现一点都不意外，相比之下，他们似乎更在意前者的态度。

先期到达现场的重案组成员丁龙站在楼梯拐角处刚和分局的同事做了交接，这才转身一脸愁容地看向两人，目光朝后面示意了一下："李哥，102，尸体被分局法医签收走了，这次是两个单位协同办案，案子不小。"

"说说看。"李振峰抓起两副鞋套，把其中一副递给了身旁的罗卜。

"分局本来能单独接这个案子，但是现场太诡异了，案子不简单，这才找的我们。"丁龙一边说着一边不断地用忐忑的目光打量着罗卜。

李振峰当然明白丁龙的担忧,却故意忽视了这个明显的信号,继续追问道:"不是灭门案吗?到底怎么个诡异法?"

"脑袋。"丁龙语速飞快地回答,"简直就是乾坤大挪移。李哥,副局先接到通知来了现场,他和分局的王队商量后,指定由你接手这个案子,这才找的咱头儿马处。"

听了这话,李振峰的脸色沉下来,这可不是什么好兆头:"那我进去看看。我们的法医在不在里面?"

"在,她比我来得都早,应该是分局同时找她了。"

"是嘛。"李振峰轻轻一笑,他知道赵晓楠是个从来都不会让人失望的女人。刚走两步,丁龙又叫住了他:"等等,李哥,提醒你一下,小心进门处那个该死的智能机器人,会乱叫唤的。"

"什么意思?"

丁龙一脸无奈:"你很快就知道了,九哥不让我乱碰。"

这套上下加起来总面积在一百五十平方米左右的跃层结构的房子看起来很不错,无论是采光还是房间布置都很上档次。但此时满屋子的血腥味却打破了这美好的一切。

在玄关处,李振峰本能地吸了吸鼻子,心中顿时警觉了起来。他伸手拍了拍罗卜的肩膀,示意他等一下:"你守在这儿,我先进去看看,等下叫你。"

"我能行。"

"今天的案子有些特殊,我看你还是待在这儿吧,以后慢慢来。"李振峰耐心地解释。

罗卜没再强求，点点头，转身返回门口维护秩序去了。

顺着玄关走进去，地上能看到明显的血迹拖痕。现场已经过分局勘验，所以地上满是标尺的痕迹，但奇怪的是整个一层一个人也没有。李振峰正要抬头，小九的声音从头上传了过来："上来吧，李哥，我在二楼卧室这里。"顿了顿，他又伸手朝厨房的方向一指，"赵法医在你后面的厨房里，都快累死了。"

话音未落，一连串刺耳的谩骂声骤然响起，迅速充斥了整个现场。

李振峰惊愕不已，这是由机器录下来的刺耳的女人的声音，声音传来的方向正对着玄关的位置。那里有个米黄色的小柜子，半人多高，柜子平台上摆着一个高十厘米左右的小型黑色圆柱体，此刻，它顶上的红灯正在不停地闪烁着。

好不容易等它闭了嘴，李振峰走上前刚要把它拿起，身后传来赵晓楠的声音。

"别怀疑你的耳朵，刚才骂人的就是这玩意儿。"赵晓楠出现在厨房门口，沮丧地摇摇头，压低嗓门抱怨，"我们本来想直接给它断电好让它闭嘴，但是生怕丢失什么线索，没办法，也就只能这么忍着了。"

"它怎么骂人？"

楼上的小九听了，忍不住朗声笑了起来："李哥，这是智能音箱，我给我爸妈买过一个，没这家伙聪明罢了，毕竟一分钱一分货。"

"它骂起人来怎么一阵一阵的？"看着声息全无的黑色圆

柱体，李振峰双眉紧锁，不明白为什么这家人要录下骂人的声音。

"应该是我们刚才说的某个特殊字眼触发了它的回复机制吧，回头叫大龙看看，咱们还是别动为好。"小九解释说，"我和丁龙刚进来的时候也被它吓了一跳。"

"赵法医，尸体你看过了吗？"李振峰站在厨房门口看着忙碌的赵晓楠问道。

赵晓楠点头："结束这边工作后，我会过去配合他们进行转移工作。"

李振峰接过护目镜戴上，顺势扫了眼干干净净的厨房："这里看上去很干净。尸体在哪儿发现的？这儿吗？"

"我跟你说过，有时候我们不能只相信自己眼睛所看到的东西。"赵晓楠同样也戴上了护目镜，然后按了一下身边墙上的开关，厨房里瞬间光线全无。与此同时，一大片蓝紫色荧光在眼前亮起来，几乎遍布厨房整个地面和门框，呈现出明显的擦拭痕迹，而厨房操作台上的那一片荧光却有些特别。

赵晓楠说出了心中的疑虑："这个厨房是整个案发现场中唯一被凶手仔细擦拭打扫过的，却唯独留下了操作台这块，我感到无法理解。"

李振峰注意到操作台上的蓝紫色荧光被分成了并排的三处："能查出凶手曾经在这里处理过什么东西吗？"

"头颅，死者的头颅。"赵晓楠摘下护目镜，同时打开窗户开关，"分局的法医也跟我确认过，死者身上就只有头颅被切下来了，别的都保存完好。"顿了顿，她又补充了一句，"死者脸上的表情也很安详，明显后期被凶手整理过。"

就在这时，玄关处的智能音箱突然又被激活了，这一次声音却明显温柔了许多，仔细辨别下来，竟然是一个男人清唱的一段哄孩子睡觉的摇篮曲。

两人赶紧循声走出厨房，歌声戛然而止。如果在别的地方听到这声音或许不会让人感觉到异样，但是冷不丁地在一个杀人案现场出现，直让人不禁屏住了呼吸。

"看来我们这个案子有个特殊的目击证人。"李振峰小声嘀咕。

小九收起相机，重新背起工具箱走下楼梯。来到一楼后，他脸上的神情显得有些凝重："李哥，你得做好思想准备，从现场痕迹看这起案子很可能是一个人做的，而且这个家伙太嚣张了，他在整个案发现场停留了可不止一两天的时间。作完案后，他甚至还躺在楼上的大床上安安稳稳地睡了一觉，全然不顾下面一楼客厅里还有三具死尸。床上、衣柜里到处都是二次转移的受害者的血迹不说，带血的足迹更是来往数趟遍布整个现场，却唯独这里没有，你说怪不怪？"话音未落，他伸手指向厨房，"我和师姐的观点一样，厨房地上之所以什么足迹都没有，定是都被这家伙擦干净了。"

"他为什么不收拾水池和操作台？"赵晓楠问。

李振峰脸色沉了下来，看着空荡荡的操作台，回想起刚才并列的三个诡异的印迹，眼前仿佛出现了一个人：他正双手撑着操作台面，仔细端详着面前的三颗头颅，脸上的神情甚是满足。

"不是他不收拾，而是他的注意力被吸引走了。"

"什么东西能吸引住凶手？难道是死者的头颅？"赵晓楠愈发不解，"如果说他痴迷死者的头颅，那他为什么不将其带走而要给死者重新安放回去？"

李振峰摇摇头，眉宇间神情有些沉重："人的头颅包裹着大脑，在人的生命中往往被认为是能主宰一切的东西，但是如果离开了身体，那就什么都不是了。所以，这家伙痴迷的可能不是头颅，而是掌控一切的感觉。把头颅切下来的是他，放回去的也是他，他能操纵一切，包括人的生命。他看不到死亡，所以才会在这血腥的案发现场继续停留几天，享受被他操纵征服一切后的快感。说实话，我已经好久没遇上这样极端的人格案例了。"

走出案发现场，李振峰惊讶地发现门口的地上有一双被脱下来的鞋套，但是罗卜并不在门口。他左右看了看，仍然不见对方的踪影，也懒得打听，便索性快步走出楼栋，朝自己的警车方向走去。

直到李振峰坐进驾驶室的那一刻，罗卜才气喘吁吁地跑了过来，坐到了副驾驶座上。

"你刚才去哪儿了？"李振峰平静地问道。

"我去上厕所了。"罗卜一脸的歉意，"这里的厕所好难找，得去保安室那边，可远了。"

李振峰没再继续深究，人有三急时必须远离案发现场——罗卜执行得一点没错，他挑不出刺，但罗卜坐在副驾驶位置却让他心中总是感觉有一些别扭。

此刻,李振峰的脑海中闪过安东的背影,他下意识地伸手去兜里摸烟盒,这才想起自己走得匆忙,刚买的那盒烟忘在工位上了。他暗暗叹了口气。

警车开出小区的时候,李振峰刻意在岗亭处停了一下车,招手叫来了安保主任,问道:"你们谁第一个去的案发现场,是谁发现死者的?"

安保主任赶紧伸手指了指自己:"我和物业经理赵成。"

"当时电视机是什么状态?关着的还是开着的?"

安保主任想了想,说:"可以肯定是开着的。"

"什么台的节目?"

"综艺台轮播。"安保主任的话匣子打开了,"因为我自己在家时就经常看那个台,二十四小时轮播各类合家欢节目……"

好完美的场面。

李振峰回想起自己在案发现场看到的环形沙发上留下的那三个特殊的人形粉笔痕迹,还有脑海中厨房操作台边若隐若现的诡异身影,心里沉甸甸的。

我不只喜欢买鱼,我更享受它在我手中被一刀一刀彻底剁碎的过程,而我,其实很讨厌吃鱼,尤其是江鲈鱼。

窗外阳光洒满天空,我所站的位置可以看见远处海面上掠过的海鸥。它们振翅高飞,在我的视线中留下了一道道绝美的弧线,就像人的一辈子,有起飞,就必定有降落的时刻。

我不知道我什么时候会降落,那时候一定也会很美吧。

楼下的街道上有警车开过的声音,我笑了,那样的"全家福",你们喜欢吗?

低头看看砧板上那堆稀烂的鱼肉,我突然感到厌恶。强忍着胃里的翻江倒海,我把鱼肉一股脑儿都弄进了垃圾桶,然后打开水龙头,在清凉的流水中,开始仔细地擦拭砧板上残留的污物。

我的厨房必须是干干净净的。

我都照你说的做了,我为什么还开心不起来呢?

看,窗外的白兰花都开了,你最喜欢的。

第二章 动机

当人以自己的身份说话的时候,便越不是自己。给他一张面具,他便会告诉你事实。

回到单位已近中午了。李振峰停好了车，下车后伸手指了指食堂的方向："给你半小时，吃完饭后到三楼大会议室开案情分析会。知道食堂在哪里吗？"

"当然知道，向左走，到头就是。"罗卜回答，"我以前轮岗的时候来吃过饭。那个……"

李振峰看着欲言又止的罗卜，知道他想说什么，摇摇头："我不饿，你去就行了。"说完便低头快步迈上台阶向大厅走去，背影落寞而又倔强。

罗卜有些失落，抬头看了一眼天空转身穿过长长的走廊，向院子另一面的食堂走去。

安平路308号大院由前后两部分组成，因为是老建筑，所以设施分布如今看来有些怪异：前面是面对正门的五层办公大楼，进出上班的人比较多也很热闹，车库在大楼的右边；后院左面是食堂，右面则是档案室和证物房。据说档案室和证物房之所以被定在这里，是因为以前是巡捕房的牢房和武器库，无论物理存放条件还是安保设施都非常好。跟前院比起来，后院显得无比安静。围墙外是一片高大的塔松林，黑漆漆的，将近十米高，显然已经有了些年头。

站在食堂门前，罗卜的目光投向对面的档案室，只有短短几秒钟的时间，眼神中交织着深深的期待与失落。

身边的人越聚越多，罗卜猛地回过神来，赶紧收回目光，跟随在别人身后掀开塑料门帘走了进去。

食堂很大，屋顶很高，光线却不是很好，走进去的刹那间给人一种来到了学校大礼堂的错觉。罗卜端着托盘从队伍中走出来，环顾四周，最终独自来到窗边坐下。刚要拿起筷子，眼前人影一晃，丁龙坐了下来。

"你好，我是丁龙，以后就在一个办公室里了。"丁龙笑眯眯地说道，"我经常两头跑，你看到我的次数会比较多。对了，兄弟，你以前是哪个派出所的？"

罗卜回报了笑容："清河派出所，我干了六年。"

丁龙若有所思地点点头："正好够格跳槽，嘿嘿，不错，不错。不过啊，兄弟，我们这条件比起你们清河那边可艰苦多了，还不自由，你怎么会想到要往我们这个火坑里跳呢？"

"趁年轻多磨炼磨炼呗。师兄，咱每个人小时候不都有个当英雄的梦想嘛，你说呢？"罗卜的眼神中满是光彩。

"这话在理儿。"丁龙笑了，"你叫罗卜？"

"没错，占卜的卜，我妈取的名字，很容易让人产生误会。"罗卜转而问道，"师兄，对面就是档案室，对吗？"

"是呀，单位档案室，虽然叫档案室，里面放的东西可多了。不过不是什么人都能随便进去的。我跟你说啊，在这里查案件卷宗也得经过上面批准，专人专案，因为那里头有些案件卷宗年纪太大，损坏的话修补难度太大了，再加上有些案子敏感度太高，所以单位前年特地弄了个红头标准，严格得就跟对待博物馆里的文物一样。"说着，丁龙顺手拿过面前的醋碟，嘴里嘀嘀咕咕，"都来安平这么多年了，怎么也吃不惯这里的醋，太甜了。兄弟，你是本地人吗？"

罗卜点头："我家就在本市。我刚来局里，还请师兄多指点。"

"嘿，说什么指点。"丁龙笑着说，"以后有事儿需要帮忙尽管吱声，大家都是兄弟，随叫随到。"

或许是冷不丁被面前的醋给熏着了，听了这话，罗卜突然鼻子一酸。

与此同时。

马国柱办公室的门关得严严实实，走廊里也静悄悄的。

李振峰知道马国柱这个时候必定会在办公室里，便循着那熟悉的烟味来到了办公室门前，刚要推门却发现自己的鞋底有泥，于是低头抬脚在门板上来回蹭那些泥，脑子却开始了思考。

门应声被迅速打开，眼前浮现的正是马国柱涨红的脸。他嘴里咬着烟头，一边扣紧皮带扣，一边头一扬："你小子在这干吗？跑门上拉大锯？为什么不直接进来？"

"没干什么。"李振峰看了看自己的顶头上司，嘿嘿一笑，

"谁叫你大白天关着门,我还以为您不在呢,马叔。"

因为父亲李大强和马国柱之间的特殊关系,李振峰对这位顶头上司的称呼永远都在"马叔"和"马处"之间来回倒腾,有时候看场合,有时候则全凭心情。

"上班的时间怎么可能不在?再说了,你就不会打电话吗?"马国柱转身就向办公桌走去,坐下后随手在烟灰缸里把烟头掐灭,咳嗽了两声,言语间充满了无奈,"我腰椎的老毛病犯了,疼得要死,刚要贴膏药呢,正好你来替我贴一下。说说看,现场那边处理得怎么样了?"

"有点棘手。"李振峰一边帮着马国柱贴膏药,一边实话实说,"凶手人格太极端,恐怕会有下一个受害者。"

"这案子是指定给你的,但是我跟副局他们开了个碰头会议,商量后决定动用全局的力量支持你。你小子好好干,明白不?别有啥顾虑。"

贴好膏药,李振峰却开始不动声色地瞅着他,直看得马国柱心里有些发毛。

"你干吗,中邪了?"马国柱拿过桌上的保温杯,打开盖子喝了起来。

"别瞎扯,马叔,有两个问题我有点犯迷糊,你能帮我解答一下吗?"李振峰脸上露出了莫测的笑容。

每次看见这特殊的笑容,马国柱心里就会抖一下。他赶紧低头又连喝了好几口水:"你,你赶紧说吧,等下我们还要开案情分析会呢。"

"放心吧,误不了,技侦那边还没出最后意见呢。"李振峰的表情从容得很,"马处,这个罗卜,你是不是有什么事情瞒着我?"

"瞒着?"马国柱不由得一愣,抬头反问道,"他的人事档案你不都看了吗?"

"那只是表面。"李振峰摇摇头,"我不相信他。"

"为什么?"

"第一,动机,他的动机不纯。不过这并不重要,因为动机不纯并不违法。"此刻李振峰脸上的表情就像看见了久违的猎物,他盯着马国柱,慢吞吞地接着说道,"第二,罗卜八岁前的身份信息并不存在。谁给他做的户籍档案?那可是违法的行为。或者,还有别的什么秘密是我不应该知道的……"

一听这话,马国柱脸上的笑容顿时消失了,说话的语气也变得严肃起来:"阿峰,罗卜是个背景清白的孩子,每次政审都是合格的,比武集训的时候他的各项成绩也很突出,完全符合调动的条例规定。他主动要求来我们单位,我作为处里的主官,没有理由拒绝他。"

办公室里的气氛逐渐变得微妙起来。

"但是话说回来,阿峰,我以马叔的身份忠告你,有时候不要过于咬死一个人的动机,因为动机有好也有坏,只要没去把它变成现实,它就不违法。我们作为警察,守住界线,别的,就顺其自然吧。"

李振峰微微一怔,他盯着马国柱看了好一会儿,突然明白了对方的苦心,随即点点头:"好吧,我听您的,只要他守住底线,我就会照顾好他。"

马国柱无声地点了点头。

李振峰接着说道："'102室灭门案'的现场我看过了，这个案子你们为什么挑中我来办？马叔，分局那里人才济济，应该不会是只有我才能解决，对吧？关于这个案子，您还有什么没告诉我的？"

"就知道瞒不过你的脑子。"马国柱脸上露出无奈的神色，右手从抽屉里摸出了一个牛皮纸证据袋，直接推到李振峰面前，"我知道你一定会问这个问题，本来打算在开会的时候交给你的。"

证据袋没有封口，表面的签名、编号和单位都属于分局，也就是说这最初是在案发现场发现的，也被分局接手了。那它为什么会单独出现在马国柱这里？

李振峰从兜里摸出一副手套戴上，然后小心翼翼地打开证据袋。

里面竟然只是一个最寻常不过的小学生英语作业本，封面署名的位置上被工整地写了一个数字"3"。作业本是被使用过的，手感很厚实，里面密密麻麻地写满了字，甚至还贴着东西。

"我已经从头到尾读了好几遍，不过我还是建议你好好看看，看完就会明白了。"马国柱的声音中明显带着一丝细微的苦涩，"说实话一开始我是拒绝把这个案子交给你的，但是除了你，还真是找不到更合适的人选。"

这确实是孩子用的那种作业本，但是作业本上写的却不是作业。

"是在孩子房间的书桌里发现的。"

李振峰一脸狐疑地抬头："能证实是谁写的吗？"

"他们比对过笔迹，就是本案中的死者，年仅十二岁的男孩戴佳文亲笔写下的。"马国柱的手中不知何时又出现了一支烟，他点上后，顺势探身推开了自己身旁的窗户。一阵凉风吹了进来，他拿着烟的手在微微颤抖："这孩子几乎写下了自己父母彼此之间，因为感情的背叛而撒下的每一个谎。我真的想不明白，孩子已经十二岁了，能自己独立思考问题了，这做父母的为什么就不知道收敛一下？真他妈混蛋！"

李振峰没有说话，只是低头逐页细细读着孩子留下的每一个字。日记并不长，平均下来每篇不超过一百个字。李振峰注意到每篇日记结束时无一例外都被贴上了一朵剪纸小红花，也正是这些小红花贴纸让整个作业本看上去显得格外厚实。但这还不是唯一的疑点。很快，他翻到了最后一篇，脸上的神情变得愈发凝重起来——这一篇的日期是9月7日，是案发前两周的星期三，整整一面只贴着一张照片，是那种老式的一次性成像纸，像素并不高，拍摄地点是在室内。照片是死者戴佳文的半身照，他上身穿着一件印有卡通图案的毛衣，下身穿着藏青色牛仔裤，满脸笑容地站在镜头前。他的双手捧着一块小黑板，上面写着六个数字。而这六个特殊的数字组合起来正是李振峰的警号。

能迅速读懂这是警号的就只可能是警察。

如果没有重大的职业升迁变动，每个警察一辈子到退休为止就只会拥有一个警号，就像身份证号一样。虽然同样是用简单的数字组成的，但是出于职业的本能，李振峰第一眼就认出了这个只属于自己的号码。

"现场没有找到其他日记本，所以，我和王队商量了一下，最终还是决定由你来接手比较合适。他们分局提供情报和人手的协助。"马国柱说道，"阿峰，你仔细想想，你以前有没有和死者一家有过接触？尤其是这个孩子？"

李振峰茫然地摇摇头："就连案发地水月洞天小区我今天都是头一次去。"

他脑海中闪过萝卜的脸。

"这孩子怎么会知道你的警号？"马国柱有些发愁，"你平时穿警服的次数少得可怜。"

"马叔，"李振峰摇头苦笑，"您可别忘了我上过好几次新闻，我想只要是有心人，就能一字不差地把我的警号记下来。"

"确实如此。"马国柱长长地叹了口气，"能知道你警号的途径是非常有限的，除了我们单位门口的公示栏橱窗，剩下的就是与电视台合办的法制类节目。"说到这儿，他话锋一转："阿峰，会不会这孩子的意思是他很崇拜你？"

李振峰回答："您想得太简单了，如果他要表示自己很崇拜我的话，按照他这个年龄段所独有的行为模式特点来判断，他就不会只在这手持小黑板上写下我的警号了；相反，他的举动让我有种他正在接受奖励的感觉。"说着，他把手中的作业本贴有照片的那面转向马国柱，然后用右手刻意遮住那块小黑板，"想象一下，别看他手里的东西，光注意这张脸，他此刻脸上的表情像不像正站在领奖台上领奖的孩子？"

马国柱呆了呆："你把手松开，我再看看。……天哪，你说得对，我现在越看越像。那，会不会是这孩子想向你表示什么？要知道十二岁的男孩子正好处于叛逆期。"

李振峰合上了作业本，头也不抬地说道："马处，恐怕死者那时候根本就不知道自己写的是什么。你看这张照片的机位和这孩子的身高，如果说是自拍，距离未免太远；如果是固定机位，你说在这个高度，除了镜头被人拿在手里由上向下拍摄，还会有别的可能吗？照片的背景是在室内，但完全可以排除教室和办公室，角落里的那个米黄色小柜子就在案发现场的玄关到客厅的位置。所以，这是一张被孩子非常信任的人拍下的照片，而且不排除是按照拍照人的要求，孩子才会在黑板上写下这些数字，然后把黑板拿在手上。再加上前面这些小红花，这些都是平时我们见惯了的老师奖励学生的东西。"他伸出右手手指轻轻扣了扣作业本的背面："而这张照片，我想，应该是拍照的人给我的一个信号，他知道我会看到，这是他的希望。难不成这家伙是想挑战我？"

"先别急着下结论。拍下这张照片的人，你对他的身份来历有大致的参考范围吗？"

"目前还没有，"李振峰站起身，摇了摇头，"不过反正不会是孩子的父母，因为从前面的日记来看，这孩子恨透了他们俩。而这个人应该是他非常信任的人。等会儿开完会，我会去找他学校的班主任老师好好谈谈的。"

第一次案情分析会议进行得非常艰难。

除去最初在现场拍摄的原始照片外，赵晓楠在电脑大屏幕上所示的照片中，放大后的尸体各部位的近景虽然已经经过整体清洗而显得没有那么血腥恐怖，但是在尸检报告上那一个个冰冷的数字和最终结论的对照下，还是让在场的每个人心里都感觉到了无形的压力。

"总结一下我前面所说的，三位受害者的死因相同，都是被钝器多次击打头部造成严重的颅脑损伤和脑部大出血，死后被凶手用锐器割下头颅，送到厨房洗菜池逐一清洗干净，最后再重新摆放回死者的身体上。分局的陈法医和我一起对厨房洗菜池进行了破拆，在管道中找到了部分人体脑组织样本，经过鉴定，属于本案中的三位死者。

"尸体在死后都被凶手刻意移动过位置，我们现在所看到的都是凶手想让我们看到的场景，而不是他们遇害时最初的样子。"赵晓楠指了指照片中那张客厅里的环绕式沙发，继续说道，"男死者坐在沙发的正中，左手位置是女死者，右手位置是男孩，在他们面前的茶几上甚至还摆放着被打开的饮料。"

赵晓楠的目光若有所思："刚发现死者的时候，没有人注意到他们的头颅是活动的。说实话我到现在都想不通，凶手为什么要把他们的头颅都给洗得干干净净的又放回去。这真的是多此一举。"

听了这话，在一旁沉默了许久的李振峰突然举手示意，接着便开口道："我的想法可能有点偏颇，但是可以大胆参考一下。既然案发现场是凶手刻意布置的，那么他的每一个行动都必定有所指向，凶手不只是给他们洗了头和脸，摆放回去的时候甚至还仔细地给他们整理了头发和面部表情，所以我们在这三张脸上才完全看不到受害者死前的恐惧，尤其是女受害者祁红。当时我在现场，整个场面留给我的感觉就是，这个凶手看起来是个很执着的家伙，他对掌控全局有着一种莫名其妙的执念。"

"有道理。"马国柱点点头，转而问道，"赵法医，那三位受害者的死亡顺序是什么？伤口上有什么明显的特征吗？"

赵晓楠调整了一下手中的尸检照片："第一个死者是十二岁的男孩，发现时我们从眼球判断他的死亡时间最久，尸体的腐败程度也是三个人中最厉害的，应该有十二小时以上。他头上总共只有两处伤口，位置分别位于颅骨的顶部与后侧，结合死者的身高来看，符合被人从身后进行突然打击的可能。在他的身上也没有发现明显的抵抗伤，所以我与分局的同事一致认为，他是最先遭到毒手的，死后尸体被塞到一个温度较高的地方，并且不透风，所以才会加速尸体的腐败。

"接下来是男死者，三十八岁，面部完整，8处伤口均集中在头部，其中7处是在死者倒地后形成的，身体其余部位无抵抗伤。给我印象最深的是其中一道伤口，不排除是最先下手的位置，在颅骨右侧，从创面可以直接看见颅骨，下手力度非常大，所以导致男死者一点反抗的机会都没有。我们之所以都认为男死者在死亡时间顺序中排第二，不只是鉴于死者解剖后所得到的各种医学结论，更重要的一点是，只有解决了男死者这个最大的威胁，凶手接下来才有机会对女死者进行缓慢的虐杀。"

"缓慢的虐杀?"丁龙有些怀疑自己听错了。

赵晓楠点头表示肯定:"持续时间超过了六小时,房间里遍布的血迹几乎都是她留下的。"她伸手指了指电脑投影屏幕上的房间示意图,"你们手上都有复印件,红色记号总共39处,只有门边以及卫生间这两处不是,别的但凡做了这个标记的,都是女主人的血。而厨房水池里的血三个死者的都有,那是凶手清洗死者头颅时留下的。

"第三位女死者,三十五岁,面部被严重损毁,已经无法判断她到底被打击了多少下。最为致命的伤口集中在面部,我们最终通过DNA才确定她就是男孩的母亲。

"和前两位死者不同的是,女死者身上遍布抵抗伤,却又同时找到了锐器砍切的痕迹——头颈部、额面部以及上身下体,到处都是,初步数了一下,剔除严重损毁的面部区域,总共有57处,其中刺创42处,砍切创15处。在这里我要强调一下,我比对过女死者身上的锐器伤,与造成三人死后颈部离断的锐器为同一把,单刃,非常锋利,长度不超过十五厘米。"

"能确定凶器的大致形状吗?"马国柱问。

赵晓楠点开了一张厨房刀具架的照片,上面明显少了一把:"这种牌子的刀具总共有七把,这里面唯独少了一把剔骨刀。这条线索后来被经常去死者家做饭的钟点阿姨证实了。"

罗卜突然问道:"剔骨刀可以切断人的脖子吗?"

或许是声音过于陌生的缘故,房间里参会的人不约而同循声看向了坐在门边的罗卜,李振峰却依旧看着电脑大屏幕,脸上没有任何表情。

"当然可以,只要能同时满足两个条件:第一,懂得人体骨骼结构;第二,刀刃足够牢固锋利。"赵晓楠摘下眼镜,揉了揉发酸的鼻梁骨,"当年轰动安平的医学院分尸案,凶手用的就是一把普通的十三厘米长的水果刀。"

罗卜点点头,他的工作笔记摊在大腿上,刚才开会的时候,他一直都在低头做记录。

马国柱看着坐在自己对面的李振峰,后者双眉紧锁,似乎陷入了沉思。他转而问小九:"你们现场勘验那边怎么说?"

"凶手属于和平进入,门窗都没有被破坏的痕迹,走的时候甚至都没有锁门。"小九一边说着,一边点击自己面前的电脑屏幕,他的电脑也连接着会议室墙上的大电脑,"我用蓝色标记标出了现场所有的陌生足迹,除了厨房这块有缺失外,别的地方都是进出连贯成趟的。我画出了他的大致路线,看上去有些杂乱密集,可见他在案发现场停留的时间是不短的。

"另外截至目前,结合分局那边所做的先期工作,电脑识别出了两名物业管理人员的足迹,并且做了合理剔除,因为他们只停留在客厅所在的位置,也就是环形沙发前后,并且很快退出了房间。而剩下的这趟陌生足迹几乎遍布了整套跃层别墅,包括被打扫得干干净净的厨房。这一点我和分局做了核实,确认保洁阿姨最后一次房间打扫的时间是在上周四下午,而凶案是发生在上周五晚上到周一凌晨之间。我们都知道,除非是现场清理的专业人员,否则的话,普通的保洁阿姨是没有办法彻底地完整清理整个房间的地面的,尤其是一些平时都不太会涉足的储藏室。所以就在房间二楼的储藏室不到一平方米的地板上，我们发现了六枚有重叠痕迹的陌生足迹，伴随有数次蹲坐的痕迹，根据高度判断，均来自一个成年男人，身高在一米七六左右。而且从足迹花纹和使用者的习惯来看，与下面案发现场中的血足迹相同，是43码的男式软底休闲鞋留下的。

"我再补充两点：其一，二楼储藏室的位置非常偏僻，在卧室的另一端尽头，我仔细查看过里面的东西，都是一些生活杂物和换季换下来的衣物，上面已经有了明显的灰尘，由此可以判断这个储藏室平时没人来，至少主人没有来过，因为女主人喜欢穿37码尖头女皮鞋，男主人是穿41码的皮鞋，而另一组脚印是43码，所以这里的鞋印属于凶手；其二，这些鞋印不是一次留下的，因为其中两枚被重叠鞋印的花纹不一样，我查过资料，这两枚鞋印属于一双户外登山鞋，这种牌子的鞋在本市年轻男士中很受欢迎。"

"小九，你确定在下面案发现场中没有出现这种鞋底花纹的足迹？"李振峰问道。

"是的，目前为止只出现在储藏室里，根据陈旧性质判断，储藏室外的鞋印应该已经被保洁阿姨清扫过了，所以没有留下。而那双软底休闲鞋的鞋印却不一样，它遍布了整个犯罪现场，唯独没有离开的痕迹，所以我推断凶手离开时换了鞋子，穿走了男主人的鞋。

"保洁阿姨说，这个储藏室位置偏僻，平时不会去打扫，但是储藏室外她经常打扫。"

"也就是说，凶手在这个家里已经待了一段时间了，对吗？"

副局长庞同朝问道。

小九点点头:"时间应该不短,储藏室是他最好的一个藏身场所,因为一部分足迹确实是陈旧类足迹,不是案发时间前后留下的,从上面叠加的痕迹来看,凶手确实已经不止一次进入过储藏室了。我还在储藏室的角落里发现了好几张话梅糖的包装纸。"说着,他拿出了证物照片,"我问过这种话梅糖的地区销售商,证实这种糖是电商专售品牌,而女受害者的网购记录中也显示她经常购买这种话梅糖果,只是我没想到凶手也喜欢吃。"

"糖果纸上有发现什么线索吗?"李振峰问。

小九摇摇头:"还在努力提取指纹和DNA,不过因为包装纸材质的原因,难度不小,我们得做好最坏的打算。你们接着看这一张,储藏室中的地面没有血迹,却有足迹,而外面现场却是血足迹,所以这可以表明,凶手在作案后没有再进过储藏室。相反,他在处理完死者尸体后还在房间里生活过一段时间。床铺上、衣柜里,甚至窗帘上、地毯上到处都有受害者被二次甚至三次转移的血迹。对了,他走的时候还带走了所有他留下的能查出他的DNA的东西,包括但不限于纸巾、牙刷、牙杯,甚至食物包装纸之类的,这家伙都考虑到了。整个案发现场我连他的头发丝儿都没发现,除了我在储藏室角落里发现的那几张该死的糖果纸和储藏室门框上的半枚陈旧指纹,还得做排除。"说到这儿,小九长长地叹了口气:"上次我见到这样的现场,还是我在学校里毕业时导师给我布下的难题。唉,真伤脑筋。"

"不奇怪,这就是他要我们看到的场景,他几乎做到了滴水不漏。"李振峰想了想,说道,"不过有一点我很困惑,不知道你们注意到没有,这个凶手留下的血足迹看上去虽然散落在房间的各个角落,包括二楼的床边,但唯独厨房没有。我记得在厨房里曾看过赵法医的鲁米诺实验现场,擦拭痕迹太清楚了,不只是地面,还包括墙面,只有洗菜池里和操作台上还有明显的血迹残留。这个厨房和房间里的其他区域相比,你们会不会觉得太特别了?丁龙,你跟分局那边联络一下,最好再找那位保洁阿姨好好谈谈:既然我们已经证实凶手在这个家里待了很长一段时间,那么,他生活的痕迹虽然主人不一定能注意到,但保洁阿姨未必,你叫那位阿姨好好回忆一下细节。"

"好的,我马上就去。"说着,丁龙拿着手机快步走出了会议室。

"网安大龙那边有消息了吗?"庞同朝问。

李振峰摇摇头:"需要得到智能音箱开发商的许可才能调看所有的使用记录,他们的终端机房在苏川。大龙说一有消息马上就会和我联系。"

小九举手示意要发言,他接着说道:"考虑到现场的血腥程度,凶手从进入到离开期间肯定是换过衣服的,所以我们查看了小区的监控,尤其是案发现场附近的。目前图侦组还在继续识别,到现在为止还没有发现什么有异样的地方。"说到这儿,他停顿了下,转而换了担忧的语气:"不过,监控视频是断断续续的,尤其是案发现场附近的那台监控,三天两头会有丢失视频储存资料的迹象。"

"这些监控资料都储存在哪里？"

"物业安保室。"小九回答。

马国柱和李振峰对视了一眼，后者肯定地点了下头，他心里便有了底，对李振峰说道："你那边马上派两个人，逐一摸排水月洞天的物业保安，重点关注有前科劣迹的人，只要有一点怀疑，就立刻带到附近派出所进行进一步的询问，我们的时间不多了。"

马国柱之所以这么安排不是没有缘由的，证据就在那个作业本上。死者父母互相背叛出轨已经不是一天两天的时间了，那么未来打离婚官司时可以在法庭上被当作证据使用的监控视频丢失现象也就可以解释了，而能够做到这些事情的人，只有物业安保的内部人员。

"技侦方面，小九，除了图侦跟进，现场指纹和毛发上你们再考虑看看有没有突破，老话不是说嘛，智者千虑必有一失，我就不信这家伙是个大铁桶。"顿了顿，他又补充了句，"图侦组那边是重点，你要盯紧了！"

"没问题。"小九回答。

马国柱的目光又一次看向李振峰："对了，死者一家的社会背景和人际关系方面调查得怎么样了？"

李振峰回答道："从目前掌握的情况来看就是出轨，这块是重头，后续我还会继续跟进。至于说经济往来方面，从手头的情报线索来看，是干净的，没有异常的经济纠纷，而且男女受害者都是属于不愁吃穿的那种人，各自的家庭背景也不错。"

马国柱听了，用力点点头："好，有情况随时向我汇报。"

他随即站起身，说道："今天就先到这儿，你们回去后各自抓紧时间跟进相应的任务，情况汇总上来后随时安排下一次会议，各自忙去吧。"

侦查员们纷纷收起工作笔记鱼贯走出会议室，最后房间里只剩下了马国柱和主管刑侦工作的庞同朝。

"老马，"庞同朝从兜里摸出烟盒随手抽出一支丢给了对方，接着说道，"你对这个凶手有没有什么看法？"

马国柱咧嘴苦笑："硬茬，难啃。说出来也不怕你笑话，庞局，只要能保护群众的生命安全，面对歹徒真刀真枪上的话，我马国柱连眼皮都不眨一下，咱就是干这行的。可这一旦遇上个自以为是并且脑子不太正常的家伙，毫无来由地给人灭了门，唉，事情就难办多了，头疼。怎么说呢，庞局，我也不忽悠你，这案子难度真的是不小。"

庞同朝手里的打火机打了半天没见着火，他索性往桌上一丢："那你为什么就觉得李振峰这个年轻人有把握破案？"

马国柱低头想了想，再次抬起头时，脸上带着一丝狡黠："庞局，这孩子有天赋，他骨子里就是个当警察的料儿，因为他脑子里没我们这一代老警察做事僵化的毛病，也没有新一代身上的浮躁。无论身边环境多么嘈杂，他都会很快投入案子里去，用一个与众不同的角度去解决自己面对的任何问题，有时候，甚至从凶手的角度去思考也不足为奇。怎么说呢，阿峰这孩子名义上是我带进这一行的，其实严格意义上讲从他八岁起，他就是这栋老房子里正式的一员了。相信我，头儿，如果真要说这个案子我们中有谁能解决的话，那么就非他莫属了。"

"八岁？"庞局长呆了呆。

马国柱开心地笑了："我师父李大强就是他爹，他老人家现在已经退休了。当年，阿峰这孩子一有时间就来这里陪他爹上班，安平路这栋老房子二百多年了，跟他们一家三代警察的渊源可不是一句两句话就能讲清楚的。"

走出会议室马国柱独自一人朝办公室的方向走去，远远看见罗卜的背影，伸手刚想叫住他好好谈谈，却见他直接走向楼梯，独自一人匆匆下楼走了。回想起李振峰在会前和自己的谈话，他的心里不由得涌出了一丝担忧。

马国柱推门走进自己的办公室，在办公桌前坐下，拿出手机拨通了李大强的电话。

"师父，你有空吗？……好，下班后咱老地方见，我请你。"

挂断电话后，他的目光落在了文件隔板上，眼前的一幕让他脑海里一片空白——文件隔板总共由纵向五个隔层组成，自己习惯把调取卷宗档案的批示条放在第二个隔层，因为自己手臂比较长，这样拿起来最顺手，为什么此刻这一沓空白批示条却出现在了中间第三层？甚至下面还压着一张外勤补贴审批件回执，这回执明明是早上才拿过来的，现在它却被压在了批示条下面。

马国柱伸手取过批示条看了看，又看看文件隔板，脸色顿时沉了下来。

五分钟前。

其实罗卜看到了马国柱伸手想叫住自己,但是此刻的他却已经顾不了那么多了。兜里揣着那张空白的批示条,罗卜内心有些紧张,脚步匆匆走下楼梯的时候,他满脑子里想的都是自己总算可以知道真相了。十八年了,自己等得太久了,父亲也已经等得太久了。那家伙说过,真相一直就被藏在当年的卷宗档案里,而要想成功看到那些卷宗,罗卜只能先当上重案组刑警,只有重案组的人才有资格和权力因工作需要,去调取并阅读当年被封锁的卷宗档案。

回想起十八年前的那个滂沱的雨夜,睡梦中的罗卜被惊醒,他躲在门边惊恐地看着母亲对父亲歇斯底里地怒吼着什么,而父亲一直背对着自己,他看不清楚父亲的脸。就在那时,母亲突然冲了上来,抱起年幼的罗卜不顾一切地往外就跑,冲进茫茫的雨雾中。

父亲的呼喊声撕心裂肺,但他并没有追上来,叫了两声后反而低下头背过身去了。这也是罗卜记忆中最后一次看见自己的父亲,从此以后父亲在他的生活中消失得无影无踪,就好像从未在这个世界上出现过一样。可惜的是,那夜雨太大,罗卜看不清楚父亲最后时刻脸上的表情。

这是他脑海里仅存的关于那晚的记忆,再醒来时已经是三个月后了,窗外飘着冬雪。医院病房里,母亲的脸色惨白如纸,眼睛里充满了绝望的泪水。直到罗卜因为剧烈的头疼而终于哭出声时,母亲的眼中才有了光亮,破涕为笑。

出院的时候,母亲告诉他,自己给他取了一个新的名字,叫罗卜。至于为什么取这个名字，母亲说，因为未来会发生什么，谁都不可能未卜先知。而父亲从那以后就彻底从罗卜的生命中被抹去了，他脑海中对父亲所有的记忆也只压缩到了那个雨夜和那个颤抖的背影，剩下的空白便再也填不满了。

新生活的开始是磕磕绊绊的，罗卜的身边只有母亲，他一遍遍地被告诫不准谈起自己的过去，也不准谈起母亲的过去。而他的父亲早就死了。

此刻，罗卜攥着批示条的手在微微颤抖着，呼吸也变得愈发急促。他本来自信地认为，自己能在回忆中彻底掩埋那个雨夜母亲的恐惧和父亲僵硬的背影，但是他失败了，正如那家伙所说的，有时候离真相就差一步的时候，妥协的背面就是一辈子的纠缠。

为此，罗卜才决定改变自己的人生，去继续走完当年留下的那一小步距离。不管父亲如今在哪儿，他都要把他找回家。

"罗卜，等等我。"

刚走到办公室门口，李振峰便在身后叫住了他："走，今天还有时间，跟我去趟明山小学。"

罗卜没有理由拒绝，无论此行的最终目的是什么，自己首先是个刑警，这点是他从不否认的。他顺势把右手从口袋里伸了出来："好的。"

路上依旧是李振峰开车，但和上次的冷漠相比，这次他变得话多了不少，似乎已经接受安东再也回不来了，以后罗卜便是他的搭档。

"你家里还有什么人？"李振峰问。

"我妈，她在朝阳菜场卖鱼，干了十多年了。"

"怎么突然想到来市局？基层的工作可比这儿轻松多了，还有基层补贴，不像我们这边，一有了案子可就得没日没夜地忙了，家里根本顾不上。"李振峰看了眼后视镜，这时候正好是一天之中路面人流最少的时候，他开始踩油门加速。

"李哥，其实说白了也没有什么特别的原因，从学校毕业后我是为了我妈才在基层风平浪静地过了六年。"说到自己母亲的时候，罗卜的嘴角露出了微笑，"我妈一个人把我从小拉扯大不容易。家里的经济状况也不容许我去考别的大学，所以我就去了警校，因为警校不要学费，还能发钱。警校毕业后我本来打算去做刑警的，但是又不想让我妈太过担心，所以就寻思着先在基层安心待几年，等稳定下来了，我妈逐渐接受了我身上这身警服，再找机会干刑警。"

听了这话，李振峰感到有些意外，再次看向罗卜时，他的目光变得柔和了些许："你是个孝子。"

"那你呢，李哥，你怎么想当警察的？我在基层经常听到你的事迹呢，我很佩服你。"

"破案是我的工作，没什么稀奇的，单位里比我厉害的师兄多得是。"李振峰不由得苦笑，"至于说我的家庭嘛，警察世家，我爸就是警察，一个普普通通的刑警，身上有七道伤疤，其中一道差点要了他的老命。不过现在他已经退休了，老头子天天在小区里当义务巡逻员呢，根本就闲不下来。"

两人正东一句西一句地聊着，警车开进了明山小学的大门。

还没有到放学时间，校园里显得格外安静。因为来之前已经和校方联系过了，所以在出示证件后，警车得以一路畅通无阻地径直开到了教务楼下。

"这学校好大。"下车后，罗卜吃惊地环顾了一下整个校园，"比我想象中的大多了，这里真的只是小学？"

李振峰点点头："明山小学和对面的明山初中以及后面的高中部都属于明山教育投资集团，在我们安平，明山学校在民办教育机构中可是数一数二的。能在这儿读书的孩子，不仅要聪明，家里还得有钱。"

"贵族学校。"

"没错，可以这么定论，反正我们是上不起。"两人一前一后走上台阶，来到二楼校长办公室。

明山小学校长和死者戴佳文六年级时的班主任黄老师都是女性，校长略微年长几岁，小黄老师则三十出头的样子，还很年轻。相互介绍讨后，大家便各自找椅子坐了下来。

"佳文是个很聪明的孩子。"小黄老师时不时地用手帕擦拭眼角的泪水，哽咽着说道，"我今年7月份刚把他们班送走，怎么就出了这种事？真的太可怕了……警察同志，佳文还是个孩子啊，凶手怎么下得去手……"

"小黄老师，戴佳文从一年级至今都是你给他当班主任，对吗？"李振峰问。

"是的，这是我们学校的规定，所有的班主任老师都必须从一年级开始直到毕业为止。"校长在旁轻声补充道，"这样有助于我们掌握学生的情况,因为我们学校总共有一千二百多名学生,绝大多数都是住校的,戴佳文同学除外。"

"你们要求学生住校是硬性规定吗?"

小黄老师点点头,面露难色:"统一住校确实是我们学校的规定,但学生还是可以选择的,前提条件是家长必须同意并且签署每天按时接送安全责任书。"说着,她从随身带的帆布袋里取出一张纸交给李振峰,"我还特地找出来了,签字的是戴佳文的父亲戴虎成。"

"那这六年时间里戴佳文有没有出过什么意外?"

"没有,如果有意外,我们的保安会及时记录下来,并且通知我们班主任和生活老师。"无意中又一次触动了心事,小黄老师忍不住又红了眼眶,"真没想到,六年都平平安安地过来了,这毕业了却偏偏出了事。"

李振峰和罗卜对视了一眼,接着问道:"小黄老师,请问你见过戴佳文的父母吗?"

"只见过他的父亲,从没见过他的母亲。听说他们夫妇工作都很忙,在什么跨国大公司里当高管,还经常出差,尤其是孩子的母亲。"

"戴佳文的父亲是个什么样的人?"罗卜问道。

小黄老师认真想了想,随即肯定地点头:"固执,非常固执,对孩子要求非常高。"

"为什么他会给你留下这种印象?"李振峰进一步追问道。

校长听了,面色尴尬:"这个我可以来解释,明山初中有个著名的管乐班,每年给我们明山小学十个直升推荐的名额。那次填报志愿的家长会我也参加了。在这之前一周的摸底考试中，戴佳文同学的成绩并不是很好，因为这孩子有点偏科，数学是他的弱项，所以年级总排名只排在第十八位。当时我和小黄老师也谈过，宣布十五名入围直升名单的同学时就没有考虑戴佳文同学。"

小黄老师略微向前欠身接着说道："当时戴佳文的父亲对此非常不满，在家长会上大声地指责我们校方单凭一场考试就给孩子定终身。唉，无论我怎么解释，他都不满意，还扬言说要去集团管理处告我们。没办法，逼得初中部那里不得不最终修改了推荐模式。"

"那后来他考上管乐班了吗？"罗卜忍不住问道。

"没有，差了三分，也是有些可惜。他后来进了明山初中的快班，据说成绩还不错，第一次摸底考试还得了全班第三。"

"小黄老师，我还有最后一个问题，请问戴佳文最喜欢哪一门课？"李振峰问。

"语文。"她想了想，又补充说道，"作文，他的文字功底非常好。"

"他经常写日记是吗？"李振峰双眉紧锁，"你们对此有没有课外辅导老师、兴趣班之类的？"

"我就是他曾经的语文老师，至于他写不写日记我不知道，但是课外辅导老师和兴趣班方面我可以明确告诉你，这是肯定没有的。不过如果孩子家自己在校外另行找了补习老师的话，那就另当别论了。"

"对了，小黄老师，你印象中戴佳文的身边有没有很要好的同学？"

"你是说经常在一起玩的同学？"小黄老师果断地摇摇头，"这一届孩子中我们班总共有三十九人，三个走读，其余都是住校的，或许是因为这，再加上性格方面的原因，戴佳文同学从五年级开始就比较不合群。"

"不合群？"李振峰问。

小黄老师脱口而出："他被同学排斥了。"

"事情总有个导火索吧？"李振峰又追问道。

小黄老师刚要开口，却被身边坐着的校长给拦住了，他们似乎有什么难言之隐，房间里的气氛瞬间变得尴尬起来。

李振峰赶紧看向罗卜，后者心领神会，开口说道："你们放心吧，老师，我们的目的就只是破案，早日抓住凶手，更何况我们对案件线索的来源和保护也是有制度规定的。"

校长犹豫了好一会儿，终于点头："好吧，是这么一回事。有一次学校组织秋游，天气不是很冷，地点是仰山公园里的天然湖，周围风景都不错，位置就在仰山自然保护区内。刚开始的时候一切都还很正常，到了中午，老师带领学生在湖边吃午餐，因为不属于低年级同学，所以一个班就只配备了一名生活老师和一名班主任。"

"三十九个孩子，唉，总有失误的时候，这也是我们工作没做好。"

"到底发生了什么？"李振峰察觉到了校长语气中的小心翼翼。

小黄老师低下头，低声说道："班里有个女生突然掉进了湖里，因为位置比较偏僻，如果不是那孩子拼命喊救命，我们可能就真的闯祸了。刚开始的时候我还以为这个女生是因为贪玩，无意中滑入了湖中，当时湖边比较湿滑，我们再三叮嘱过要小心，但是总会有那么一两个孩子不当回事。最后，有惊无险，我和隔壁班的老师一起把那个孩子拉了上来。也就是在那个时候，我听到周围学生在议论，说那个落水女生是被戴佳文推下去的。就是从那次秋游回来后，班里就再没有人愿意和戴佳文说话了。

"后来我和郑校长一起找落水的女生谈话，问起事先他们有没有过什么冲突，她说她记不清了，说事发时自己可能是不小心滑下去的，而戴佳文恰好就站在自己身后罢了。"小黄老师无奈地摇摇头，"事情经过就这么简单，后来我们跟戴佳文的父亲沟通了一下，毕竟女生还是落水了，希望他能出面稍微安慰一下，让风波早些过去，可是戴佳文的父亲坚持不相信自己的孩子会这么做，面对周围同学的议论，他甚至在事后没多久还到学校来闹过一次。从那时候开始，戴佳文同学就被周围的人彻底孤立了。"

"那你们联系过戴佳文的母亲吗？"罗卜问。

"联系不上，这孩子从没提到过自己的母亲，似乎对方就只是自己档案上的一个特定称呼而已，除此之外，没有什么别的特殊意义。"说到这儿，小黄老师轻轻叹了口气，"不管怎么说，警察同志，戴佳文同学还是个很有前途、学习也很认真的孩子，希望你们能早日抓住凶手。"

李振峰点点头。

在开车回单位的路上，两人又顺道拜访了明山初中的老师。因为戴佳文在这里才上了不到半个月的课，所以相比起明山小学，明山初中的老师没有办法提供更详细的线索，只是再三强调这是个很有前途、很上进的孩子，凶手太可恶了。问起上下学接送的事，学校老师在仔细询问过保安后只提供了一条看似并不是很重要的线索——每天接送戴佳文上下学的是一个年轻女人。看过女死者祁红的照片后，保安表示自己没见对方下过车，只是在车辆开过时通过车窗的一侧看到过驾驶员的侧面，所以是不是照片中的人不好说，但能确定是个女人，理由是对方有长头发。

离开明山初中后，警车继续朝城区开去。在十字路口等红绿灯的时候，李振峰拨通了丁龙的电话，然后按下免提键：

"丁龙，你现在还在分局吗？"

"是的，我在分局法制科。"

"和保洁阿姨那边谈得怎么样了？"

"一切顺利，我马上回局里向你汇报。"

"你帮我再问一下保洁阿姨，看她知不知道这半个月内戴家是否雇过女性司机专门负责接送戴佳文上下学。还有就是，是谁雇的保洁阿姨，以及这家的女主人为人怎么样，有没有拖欠过工资。"

电话那头传来了一阵清脆的键盘敲击声。

"没问题。"

挂断电话，时间已经临近傍晚，警车无声地在夕阳中开过街头，远处的路灯不断亮起。

罗卜突然问道："李哥，如果生活中你的朋友犯了错，你会选择原谅他吗？或者是会和周围人一样孤立他？"

"我不会孤立他。"李振峰看了眼身边坐着的罗卜，"生活在这个世界上，我们虽然看上去是独立的个体，但从小到大，从众心理却是谁都无法彻底回避的，因为只要是人，出于本能，我们都会害怕被孤立。但我想，如果我已经做好了足够的心理准备，去面对同样被周围人孤立的局面的话，那这已经是最坏的结果了，剩下的就很简单了，只要跟着自己内心是非对错的衡量标准去走就行了。"

"那……你被孤立过吗？"罗卜抬起头看着他。

李振峰听了，却只是轻轻一笑。

都过去了，不用那么在意。因为人不能靠被别人拯救来活着，除非那个人是自己。

晚上六点半刚过，夕阳的余晖洒满街头。

由于地处市中心热闹地段，胜利新村外的"天天大排档"刚营业没多久就已经坐满了人。

嘈杂的马路上熙熙攘攘，时不时地有车辆经过，刺耳的喇叭声骤然响起。

马国柱闹中取静，单独要了张小圆桌和两个小方凳靠路边坐着，面前摆着一碟鸭脖子、一碟卤水花生、两瓶啤酒。但他的心思却完全不在吃上，他时不时地看向马路尽头的新村大门，试图从人来人往的行人中尽快辨别出李大强的身影。

"你小子伸长脖子瞅啥呢？"不知何时，退休老警察李大强背着手，笑眯眯地从自己徒弟身后冒了出来。

"师父，吃晚饭了吗？师娘还好吗？"马国柱赶紧示意老师坐下，然后打开了啤酒瓶，规规矩矩地将李大强面前的杯子倒满。

"好，吃过晚饭跳广场舞去了。"见马国柱又给他自己倒满了一杯酒，李大强一怔，"你不是开车来的？"

马国柱摇摇头："我走过来的，下午正好在分局开会。"

"那也得有三公里了吧？"

"没啥没啥，走走路，正好理一下思路。"马国柱低头猛地喝了一大口啤酒，瞬间脸颊就有了些许红色。

见状，李大强轻轻摇摇头，伸手挡住了马国柱的酒杯，嘀咕道："你啊你啊，都这么多年了，还是喝不惯酒。我看你就别逞能了，有什么话直说吧，我能帮你的话，一定尽力。"

"师父，"马国柱一时语塞，抬头见面前老警察的目光中满是关切，鼻子一酸差点没掉下眼泪来，连忙吸吸鼻子掩饰了过去，"对不起，我辜负了你的嘱托，可能要让你失望了。"

"你什么意思？是不是阿峰那小子又干什么出格的事了？"李大强虽然退休两年了，但平时单刀直入的做事风格却一点都没有改变。

"师父，阿峰是个出色的刑警，这点你不用担心，老实说，我现在都离不开他了。我现在想说的是这个人，他可能知道当年那件事了。"说着，马国柱在自己手机上找出一张照片给李大强看，眼中满是不安。

看到照片，李大强心中一沉，脸色顿时变了。他把手机还给马国柱，低声说道："他现在叫什么？"

"罗卜，是改户籍时他妈给取的名字。"

"局里知道他的身份吗？"

马国柱摇头："这是省里专案组直接处理的，所以除了我和你，目前局里应该还没人知道。"

李大强似乎还没有从震惊中回过神来，许久，他压低嗓门冷冷地质问："你到底干了什么蠢事？他爹都出那么大的事了，你怎么还会同意让他当警察？"

"我刚开始不知道他会去报考警校，后来知道了又没法拒绝，也没想到六年后他会主动申请调职来局里，在这之前真的是一点儿征兆都没有。"马国柱神情落寞，"作为处里的刑侦主官，我没有理由拒绝一个条件优秀的警察。安东殉职后，能有资格替补他的位置，又能独当一面的，迄今为止就只有罗卜。拿到申请后，我找过他们清河派出所的所长，当然是以政审的名义，郑所长和陈教导员对他的评价都非常高，甚至还流露出不愿意他离开的意思。我本以为这小子只是一时兴起，毕竟是年轻人嘛，但是后来我发觉事情不对了。"

"前年单位里档案室档案外流的事你也是知道的吧，师父？"马国柱小声说道。

李大强点点头："处分了一批人，开除了三个，单位后来也制定了新的严格的条例。调阅以前的纸质档案时必须严格审批、专案专取，尤其是那些还没侦破的、涉及我们的人下落不明的案子。"

"没错，师父，现在那个批示条就是我在管。但是今天我给你打完电话后，才发觉有人竟然动过了我文件格里的批示条。"马国柱的目光中充满了焦虑。

"罗卜那小子干的？"

马国柱摇摇头："我不能确定，下午开会前我给林主任打了电话，问有没有人去调过卷宗档案，查看以前的老案子。他说没有，我跟他说了，要是有人去调阅，叫他事后务必给我打个电话。"

"你……"李大强盯着马国柱看了很久，欲言又止，突然明白了他的苦心，语气随即柔和了许多："国柱，难为你了。没办法，当年那起案子只要一天没破，这娘儿俩的安全我们就得守护一天。我只是怎么也没想到，他明明什么工作都能干，选择的余地也不小，为什么偏偏要来当警察？"

"这孩子的心思我看不透。"说到这儿，马国柱不由得苦笑，"不只是我，现在就连你的宝贝儿子也怀疑上他了，我却不能说。唉，心里憋屈啊，师父。"

听到儿子李振峰的名字，李大强目光复杂："那小子随我，一旦发现什么就会紧盯着不放。这两头一夹击，你自然就成风箱里上蹿下跳的耗子了。只是，罗卜那孩子在基层一直待得好好的，怎么突然就不想干了？"

马国柱低着头，沮丧地说道："师父，当年出事的时候，他已经到了有记忆的年龄了。所以他后来选择当警察，我想，他就是想对当年的事情做个了结吧。男孩子嘛，总想保护母亲，你说呢？"

"那他到底想干什么哦，真要命了，平平淡淡地过一辈子不行吗？"李大强不由得一声哀叹，"要不，我找他妈谈谈？希望她还记得我。"

"也只有这样了。"马国柱目光中露出了感激的神色，"她应该会记得你，当初你可是从车轮底下救出了他们母子俩啊。"

"都这么多年了，还说那事儿干吗？其实啊，英姐是个很特别的女人，"李大强若有所思地说道，"她非常爱罗卜，为了这个孩子，她宁愿牺牲自己的一切前途选择隐姓埋名地生活，我很佩服她当初的决定，希望这次我也能说服她让罗卜退出，做个普通人，这样的话，至少我们对她的付出也能有个交代。对了，她还在原来给她安排的种子公司上班吗？"

"不，她早就不在那干了，"马国柱有点沮丧，"好像是因为和店里负责人闹了点矛盾。英姐那脾气是出了名的眼睛里揉不得沙子，后来索性就带着儿子去朝阳菜场承包了一个鱼摊卖鱼去了。"

"女人当鱼贩子可是个辛苦活儿啊，"李大强哑然失笑，"不过，大隐隐于市，这确实是英姐一贯爽快的风格，厉害！那她再婚了吗？"

"没有，据我所知她一直都没有再恋爱结婚，自己一个人把孩子拉扯大的。真的挺不容易。"马国柱回答，"我找机会去过她的摊位几次，她似乎已经不认识我了。出于对她的安全考虑，我也没挑明身份，就只是想给她一点生活补助，但是没几天就被她原封不动地送回了单位。"

"这不奇怪，她就是个非常要强的女人，你不用往心里去，你要做的应该是尊重她的任何决定。"李大强若有所思地看着自己的徒弟,目光中带着些许温暖,"我明天一早就去找她,那个时间段都是买菜的老头老太太,会比较安全。"

话音未落,他突然两眼发傻,意识到自己现在不就是个标标准准的糟老头子吗?心里顿时感觉酸溜溜的。

马国柱想了想,说道:"师父,还有件事儿我跟您汇报一下。今天发生的一起凶杀案,其中一女性死者叫祁红,我安排人在数据库中检索死者背景资料的时候,无意中发现这个名字与十八年前那起连环绑架勒索案中曾经出现过的一个证人名字相吻合,核实下来,确认正是当年案件中四位失踪者之一徐佳的同学,十八年前在局里做过那起失踪案的笔录,笔录内容非常简单,归纳起来就四个字——毫无异样。目前为止,我还没有足够的证据能把当年的案子与现在我们处里接手的这件灭门凶案联系起来,或许……只是巧合吧。"

李大强点点头,目光深邃:"我还记得徐佳的父亲,印象太深刻了。听清河派出所的老郑说,那老家伙每年都会定时定点闹一次,诉求无非就是两个。第一,帮他找回女儿,活要见人死要见尸。至于说第二嘛,"说到这儿,他微微一怔,旋即叹了口气,抬头看向马国柱:"他不知从哪里打听到说他女儿失踪案里有过一个证人,是他女儿的同学,他想跟她谈谈,所以想知道对方的名字。这个要求是绝对不可能满足他的,你说是不是?我们警方也跟他解释过很多次当年只是例行询问,再说对方也没有反映出什么特别的情况,见面一说何从谈起?当然就只能拒绝了。"

"那……"马国柱的眼神中闪过一丝疑虑。

李大强看在眼里，果断地一摆手："不可能，当年因为祁红未成年，知道她身份的，就只有参与破案的专案组中这几个人，包括心理专家秦教授在内。秦教授和祁红谈过很多次，连他都没能问出什么来，你说祁红身上怎么可能会有疑点？又怎么可能给她招来杀身之祸？所以只有一个可能——巧合！"

"师父，我有个打算。"马国柱欲言又止。

李大强熟悉自己徒弟脸上的这副表情，略微沉吟后，轻轻叹了口气："国柱，你放不下当年的案子，我能理解，毕竟有个兄弟也失踪了，凶多吉少。我也支持你的打算，有机会你跟省厅汇报下吧。如果真能找到那兄弟的下落，我们也能给英姐娘儿俩一个交代。"

"英姐可是个厉害人物呢，性格倔强不说，什么苦都能吃。"马国柱脸上露出了苦笑，"可惜的是，她儿子根本不随她的个性。"

李大强听了，若有所思地点点头，伸手拿起面前的酒杯一饮而尽，这才长长地叹了口气，冲马国柱嘿嘿一笑："你知道吗？国柱，警察的儿子性格都像自己的老爹，这是刻进骨子里的遗传基因呢！"

马国柱小声嘀咕："我闺女也不差。"

此刻，城市的另一边。

我相信轮回。

我背着工具包，乘坐各种公共交通工具在这个城市里四处游荡，不管白天黑夜，我有的是时间。

生存对于我来说是次要的，我乐此不疲地寻寻觅觅，只因为我知道你一定会在我身边出现。

正因为如此的执着，我才能够有机会在拥挤不堪的人群中注意到你的身影。

你一袭白裙，什么都没变，看上去依旧是那么疲惫不堪，却又不得不用虚假的笑容去应付身边那个蠢笨的男人。

我没有看错，与我擦肩而过时，你看我的眼神中果真流露出了一丝熟悉的渴望。

好吧，我来了。

我站在街头，深吸一口气，闻着那淡淡的白兰花味道，我在心中轻轻地呼唤——我为你而来。

凌晨一点刚过，清河区消防中队值班室里突然响起了尖锐的电话铃声。几分钟后，一辆消防车警笛长鸣着飞速驶出大院。

火情并不大，范围也只局限于临街的一间小仓库，只用一根水枪就把火情控制住了。

在回单位的路上，消防班长和往常一样在朋友圈里发了几句感慨："收工啦，今天五分钟解决问题，真希望以后每次都能这么利索。"

很快，罗卜在下面留言："兄弟，这回哪边又着火了？"

消防班长咧嘴一笑，回复道："我们辖区的林业公司，就是绿塔路上那家，有个神经病把他们公司新买的一批杧果树苗给烧了，老板气坏了，说也许就是白天那个娘娘腔干的，他要去报案。"

"他是不是电视剧看多了?"
"应该不会吧,谁知道呢。"
"我看有可能。"
……
夜色更深了,周围都安静下来。

第三章　鬼影

现实只是一抹幻影，尽管它从不消散。

夜深了，看完所有的走访回馈线索后，李振峰依旧坐在办公桌前，看着白板上的案件分析图陷入沉思。

"还没下班吗？"赵晓楠站在门口。她一件黑色的修身中风衣恰到好处地掩盖住了她瘦削的身材。

"你来得正好，有两个问题想问你。"李振峰冲她招招手，然后伸手一指白板，"祁红，你说过她是被虐杀的，致命伤口集中在脸部，身体的其余部位被捅刺砍切共57刀。那么，问题一，这些脸部的伤口，有没有可能是死后造成的？你能详细给我讲讲他们三个的死亡过程吗？"

赵晓楠走进办公室来到白板前，抬头略微沉思了会儿后，便指着其中的一张现场照片说道："我和分局的技侦也讨论过这个问题，经过对现场各处血迹的分析，可以确定的是，凶手作案时所采取的策略是逐个击破。男孩遇害的地点是玄关处，因为伤口面积并不大，只有头部的左右两处，所以只在玄关的深色紫藤萝花纹墙布上发现了几处对应的微量喷溅型血迹，如果不仔细看不会发现。根据足迹判断，凶手把尸体扛着上二楼时，期间在楼梯上滴落了三滴血,形成了三处滴落型血迹,随后直接将尸体塞进了楼上的储藏室。男孩的死亡时间在9月16日也就是星期五晚上5点到7点之间,胃内容物是空的,所以他没吃晚饭。

"接着便是男主人,在他的胃内容物中发现了未完全消化的龙虾肉、蟹肉、米饭和一些高档的红酒,判断他是在高级餐厅吃的晚饭,并且死亡时间是饭后2小时到3小时之间,也就是晚上10点到11点左右。所以,凶手应该等待了好几个钟头才找到机会对男主人下手,而且那时候的男受害者处于醉酒状态。其遇害地点是在客厅靠近沙发的地方,我们在沙发脚上发现了少量人脑组织。尸体随后被藏在了窗帘后面的飘窗台上,我们在窗帘上找到的擦拭状血迹被证实就是属于男受害者的。

"而女死者是最后一个回家的,时间应该是在9月17日也就是周六的凌晨。我观察过案发现场的照明,客厅的灯比较暗,再加上大理石地板是灰色花纹状的纹理,所以上面即便有血迹,在那种条件下也不一定看得出来。小九跟我说过,凶手曾经打开过一楼客厅的窗户,因为在窗户把手上也发现了男死者被二次转移的血迹,不排除他是为了不让女死者立刻感觉到房间里的血腥味而起疑心,所以采用局部通风的方式来让房间的空气流通,减轻血腥味。

"接下来就是女死者的遇害,我判断首次打击发生在卫生间,小九的报告中提到说,卫生间的门锁有轻微被暴力破坏的痕迹,推断是撞门导致的,之所以说程度轻微,那是因为卫生间的门锁本来就只是起到固定作用,没办法完全锁死,只要从外面用力一撞就能撞开。我不清楚当时凶手是不是没有控制好力度或者出于别的什么原因，反正女死者跑了出来，因为我们在大门背后发现了女死者带血的掌印以及从卫生间到门口沿途的滴落型血迹，可惜的是她没有能够及时跑出去求援。在接下来的躲避和逃生的过程中，女死者不断地受到来自凶手的攻击。她最终倒下的地方是厨房门口，从厨房门框下端提取的脑部组织残留以及地面血迹残留痕迹来看，那个位置就是她最后受到面部攻击的地方。她的死亡时间是在周六凌晨2点到4点之间，并且她的胃内容物是空的，血液酒精含量却比较高。"说着，她转身看向李振峰，"至于说面部打击的问题，我的回答是从女死者的身高体重以及生前的身体健康状况来看，在经历了前面的锐器伤和钝器伤的不断打击后，即使她倒下的时候还活着，但脸部只要一击就可以直接要了她的命。"

"那你能看出她的脸遭受了多少次打击吗？"李振峰问。

"我个人认为至少五次以上，而且是属于连续性打击，"赵晓楠想了想，补充道，"死者面部区域粉碎性骨折程度很严重。说实话，这种创伤我只在交警大队见过类似的车祸尸体，命案中至今还没有见过。"

"过度伤害。"李振峰脸上的神情有些凝重，"看来凶手对这个女受害者的恨意已经不是一般的程度了。"

"第二个问题，你在联合尸检报告中提到过，死者的下体也受到了锐器伤害，那她有没有被性侵？"

赵晓楠摇头："没有，女死者死前没有发生过性行为，任何性质的都没有。下体总共三处刀伤，刺切创，全都位于大腿内侧部位，没有涉及别的器官，只造成了大量失血。"

"是刻意造成的吗？还是间接行为导致的？"

"我的意见是刻意，带有恐吓性质，所以我才会把整个凶杀行为定性为虐杀。"赵晓楠回答道。

听了这话，李振峰感到有些沮丧，他右手揉着太阳穴，满脸痛苦的神情，喃喃说道："该死的，我上次看到这种性质的杀戮还是虐狗，在这家伙的眼里，人命简直连畜生都不如。"

"我听马处提到了那张照片的事，"赵晓楠轻声说道，"所以，我觉得你还是多个心眼比较好。我见过那三颗头颅，凶手太冷静了。虽然我的工作就是和尸体打交道，但我，我真的做不到那么视若无睹。"

李振峰抬头看着赵晓楠："那是因为你是人，他不是，这家伙把自己活成了一道黑暗中的影子。"

"影子？"

"是的，永远都见不了光。"他又伸手指了指自己面前的电脑，"走访回来后，我就一直在对他做人格分析，目前看来结果对侦察很不利。我在他的行为模式中看到了回避型和强迫型的特点。简单来说，就是这家伙回避自己的个体存在，却又按照自己的意志去强行改变他人的生活，甚至不惜杀人。这还只是其次，他的犯罪行为模式在这件灭门案中几乎是断裂的，我有时候甚至都怀疑他是不是真的知道自己在干什么。他对自己的决定自信到近乎偏执的程度。我本来以为他会放过孩子，却没想到孩子是他第一个下手的目标。"

赵晓楠感到有些意外："你的意思是那孩子认识凶手？"

李振峰点头："认识时间不短不说，那个孩子甚至还非常信任他。"

"凶手与死者一家是不是有什么纠纷？"赵晓楠问，"不然无法解释凶手的杀人动机。我听分局那边初勘现场的人说了，房间里虽然看上去一团糟，但是财物都没有明显丢失的迹象。"

"现场确实是有报复的痕迹在内，但是我不明白，从尸检状况来看，凶手明显是冲着女死者去的，前两个只是连带伤害，那他又为什么要在孩子身上动那么多心思？他到底想对我'说'什么？"李振峰有些发愁，低垂着脑袋喃喃地说道，"还是说，我的方向错了，女死者只是连带伤害，真正的目标是这个孩子？可经过调查，孩子没与特别的人接触。那凶手的动机到底是什么？"

如同一场生命的对弈，找不到犯罪动机自然就无法确定凶手下一步的目标。

他到底为什么而来？

李振峰抬头看向赵晓楠："我现在只能确定这家伙的动机绝对不会那么单纯。"

"你是说警号的事？"赵晓楠的目光中充满了关切，"小九跟我说了。"

"不，目前我评估下来那还不是最主要的问题，更何况我现在不能随意惊动他，若我一旦在社交媒体上公布警号这个消息，怕是会有意想不到的严重后果。"李振峰的心头掠过一丝灰暗，"有些宣告型凶手就是希望你能公布于众，如果我那么做了，正好如他所愿，我们将永远处在被动的地步，只会挨打。"

"我现在最关心的恰恰是他真实的欲望。任何类型的凶手杀人都会基于某种特定的欲望，这就是杀人动机。这个案件，凶手的欲望明显体现在三个层面：第一，虐杀女主人；第二，潜伏于他人的生活中，享受窥探的乐趣，伺机而动；第三，由自己创造一个完美的世界，充当所有受害者的救世主。"

赵晓楠倒吸了一口冷气："你的意思是这家伙还会再干？确实，我在所有死者的指甲缝中都没有找到凶手有效的DNA，反而发现了消毒水的痕迹。凶手的警惕心很强，绝对是有预谋、有规划的。"

"肯定的。"李振峰神情凝重地说道，"他有一个很大的计划，可怕而又充满野心，我们必须尽快阻止他！"

凌晨两点，罗卜关掉手机，彻底放弃了睡觉的念头。他从宿舍单人床上爬了起来。这是一间双人宿舍，对面的同事去省里学习了，要一年后才回来，所以这里暂时就成了罗卜的单人房间。

他掏出随身带着的工作笔记，从夹层里取出一张发黄的老照片。照片的拍摄背景是公园一角，游客很多，三三两两坐在草坪上，在照片中间靠近前方的位置是罗卜和他的父亲，不过那时候的罗卜还小，被父亲搂在怀里，看上去最多只有六七岁的样子。拍摄照片的人水平很差，把另一边坐着的游客都一起拉进了镜头里，所以冷不丁地看上去，照片中的画面显得很是拥挤，甚至都分辨不清谁才是照片中真正的主角。

这张"糟糕"的照片是父亲给他的，应该是在出事前不久，萝卜记不清具体时间了。如今，过了这么多年，除了那张模糊的脸，萝卜什么都不记得，包括父亲的名字。他甚至都不记得自己的真实年龄，因为八岁前的他并不存在。

整整三个月的空白，把萝卜最想记住的东西一并带走了，只留下眼前这张发黄的老照片。

如果生活只是这样的话，或许萝卜会就此安心于派出所中的一切平凡琐事。除了在某个值班的夜晚，他独自一人在所里的时候，偶尔会下意识地找出这张照片，然后徒劳地去想办法填满那些空白的记忆。

直到半年前的一天，有人突然出现并告诉他——

我知道你，你的父亲是被人害死的，他叫宋克宇，是个警察。你要想知道真相的话，就去安平路308号，那里有一份被封锁起来的二十年前的悬案卷宗，里面就有你要找的答案。对了，我还知道你也是个警察，但是你不用费心去搜索你父亲的名字，因为就连你本来的名字，都已经被系统彻底抹去了。

起初的时候萝卜根本不信他，直到对方说出了自己被抹掉过去这件事。因为这个世界上没有多少人的过去是会被生生抹掉的。几乎没有。还有就是父亲的身份。照片中的父亲就穿着一件警察制服。要知道当初正是因为这件已经看不清本来颜色的制服，萝卜才毫不犹豫地选择了警察这个职业。

现在，自己离真相只差最后一步了，也已经没有回头路可走了。他想过面对真相时自己可能会同时发现母亲的秘密，但是他知道，无论母亲做过什么自己都不会去深究，因为如果没有母亲的话，十八年前的自己绝对活不到今天。

白天在水月洞天小区出警的过程中，守候在门口的罗卜无意中看到了一个熟悉的背影。他尾随着对方直接走进了保洁员宿舍区旁的卫生间，在门口堵住了这个年逾花甲的男人。男人曾经是个惯偷，在罗卜手里被处理过好几次。他突然记起这家伙从十九岁起就已经进出监狱了，有一次自己送他去看守所，接收的老狱警曾经对这个老惯犯调侃了一句——你都快成监狱里的"老百晓"了。后来他才得知，这家伙人生中竟然有四分之三的时间是在监狱和看守所里度过的，如今他不只是对警方的办案程序了如指掌，更是对安平市过去三十年中的各种大小案子如数家珍。

罗卜是突然想起自己还有这么个"老朋友"的，虽然不见得能问到什么有用的消息，但是试试也好。

老惯偷立刻就认出了罗卜，出于本能他转身想找地方躲起来，但已经来不及了，这才无奈地瞅着罗卜，脸上的表情就像见了鬼一样："我都改邪归正了，罗警官，你，你离我远点，你会害我被炒鱿鱼的。"

罗卜笑眯眯地看着他："你怕什么，我是来向你请教的。"

"请教？黄鼠狼给鸡拜年！"老惯偷压低嗓门瞪了罗卜一眼，语气中却满是哀求。

"你放心吧，我不会不给你面子的，我这次只是想知道二十年前在安平有没有发生什么大案，确切点说是十八到二十年前。"罗卜不动声色地看着他,拦住对方去路的手却根本没有从墙上拿下来过。

"你什么意思?"老惯偷眨了眨眼睛。

"别装傻,你听得懂我说话。"罗卜嘿嘿一笑。

"你可是警察,自己查不就得了?"老惯偷的目光有些飘忽不定。

"我就要问你,因为牢里头有很多事儿是我们不知道的,但是你知道,你是'老百晓'!"罗卜慢吞吞地说道,"对了,这里的条件和待遇都不错吧,工资高不高?"

被捏住了七寸,老惯偷终于心虚了,伸手把罗卜拽到一边,左右看了看,确定没人,这才语速飞快地说道:"罗警官,你想知道啥,快说,只求你以后别再来找我了。"

罗卜笑得更开心了:"告诉我十八到二十年前,安平是不是发生过什么警方没破的大案?"

"这个……"老惯偷脸上闪过狐疑的神色,"好吧,反正我也不想知道你的真正意图,我这辈子都不想再见到警察了。你刚才说的那个,确实有,不过不是一个,是一系列。"

罗卜脸色沉了下来:"快说。"

"二十年前我还在号子里打扫茅坑。那天我记得很清楚,快冬至了,有个重刑犯被送了进来,说自己怪倒霉的,都逃了十二年了,本以为夹着尾巴再过几年就能相安无事了,谁知被警察兜底翻给排查出来了。"

"这不挺好吗?落叶归根。"

"好个屁。"老惯偷皱眉咕哝了句,"警察根本就不是奔着他的案子去的,严格来说只能算是捎带。那重刑犯说是有个绑架犯,在安平一直绑架年轻女孩,然后勒索钱财,拿到钱了却不放人,最后呢人没了钱也没了,啥都没了。安平的警察急得团团转,挖地三尺结果一无所获。"

罗卜不解地看着他:"事情都过去这么久了,你怎么能记得这么清楚?"

老惯偷没有回答这个问题,只是脸上却露出了幸灾乐祸的笑容。

思绪被窗外的一阵鸟鸣声打断,罗卜转头看向写字桌上的闹钟——3点47分。一阵倦意袭来,他顺手把照片和工作笔记塞回了枕头底下,被子一兜头闭上眼睛就睡了。

在梦里,他又回到了那个漫长的雨夜,母亲决绝的哭声和父亲孤单的背影在罗卜的脑海中不断地交织着,无休无止。

我又闻到了,迷人的白兰花香,它让我的脑海瞬间被莫名的冲动所占据。

我已经不记得到底是谁跟我说起过,味道是能够被刻在记忆里的,不是暂时,而是永久。如今的我,对这种具象化的美深信不疑。

你终于睡着了,安静的卧室里很快便传来了你匀称的呼吸声。

而在这之前的一个多小时里,你几乎都在哭泣,一半是因为喝醉了酒,而另一半则是因为你内心深处那根本不想再去掩饰的孤单。

我竟然不知道你的生活是如此的落寞，我本以为学会撒谎会给你带来幸福，那样的话也是值得的，谁活着不是为了追求幸福，对不对？但是我做梦都没有想到，一个人的时候，你会哭得这么伤心。

我知道这时候的你才是真实的你，因为你的呼吸就在迷人的白兰花香中，久久不愿意散去。

你累了，也倦了。

我蜷缩在床底，与你咫尺之隔。相信我，你不孤单，因为我就在你的身边。你属于我。

早上，离开房间的时候，我拿走了你的备用钥匙，刚想离开，心中却又充满了不舍，我不明白究竟是不舍得你的味道，还是白兰花的味道，直到回头看向已经空荡荡的床铺时，我才终于恍然大悟。于是，我从兜里摸出了一朵白兰花，那个菜场的老太太卖给了我好多白兰花，因为她知道我会把它们送给我在乎的女人，所以她笑得很温暖。

你也一定会笑的，对不对？当你在枕头上发现这朵白兰花的时候。

那是我们之间独有的小惊喜，真的很有意思，你说呢？

我还会再来的，等着我。

你是只属于我的白兰花。

天还没亮，李大强就摸索着起床了，生怕惊醒老伴陈芳茹。他连灯都不敢打开，披上外套蹑手蹑脚地向书房走去，随手把门带上，这一待就是一个多钟头。

这么多年来，陈老太太早就已经习惯了李大强总是一副神神秘秘的样子，所以看在了眼里，也根本没当回事。她惦记着今天是周末，儿子李振峰说好要回家吃晚饭，她得去朝阳菜场赶个早市。生活在海边，儿子却海鲜过敏，想着现在这季节正是吃江鲈鱼的时候，赶得巧自己还能买几条大一点且品相好的回来。

胜利新村距离朝阳菜场并不远，徒步走过去也就十多分钟。陈芳茹走了一半，目光被路边的烧饼摊吸引住了，想想自己还空着肚子，时间也还早，就打算先吃点东西再说。打定主意后她便径直走向摊位，要了一份油条烧饼，就着豆浆吃了起来。

快要吃完的时候，一抬头，老太太突然愣住了，因为李大强的背影对她来说实在是最熟悉不过了，而眼前这条路是通往朝阳菜场的必经之路。见李大强手里抓着个帆布兜，脚步匆匆的样子，陈芳茹赶紧付账想要跟上去，可自己一转身的工夫就不见了李大强的踪影。

老太太环顾一圈仍没见丈夫的身影，怀疑自己是不是眼花看错了，怕耽误时间便索性也向菜场的方向走去，很快便看到了朝阳菜场的标志——绿色牌匾。

因为起得早，所以陈芳茹并没有费多大工夫就按计划买好了菜，最后才走向鲜活区，那里有个她熟悉的女商贩，只有在她的摊位上才能买到最正宗的松江鲈鱼。陈芳茹一边走，一边心里估算着自己兜里剩下的钱还能买几条鱼。

就在这个时候，她又看到了神色焦急的李大强。此刻，这老头正站在鱼摊前，目不转睛地盯着卖鱼的女摊主，一副欲言又止的样子。而摊位上的那女鱼贩子则拉长着脸，低垂着头，眼皮都不抬一下，自顾自忙着招呼客人。陈芳茹本来想上前问个究竟，又拉不下脸来，干脆就在一旁等着，装作在别的摊位上挑起了白虾，静观其变。

老太太所站的拐角位置正好能够听到对面摊位的交谈声，同时几个大塑料桶也能挡住李大强的视线。

终于，来水产摊位的人变得稀少起来，陈芳茹正犹豫自己要不要离开时，却注意到老伴李大强还是站在原地从未离开过，就好像在等待着什么，目光依旧跟着女摊主转。陈老太太顿时臊得满脸通红，心里嘀咕着难道说老头发花痴了？大清早的不在家睡觉，却跑到菜场里盯着人家卖鱼的女人看？再说人家也不年轻了啊。

性格清高的陈芳茹正要绕过大塑料桶去问个究竟，突然听到了李大强的声音，并且每个字都听得清清楚楚。

——英姐，你能再好好想想吗？

——没空！

——英姐，你搬到这里怎么不通知我？

——快走快走，别耽误我做生意。

鱼贩子王秀英毫不掩饰自己脸上的厌恶之色，最后索性把李大强晾在一边，再也不搭理他了。眼前这突然发生的一幕惊得周围的摊贩和顾客目瞪口呆，顿时一片低低的议论声四起，其中免不了夹杂着嘲讽的笑声。无论怎么去刻意回避，这一句句低语都犹如锥子一般深深地刺痛了身后陈芳茹敏感的神经。

眼看着自己已经丢尽了颜面，陈芳茹再也待不下去了，她哆嗦着嘴唇，咬了咬牙，扭头就想走向菜场外快步离开，却冷不丁把身后的人狠狠地撞到了拐角的墙上。她不知道对方就站在自己身后看热闹，刚想发火，却又一琢磨是自己过于莽撞，便有些尴尬，而对方垂在胸前的左手因为角度的关系被撞得更是厉害。她刚想道歉，眼前的人却消失了。老太太左右看了看，在这个节骨眼上身后又传来了刺耳的哄笑声，这使得她愈发待不下去，索性快步离开了菜场。

陈老太太一辈子都是个好脾气的女人，能容忍丈夫因为工作而不顾家庭，却无法说服自己接受出轨的男人，一次都不行，哪怕退休了也不行，这是底线。

原来女人的吃醋也是不分年龄的呀，真是活久见！

我默默地捡起了刚才相撞时她无意中掉落在地上的钱包，看着上面的身份证，又回头看看在鱼摊边垂着头一脸丧气的男人，差点忍不住笑出声。

接着，我快走几步追上了那个吃醋的老太太，然后恭恭敬敬地把钱包还给了她。她本应该说声谢谢的，但显然她已经被嫉妒给弄糊涂了，当然也没认出自己撞到的人就是我，所以我也不计较啦。

看着老太太怒气冲冲的背影，我笑了，笑得有些惴惴不安，毕竟老人在情感方面是很脆弱的，一旦有什么事，那可是很容易想不开的，我真是有点担心呢。

唉，左手又开始疼了，一阵阵地，让我难以忍受。真不懂，明明都已经没有了的东西，为什么我还是会感觉到疼呢？算了算了，去找那个卖花的老太太吧，这一回我得多要点，并且强调一定要新鲜的，上次她卖给我的花都打蔫儿了，这可不好，我不喜欢。

气冲冲地回到家，陈芳茹刚想给儿子李振峰打电话抱怨这件事，却又立即打消了念头，儿子上班的时候总是很忙，自己也不好拿闲事去打扰他。可不说却又堵在心里憋得慌，老太太便索性在微信上给儿子发了句话："你爹出轨了，对方在朝阳菜场卖鱼。"

消息刚发出去不到一分钟，李振峰的电话便紧跟着追了过来："妈，那事儿是真的？"

"我亲眼看见的，对方是卖鱼的。你爸抛弃对方好多年了，现在厚着脸皮想吃回头草，他分明就是个陈世美！"陈芳茹怒气冲冲地冲着话筒吼道，"菜场上那么多人，我以后可再也没脸出去买菜了，不，我连出门都嫌丢人！"

"卖鱼的？"李振峰惊得哑口无言，尴尬了半天才清醒过来，赶紧劝说道，"妈，你别急，缓缓气儿冷静一下，我爸不是那种人，你肯定看错了。这样吧，我现在正准备开会，晚上我回家再说，我向你保证我一定弄清楚情况，绝不冤枉一个好人，也绝不会放过一个坏人，你相信你儿子就是。"

"嗯！"电话那头的陈芳茹语气坚决，却又很快换了轻快的语气，笑眯眯地说道，"晚饭记得回来吃哈，回来吃江鲈鱼，妈给你弄条清蒸的，可好吃了。"

通知半小时后开会,罗卜趁着空闲赶紧找借口去了后院档案室。

"我是一处新来的,我叫罗卜,这是我的证件。我想查一下十八年前的一起绑架案,受害者的名字叫秦晓晓,案发时间是2004年8月14日。"案件的概要情况都是那个人告诉罗卜的,尽管如此,他心里还是有些紧张。

档案员应声扫了他一眼,工作证没有问题,便随口问道:"有处长的批条儿吗?"

条上有需要查询的具体案件编号,以及直属领导同意调阅的批字。

罗卜赶紧从工作笔记中拿出了那张偷来的批示条,上面的字当然是他自己写的。

档案员点头认可:"稍等一下。"

她边说边朝里面的柜子走去,出来的时候手里多了一个发黄的卷宗袋,递给罗卜时重申了一遍:"你是新来的,我强调一遍纪律——所有悬案卷宗袋内的东西都不准带出档案室,这是新规定。"

"没问题,没问题。"罗卜感觉自己的心跳在逐渐加速。他刚要转身往阅读桌走去,档案员叫住了他:"对了,提醒你一下,这些案子的受害者至今还属于失踪人口,而且绑架者还没有被抓到。"

罗卜不敢回头:"明白了,谢谢师姐!"

等了那么久,他终于盼到了这一刻。

靠墙抽出一张椅子坐下,罗卜迅速翻开卷宗页面。由于背

95

对着值班档案员，没有人会注意到此刻他脸上不断变幻的表情。他的脸色越来越难看，虽然来之前已经做好了足够的心理准备，但是真的面对卷宗里记录的每一个案件细节时，他还是无法抑制住内心的愤怒。

——我希望你能把卷宗中的案子破了，了却你自己的心愿，也还受害者家属一个公道。但是我有一个要求，没错，我不是活雷锋，我帮你也是需要回报的，不过你别担心，这个回报对你来说无关轻重。就是当你破了这个案子的时候，务必在最后拿一张凶手的照片给我，可以吗？

——你什么意思？为什么要照片？

——我知道你一定能破了这个案子。而我想要凶手的照片，不过留个纪念罢了，毕竟是四条人命的大案呢。如果没有我提醒你，你可能就真的错过了。

——我父亲的事你究竟知道多少？

——这是他的最后一个案子，仅此而已，别的，就要靠你自己去发掘真相了。

罗卜边看卷宗边回想着自己和那个戴鸭舌帽的男人的话，尤其是目光看到最后案件总结时的数字"4"时，他浑身一震，没错，这家伙知道的远比自己想象的要多。

那他刻意接近自己的动机到底是什么？真的就只是为了正义吗？或者说是为了凶手的照片？想到这儿，他突然感到脊背阵阵发凉。

快到开会的时间了，罗卜站起身把卷宗袋递给了档案员，签过字后，转身匆匆离开了档案室。

室主任林俊从隔间走了出来，盯着罗卜远去的背影看了会儿，掏出手机拨通了马国柱的电话。他一边看着登记簿上的名字，一边念给电话那头的马国柱听，末了说道："老马，就这么多了。是你派他来的吗？"

马国柱稍加犹豫后便脱口而出："是的，老林，是我让他去的，他是个新来的，我不放心罢了。"

第二次案情分析会议一开始，针对上次会上留下的任务，大家统一了一下意见和建议。除了技侦大队那边对糖果纸的调查还没有什么明显的进展外，针对受害者家庭和图侦组的调查都在稳步推进中。这对毫无头绪的案件来说是个好消息，让人多少能看见一些曙光。

李振峰清了清嗓子，开口说道："下面，由我把这两天里对'102室灭门案'凶手的犯罪人格特征所做的分析结果来给大家汇报一下，作为我们后期及时调整案件整体侦破方向的一个重要参考。"

他打开电脑主屏幕，连接上自己的笔记本电脑，这才接着说道："为了便于大家更直观地理清的逻辑线索进行理解和记录，我采用了手绘简易识别图加上现场照片的形式来进行解释。

"首先，我们来分析凶手的犯罪动机。

"我为什么要在这里特别强调犯罪动机的重要性呢？因为这个案子的动机明显已经完全偏离了我们平时所接触到的固定犯

罪动机的大方向，它太特别了。而犯罪动机，是凶手确定下一步犯罪行为的指导方针。所以，我们只要尽快确定凶手的犯罪动机，再结合已知线索，就可以对凶手的下一步犯罪行为做出估算，及早制止他的再次犯罪。"

"等等，李哥，这家伙还会作案？"小九吃惊地问道，"不过，确实，那个现场给人的感觉就是凶手太冷静了，一点都不慌张，难道说这已经不是他第一次杀人了？"

"目前无法排除这个可能，会后我会安排人去查查以往的悬案，看是否有接近的犯罪手法，"说到这儿，他话锋一转，神情凝重地继续说道，"不过我担心的重点不在这里。"

"那你的意思是什么？"庞局追问道。

"首先，'102'案件中凶手的这种杀人手法明显已经很成熟了，这点毋庸置疑。我接受刚才小九的建议，因为如果是第一次杀人的话，凶手是完全无法形成这样完美的现场布局的，毫不夸张地说，他完全控制了这一家人的命运，并且持续了很长一段时间。而让我感到困惑的就是这个手段模式，下面我举其中的一个小例子，你们看这两组照片，"说着，他分别出示了"102"案件现场中客厅地面凌乱的血迹和厨房的两张照片，"客厅根本没有打扫，一片凌乱，除了尸体的摆设，完全就是个原生态的杀人现场。显然，凶手在乎的是死者的摆放，而不是现场的整洁程度。要知道一般连环杀人案的凶手在固定了自己的杀人模式后，就对案发现场有了明显的强迫症迹象，而不会出现割裂的痕迹。本案中的凶手也有强迫症的迹象，并且不轻，他在客厅中留下的迹象所要表示的是，我拥有了这三个人，他们由我操控,别的无所谓。但是同一屋檐下的厨房中的迹象所表现出来的信息却不一样,他将厨房擦拭得干干净净,甚至用上了消毒水,这样看来,他似乎又非常在乎环境。这样明显的矛盾是不该发生在同一个人身上的。由此可见,凶手是带着很强的目的来的,为了这个目的,他可以随时改变自己,包括下一次的作案模式,只要总的核心不变就行。现在最棘手的是他的目的。"

这话一出,会议室里逐渐安静了下来。马国柱与庞同朝互相交换了一下眼神,后者点点头,表示认可。

"回到案子的犯罪动机上,完全可以排除求财或者求色,因为现场的财物没有丢失。其次,我再三向法医核实过,女受害者祁红无论是在身前还是死后,都没有遭到性侵。也就是说,凶手选择向他们一家下手的原因,就只有复仇,这就可以解释,比起另外两个受害者来,为什么他会在祁红身上留下那么多伤口了。

"结合昨天会后的走访资料来看,戴虎成、祁红夫妇的社会关系并不复杂,没有借贷方面的纠纷,没有经济压力,只有情感方面的问题。我们重点排查了女死者,经过汇总证实夫妻两人都各自出轨了,出轨对象也已经落实到人,对方也有家庭。经过侧面证实,完全可以排除情感纠葛产生的报复杀人,双方在一起似乎只是单纯的生理出轨而已。所以,我们还得回到被害者家庭内部,去寻找凶手的犯罪动机。"

李振峰接着在投影仪上放出了三号死者的照片:"最早遇害的戴佳文,十二岁。我趋向于凶手是为了扫除障碍,才会先把他的尸体藏起来。而他的父亲戴虎成，凶手解决他时是费了一番手脚的，毕竟凶手所面对的是一个成年男人，最后戴虎成的尸体被藏在了窗帘后面。接下来，案发现场暂时被打扫干净了。凶手得以腾出手来专门对付即将回家的女受害者祁红，就像猫捉老鼠一样。大家注意看，除了厨房外的案发现场凶手几次出手清理的目的，第一次，是为了不引起男受害者的注意，第二次，是为了不引起最后回家的女受害者的注意，而在他成功解决女受害者之后，他就没再像前两次那样打扫过厨房以外的现场了。因为这对他来说已经不重要了。"

赵晓楠点点头："没错，我有印象，那个厨房，凶手收拾得特别仔细，可以看出来是费了大功夫的，非常执着。"

李振峰冲她微微一笑，接着说道："除去前面我所提到的内容，我还想到另外一种特别的犯罪动机，而它是建立在犯罪嫌疑人与受害者之间没有任何关联的前提之下，属于暗黑人格中的无差别杀人。他们所追求的，就像吸毒者对毒品的迷恋，他们要的就是受害者的痛苦。但这种暗黑人格的凶手在挑选目标时也是有一定的选择标准的，并不是见人就杀，这也是我至今还没有找到关于犯罪动机的可信服答案的一个主要问题——我不知道凶手的选择标准是什么。也就是说，他为什么会挑中这一家并且对祁红下手最狠。

"我从案发那天起一直都在纠结犯罪动机，结合丁龙和分局同事走访所得到的线索来看，我最后确定了无差别杀人。戴虎成和祁红的社会关系中，包括亲属之间，我都找不到对他们家有这么大仇恨的人，至少目前是这样。而外部环境，案发现场所在小区也不是一般的小区，物业安保方面的级别并不低。

"安全系数越高的环境，犯案的难度也越高。尤其是受害者一家，平时的生活也属于一个特定的阶层。在这儿，我要补充一句，犯罪嫌疑人对受害者一家明显是非常熟悉的，他拥有了能够随时打开受害者家门的一把无形的钥匙，那就是信任。"

说着，李振峰刻意在三人的名字上各自画了一个圈："从戴佳文的日记中我们得到一个线索，后来也侧面从小区的保安队那里得到了印证，那就是戴佳文父亲戴虎成的情人是他公司的一个下属，刚从国外毕业回来。为了不被妻子祁红抓个现形，从而成为离婚分家产时的隐患，戴虎成花钱买通了保安队的人，每周不定期对他家门口附近的那个监控探头进行关闭处理，每次关闭监控探头的要求都是提前一天由男受害人的手机通过微信发出的，内容是几点到几点'关灯'，从而造成了监控资料不完整。男受害者这么做本来是防备被妻子捉奸的，结果却导致我们看不到凶手进出案发现场的画面了。显然，凶手肯定也知道了这个特殊的秘密，而他的来源途径就是孩子。要知道在一个家庭中，孩子往往是最容易被忽视的存在。"

"李哥说得没错，确实有些悲摧，图侦组的同事足足看了一百多个小时的监控画面，大门口那个监控的角度真叫人受不了，只要是车辆通过，就看不清车里的人脸，唉！"小九重重地叹了口气，"不过，话说回来，偷情不避讳孩子，也是太过分了。"

李振峰苦笑："凶手对于这样一个家庭是很难找到下手的切入点的，但他恰巧注意到了这个被人忽视的十多岁的孩子，从而看到了这个家庭中容易被人忽视的弱点。所以他费尽心思和孩子沟通，取得孩子所有的信任，这才能够解释为什么开始杀人的时候，凶手第一个就对孩子下了手，因为孩子是他的切入点，是他最容易得手的对象，他不能冒险，必须先除掉孩子。而这时候凶手也已经知道了所有他想知道的东西，包括楼栋对面那个监控探头。"

"为什么这么肯定？"马国柱问。

李振峰的笑容中带着一丝笃定："从犯罪现场状况来看，这家伙的强迫症可不是一天两天了，人格方面有这种倾向的人观察外界的习惯可是非常仔细的，不做到面面俱到，是绝对不会下手的。"说到这儿，他取出了那个作业本，"本案的另一个重点其实就是这本死者的日记，是戴佳文写的，我就是对这里面的文字汇总后判断出凶手把这孩子当作了钥匙。凶手不只是观察仔细，心思敏感，更是个非常善于支配别人心理的人，懂得心理操纵。他知道这个孩子缺乏父母的关爱，从小生活在一个不安定的原生家庭中，虽然衣食不愁，读的也是贵族学校，但是根本没有人真正关心过他。孩子的父亲只关注他的学习成绩以及能否被推荐去重点班，母亲呢，从不出现在他的生活中。

"除了家长层面，我们通过对学校的走访还得知，戴佳文生前竟然没有一个好朋友，在班级群中处于被孤立的状态。老师提到曾经在秋游时发生过的一起意外落水事故，是导致戴佳文被孤立的导火索。我却趋向于以为这孩子是无辜的，他并没有把同学推下水。判断的基础依据很简单：这孩子每次进出小区，只要有机会就会和岗位上的保安打招呼问好，这说明他是一个明显懂得在外部生活圈中克制自己情绪的人，他甚至把对自己父母出轨事件的恨都隐藏了这么久，又怎么可能在众目睽睽之下试图杀害自己的同学？所以就事论事，我觉得推人入水这个结论，在这么小的孩子身上缺乏足够的心理爆发点。

"但是周围的同学却出于某些特殊的原因而产生了可怕的从众心理。"李振峰的目光看向罗卜，"所以，虽然事后落水女生一再表示说自己是失足落水的，与戴佳文同学无关，但是周围人的从众心理一旦被唤醒，只要有足够的基本盘，就很难被迅速消除直至归于零。我们成年人尚且知道话是软刀子，这对未成年的孩子就更不用说了。

"这件事情，导致本来性格就很内向，且同时饱受父母关系困扰的戴佳文同学被推进了另一个极端。这时候犯罪嫌疑人就出现了，他不止替代了父母的角色去关爱他，甚至允许他用写日记的形式去宣泄自己内心的恨意。这么做的效果无疑是很成功的，因为在最后一张照片中，这孩子脸上的笑容非常真诚，他看见了生活的希望。"

说着，李振峰又点开了一张最初拍下的案发现场的照片，镜头中，三位死者安静地坐在环形沙发上，面前的桌上摆放着打开的饮料和水果："我当时问过报案的小区安保队长，确认环形沙发对面的电视机处于打开状态，并且固定在一个二十四小时专门轮播合家欢综艺类节目的频道。整个场面像极了一家三口正坐在电视机前收看综艺节目的温馨场景，非常完美。这是犯罪嫌疑人精心布置的。

"我刚才提到过，戴佳文是他进入这个家庭的一把钥匙，不只是因为那本日记,更需要加上这张照片,一张完美而又特殊的合家欢照片。"李振峰轻轻叹了口气,目光中充满了寒意,"这孩子信任他,他也知道戴佳文需要什么。所以,这张特殊的照片不只是送给那孩子的,也是送给他自己的,因为这是他亲手改造的'成果'。"

最后,他补充道:"我想这或许就是我们要找的犯罪动机中的一部分,那就是——亲手改造出一个完美的世界。"

话音未落,参会的侦查员不由得面面相觑,似乎谁都无法顺利地把这么一个天方夜谭般的动机与那个惨烈的灭门案案发现场联系在一起。

罗卜沙哑的声音响了起来:"但是那孩子已经死了,他怎么履行诺言?"

回想起厨房中那若隐若现的一幕,李振峰抬头看着他,平静地说道:"不,凶手并没有违背自己的诺言,因为这孩子也是完美世界的一部分,只是孩子不知道而已。而完美世界也是凶手送给他自己的礼物,从中可以体现出,他真正想要满足的就是控制受害者的欲望。通俗点说就是——你不能没有我,只有我才能拯救你的过去,改变你的未来!"

小九嘀咕:"李哥,那样做未免也太残忍了。"

"暗黑人格的凶手是不会懂得'残忍'二字到底是怎么写的,"李振峰回答,"因为他所追求的就是'残忍'。"他一张一张地点击电脑上的案发现场的照片,单调的嗒嗒声在会议室里不断响起,直到一张照片的出现才终于停了下来:"这是厨房的另一张放大照片,角度更加直观,这是我至今为止最想不通的地方，因为整个跃层别墅里几乎都能看见血迹残留，唯独厨房，他收拾得特别干净。我想，如果不是那三颗头颅吸引了他的注意力的话，他连水池都会清洗得干干净净的。由此可见，一个完美的、被他所亲手创造出来的世界，对他来说是多么的重要。"

马国柱摸出烟盒抽了一根烟放在桌面上，想了想，皱眉说道："案发时间是周末，凶手有充足的时间去做自己想做的事。从现场状况来看，他根本就不屑于去收拾，他最专注的是创造而不是收拾……确实，厨房为什么收拾了？还方方面面擦得那么干净？"

李振峰表示认可："是的，这就是让我一直困惑不解的地方。"

小九说道："关于犯罪现场的足迹只属于一个人这点，我和师姐的意见相同。而且这是男性的足迹，不然的话，戴虎成就不会那么容易被人制服。"

罗卜问："我们今天去了明山初中了解情况，据他们的保安反映，在那两周时间里，是一个年轻女人接送戴佳文上下学的，这又怎么解释？"

"他们家的保洁阿姨怎么说？"马国柱看向对面坐的丁龙。

丁龙回答："在他家做家政工的阿姨只有一个，每周三次，每次三个小时。从她那边走访下来总共得到三个要点：第一，女主人祁红很刁钻、很吝啬，如果不是从不拖欠薪水这点比较好的话，她早就不干了；第二，她曾经向雇主抱怨过时间少活又多，每次来都很赶，是不是可以再请个专门做饭的家政工，结果被雇主祁红一口拒绝，说什么请一个帮工就够了，他们家可不是什么有钱的人家；第三，关于厨房，阿姨表示说，实在想不出厨房有什么特别的地方，那个厨房又小又矮，很一般，和她其他主顾家的厨房相比差多了。对了，家政阿姨还特意提到过一件事，说祁红疑似有虐待戴佳文。"

李振峰乐了："我明白了，是不是那个会骂人的智能音箱？我在开会前刚问过大龙，说上午才得到结果，证实就是孩子干的，真没想到这小家伙还挺聪明的。前天厂家远程提取了里面的音频，从数据库中查出是有人刻意启动了自由采集模块，那东西类似于我们平时的录音机，只不过多了一道程序，就是这个智能音箱在得到允许采集到骂人的话后，每次只要有外界声音触发它的启动模块，音箱就会被唤醒，然后开始播放采集到的骂人的声音。"

"那位阿姨说自己在拖地的时候，曾在客厅中无意间碰到了柜子，就随口骂了一句，结果那个音箱就开始玩了命地回骂她，而且是个女人的声音。第一次的时候她还感到挺意外的，没反应过来，次数多了，她平时又经常听到祁红这么骂人，前后连起来一想，她就明白了。而且知道挨骂的就是戴佳文。"丁龙叹了口气，"她后来找机会问了那孩子，得到了确认，至于说为什么会把它录下来，孩子却只是笑嘻嘻的，什么都没说。"

一听这话，李振峰的脸色变了："她是什么时候向孩子求证的？"

"8月31号，那阿姨记得很清楚，因为第二天就要开学，她特地帮戴佳文熨了学校的制服才走的。那时候女主人祁红不在家，孩子的父亲出去参加一个饭局，所以她才有机会单独求证。"丁龙回答。

李振峰抬头又看了眼大屏幕上那张最后的摆拍照片，不禁长叹一声："我终于明白了，凶手在寻找切入点时发现了孩子的弱点，这才刻意创造机会与孩子拉近距离。于是，被家人冷落的孩子为凶手开了门，也把自己所有的心事都告诉了对方，这就是为什么凶手会对祁红下手最重，不只是因为凶手最初就盯上了她，还加上这孩子最恨他母亲，这些日记中都有记录。凶手做这么多一半是为了满足孩子的愿望，只不过手段和孩子想的不一样罢了。"

"你是说我们年龄最小的受害者与凶手产生了情感上的共鸣？"马国柱问。

"可以这么说，因为凶手在与戴佳文的接触过程中逐渐被他打动。大胆推测一下，本案女死者身上那么多不合理的刺切创应该就是因此产生的，凶手显然把这当作了自己必须完成的使命，否则这本来只是一刀就能完成的事。"

"那切下的头颅？"马国柱神情凝重。

"人脑控制一切，他在创造自己想象中的完美世界，切下头颅这个举动意味着控制。现在看来，这个家的'完美建设'对他来说已经完工了，他必须要寻找下一个改造目标。"李振峰皱眉说道，"就冲这个特殊的犯罪动机，这家伙绝对是个心理变态，接下来要看我能不能及时阻止他了。"

"可是，李哥，你难道真的想不出来哪里曾和他有过接触吗？"一旁的小九放下作业本，担忧地看着他，"这家伙的手段我们可是亲眼看见的,为了达到目标不惜一切,人命在他手里就像儿戏一样。现在他明显针对你,你是不是考虑一下退出这个案子?"

"不,我不太赞成你的看法,"罗卜指了指最后那张照片,"你们看,他为什么要刻意把警号写在这里?这本子上难道还缺少地方让他写吗?我觉得这或许是一种奖励或者说炫耀,你们觉得呢?凶手自己或许也渴望得到一朵小红花也说不定。"

李振峰听了这话,嘴角露出一丝笑容,点点头:"是的,你和我想的一样,他需要被人认可,就像他去认可别人一样,这是他继续进行下去的唯一动力,不幸的是他选中了我。如果我不回应或者逃避他的话,那他的犯罪动机可能就会因为愤怒和被忽视而改变,那样一来,未知的危险性就比现在更大了。所以,我的意见是把重点放在案子的侦破上,从中找出他的马脚。不用对我进行刻意保护,我知道怎么保护自己。"

马国柱狠狠瞪了李振峰一眼,转而问丁龙:"丁龙,那孩子应该有手机吧?"

"是的,马处,分局今天下午就可以送来孩子手机的通话记录,还有孩子父母的。"丁龙回答,"有结果我会随时通知大家。"

马国柱清了清嗓子,合上会议笔记本,说道:"上次没完成的,这次继续跟进。小九,你们技侦尤其要注意,我看你们应该再去现场一趟,复勘一下。凶手是人,是人就会留下生物线索,明白吗?"

"我懂我懂!"小九嘿嘿一笑,拿起工作笔记本,站起身把椅子推了回去,"头儿,我这就带人去复勘,先走一步啦。"说着，他便匆匆走出会议室。

马国柱看向专案组的丁龙："小丁啊，按照刚才的安排，你去找下档案室的林主任，就说是我让你去的，搜一下有没有类似作案手法的案子，不管有没有，结果赶紧上报。"

"明白。"丁龙二话不说，麻利地收拾了公文包，转身也离开了会议室。

宣布散会后，马国柱叫住了正要离开的李振峰，单独把他叫到一边，表情严肃地说道："我不管你怎么参与这个案子，但你不许逞能，明白吗？"

李振峰双眉一扬，嘴角露出了不屑的笑意："放心吧，马叔，你还信不过我吗？"

"别嬉皮笑脸，"马国柱朝宿舍方向伸手示意了一下，"罗卜那边安排得怎么样？"

"挺好的。他就住在我隔壁。"

马国柱想了想，说道："我仔细考虑过了，有件事我必须告诉你，目前为止也仅限于我们俩知道。罗卜一家是受我们省公安厅专案组保护的，我昨天傍晚见了你父亲，他也是当年的保护组成员之一，后来因为工作调动才把这项工作交给了我。我觉得现在告诉你也不晚，当年罗卜一家牵涉进的案子至今没有破，虽然这些年来我一直都没有放弃过对当年案件线索的追踪，可惜的是一直都没有新的线索，目前只能暂时搁置，重启时可能也会需要你的帮助。"

"罗卜知道这件事吗？"

马国柱摇摇头，面露愁容："案件很复杂，他那时候还小，不到十岁，一直跟着母亲。母亲为了他的安全，严格禁止他提起过去。这样一来的后果是，罗卜连自己父亲的名字都想不起来了。"

李振峰轻轻叹了口气："我知道，选择性记忆丧失，十三岁以前的孩子很容易被诱发，唉！他父亲现在还在吗？"

"不知道。"马国柱的声音中夹杂着一丝苦涩，"那次行动失败后他也失踪了，为了他家人的安全，我们只能把一切尘封，等将来真相大白，或许就能还他一个名字了。"

"你要我告诉他吗？"李振峰轻声说道。

"还不到时候。"马国柱抬头看了看天空，"我不想让他和他父亲一样失踪，为了这个案子，他们家已经失去够多的了。"

"那你为什么现在突然告诉我这件事？"李振峰有些不满，"马叔，事后诸葛亮可不是你该有的风格。"

"他是不应该知道当年的案子，那案子也被锁了，一般的电脑都查不到相关卷宗档案，必须我开条子才行。"马国柱的表情有些无奈。

"我懂了，你肯定发觉他偷了你的条子然后去查那个案子了。"李振峰皱眉看着他，"叔，你的反射弧未免也太长了点吧？会不会是他母亲告诉他的？"

马国柱把手一挥："不可能，英姐的嘴巴很严，她这辈子最重视的就是自己的儿子，为了这孩子，她可以连自己的命都不要，不可能让他冒险。"

"那是谁告诉他的？"李振峰呆住了，案子已经过去很多年了，案件相关的都是保密的，到底是谁会这么了解？

傍晚时分，朝阳菜场渐渐安静下来。

快到下班时间，王秀英回头看了看池子里的鱼，才发现水池里什么都没了，不禁感到有些诧异："都卖完了？"

"英姐，今天生意不错嘛。"对面摊位的李芳下班了，她来到王秀英的摊位前，羡慕地说道，"一大早见你吵了一架后，还以为你今天会撂挑子不干呢。谁想到你今天就跟发了疯一样地做买卖，厉害，全卖完了！"

王秀英知道李芳是醉翁之意不在酒，白天人多不敢问，等到晚上下班了就凑过来开始八卦了。她也不避讳，直截了当地说道："那老头欠了我的生意款，很多年了，那些钱我也不要了，就当喂了狗，浪费时间！"

"噢哟，你真是大款。"说着，李芳冲着水池努了努嘴，酸溜溜地嘀咕，"这不就赚钱了吗？老天爷是公平的，该你的就是你的。"

话音未落，水池旁的一个红色塑料袋蹦了一下，李芳知道那是王秀英每天必定会预留的存货，两人便是会心一笑："英姐，都这么晚了，你那老客户还会来吗？"

"再等等吧！"王秀英回答。

"那你带回去吃了算了。"李芳说。

"我一个人也吃不完，我家那小子也不爱吃鱼。这样，如果我收摊前客人不来，我就给你送过去。"王秀英说起儿子，嘴边就带了笑。

111

"好呀！正好我儿子这几天念叨要吃鱼呢。对了，英姐，你想你儿子不？"李芳乐了，"那天看你们娘儿俩就像审犯人一样，火药味十足呢。他这换了工作，你们以后就更少见面了吧？"

"这小兔崽子既然那么喜欢当警察，就随他去吧，反正我是拦不住的。"王秀英长叹一声，"只要他过得好，我腿脚也方便，就多赚点钱，将来呢，留着给他买房子娶媳妇儿，好好地安稳过日子，那我这辈子就真的算是没白忙活啦，谁叫咱是女人呢。"

正说着，右手边的防火门位置人影一晃，王秀英警觉地回头大声问了句："谁？鬼鬼祟祟的，快出来！"

"英姐，是我。"李大强探出半个身子站了起来，神色有点尴尬，顺手把吃剩下的半个馒头塞进帆布袋子。

李芳见状倒是知趣，找个借口赶紧走了。摊位前便只剩下他们两人。

王秀英知道自己再也没理由回避了，索性双手抱着肩膀瞅着他，嘴角露出不屑的表情："你就饶了我吧，李警官，我跟儿子俩人生活得很好，也很安全，你们就别再来打扰我们娘儿俩了。再说，我都已经忘记以前的事了，我也没再见过谷子，这么多年了，他应该早就死了吧。"

李大强语重心长地说道："英姐，谷子的事儿自然有人会管，我这次来是为了罗卜，他现在是叫这个名字对吧？咱能找地方好好谈谈吗？"

"谈什么？"

"他的工作。"李大强若有所思地看着她，"英姐，当年那辆车可是直接冲着你们娘儿俩去的,对不对?"

王秀英脸色一变,却依旧不吭声。

"有人跟我说,罗卜现在正在调查当年的事,我相信一定不是你亲口告诉他的,对不对?因为你跟我说过你哪怕不要命了,都要保住你儿子的命。你不会忘了这句话的,对吗?"李大强的目光始终都没有离开过王秀英的脸。

呼吸逐渐变得急促起来,王秀英猛地拽下身上的皮围裙,抬头愤怒地看着李大强:"好吧,好吧,我听你的就是。"

李大强心口悬着的石头终于放了下来,他嘿嘿一笑:"走,我请你吃晚饭去。"

王秀英突然笑了:"李警官,你都一把年纪的人了,就不怕被人说闲话?"

"不怕,这次来找你,我是真心想帮罗卜。"李大强回答得很诚恳。

王秀英嘴唇嗫嚅着,没多久终于妥协了:"那好吧,你去阿龙烧烤店等我,穿过巷子直接过马路就是,招牌很醒目的,我下班后经常去那儿喝点酒才回家。我收拾下摊位,很快就过去找你。"

李大强点了点头:"一定要来,我们好好谈谈。"

"放心吧,当年为了科科,我什么都愿意放弃,现在也该说出真相,彻底解决这件事了。"王秀英的眼中闪过一丝泪光。

李大强走后,王秀英看着面前的电子秤出神,许久才听到有顾客招呼自己的声音……

时针指向晚上6点52分。

她看了一眼红色袋子里的江鲈鱼，感到说不出的疲惫，拿起手机给李芳发了微信说今晚有事，江鲈鱼放冰柜里了，明天给她。随后她将手机放口袋里，关上氧气泵，最后拉下卷帘门的刹那，她本能地回头看了一眼熟悉的摊位，空荡荡的鱼缸，心中突然有些莫名的不舍。

迟疑了一会儿，怕李大强等急了，王秀英讪讪地笑了笑，这才拉上卷帘门，走进了离自己最近的那扇员工通道大门。

走出更衣室，穿过长长的走廊下楼，来到大楼外，王秀英深深地吸了口气。安平夜晚的风中总是会有一股淡淡的海水腥味，夜幕早就已经降临，巷子里唯一的那盏路灯随风轻轻摇晃，远处海鸥的鸣叫声被街上来往车辆行驶的喧闹分割得支离破碎。这条巷子，王秀英每天都要走几个来回，十三年来，她熟悉这里的每一块砖和每一寸空气。

但是今晚不一样，周遭太安静了，她敏锐地感觉到风中除了海水的味道，还有一丝不该有的敌意。王秀英放缓了脚步，果然，她很轻易便从身后的夜风中听到了陌生的脚步声。她确信脚步声是从停车场那个路口传过来的，难道说是上夜班的保安？不，绝对不是，因为脚步声离自己越来越近，也越来越急促不安。

她心跳得厉害。

眼前这条小巷处于典型的背街位置，与闹市区仅一墙之隔，前面三十米不到的地方就是路口，那里非常热闹，但是自己现在所站的地方却是谁都不会看上一眼的冷清的角落。王秀英开始后悔自己为什么不早一点下班了，哪怕刚才叫李大强等她一会儿一起走，都好过现在的心惊胆战。

自己偏偏是最后一个离开菜场大楼的员工，离开时，大楼里几乎一片漆黑，保安不知道躲到哪里偷懒去了。

紧张的感觉瞬间弥漫全身，王秀英加快了脚步，同时尽量克制住内心的恐惧。她告诉自己肯定是多虑了，这里每天走过的都是在菜场上班的员工，没有什么人兜里会超过三百块钱，都是穷光蛋，来这里抢劫的话真是蠢透了。

或许是上了年纪，也或许是因为自己归根结底还是个女人，恐惧让她失去向前跑的力气和向后看的勇气。眼看着离路口还有不到十米的距离，脚步声终于追上了王秀英，同时一股巨大的冲力把她狠狠地推向了左面的那堵围墙，撞上的刹那她疼得几乎哭出了声。

"你，你想干什么？要钱吗？我给你……我都给你，别伤害我……求求你，别伤害我……"王秀英哆嗦着哀求道。她看不清对方的脸，巷子里的光线太暗了。

对方的力气是惊人的，他也没有要钱，只是举起了手中的刀。

他要杀了自己。

王秀英顿时惊醒了，她不再哀求，开始拼命反抗。她知道只要冲到前面的街上，自己就有存活下去的机会，哪怕受点伤也没关系，活着，就会有希望。

但她毕竟是个女人，一个劳累了一天还上了年纪的女人。而凶手一开始就是冲着王秀英的颈部去的，他不会让她喊出声来，绝对不会，更不会让她活着。

王秀英拼死的抵抗让对方变得愤怒，刀尖开始胡乱地扎向她的胸部、腹部。剧痛让她叫出声来，但也只是短短的一瞬间，求生的欲望还是无法抵挡住现实的冰冷，当致命的刀尖插进咽喉的刹那，王秀英突然心中一震，她呆呆地转过头，看着黑暗中的凶手，目光中充满了不可思议的神色。

鲜血在喷涌而出的同时，也很快填满了王秀英整个肺部，可怕的窒息感让她的意识逐渐变得模糊起来。她颓然地靠着墙，低下了头。

耳畔，凶手的脚步声很快地远去了，风声越来越大，彻骨的寒意席卷全身，王秀英拼尽最后的力气伸出右手从裤兜里艰难地摸出了那两朵白兰花，然后用力握住，这才放心地闭上了双眼。

罗卜是个聪明的孩子，只是可惜，不能说再见了。

往日的记忆滑过脑海，朦胧中她仿佛看见幼年时的儿子正向自己走来。一滴眼泪无声地从她的眼角滑落。

科科啊，妈妈对不起你——

长长地叹息了一声，王秀英闭上了双眼。

李大强在用餐高峰期的烧烤店里足足等了半个多小时，逐渐显露出焦灼的情绪。在此期间，服务员一有时间就在他面前来回走动，希望能引起这个古怪老头的注意，但是李大强却好像根本就没看见一样，双眼始终紧盯着门口，竭力辨别着进进出出的人。

他在等王秀英,但是后者一直都没有出现。

周围的食客投来异样的目光,因为李大强是个老人,一个周身上下干干净净的老人,满头白发梳理得整整齐齐,那样子根本就不像是要来吃烧烤的,反而像是等着去相亲。

等待的焦虑逐渐吞噬了李大强的耐心,难道说王秀英只是随便找了个借口就为了赶自己走?刚才在菜场的时候,她已经说得很明白,不愿意再掺和进过去的事情中,强调说自己和儿子都已经重新开始生活了。再说了,这么多年都过去了,真要出事的话,她们娘儿俩早就已经出事了,还会等到今天?

想到这儿,李大强感到了深深的无奈。

饥肠辘辘的感觉让他最终决定妥协,他刚打算伸出右手向服务员打招呼示意要点吃的,毕竟自己好久没蹲点了,上了年纪就愈发忍不了饿了。

就在这个节骨眼上,门口传来了嘈杂的声音,街上行人的议论声由远至近。此时正好有人从李大强右手边打开的窗户外经过。

一个年轻女孩的声音:"太可怕了!……"

同行的一个女生道:"是啊,是啊,这年头怎么连卖菜的都会被人抢劫,他们身上能有多少钱啊!"

同行的另一个女生道:"没错,我可不想去看,我连菜都不要了,听说太血腥了,脑袋都快掉了……"

李大强浑身一哆嗦,瞬间手脚冰凉,猛地站起身,探头朝窗户外扯着嗓门吼了句:"说什么呢?大声点!"

三个年轻女孩吓了一跳,转身看见是个老头,还是个吃烧烤的老头,更是一肚子不高兴,毫不客气地回了句:"吓我一跳,神经病！"转身就走。

"你……"李大强被骂愣了，索性从兜里摸出一些纸币朝桌上一丢，快步向门外走去。

熟悉的警笛声渐渐逼近，烧烤店服务员追到门外，冲着李大强的背影嚷道："大爷，您没点菜，不用给钱。"

李大强没有回答，只是像喝醉了酒一样脚下有些踉跄，头也不回地朝着来时的路匆匆向前走去。

十字路口过马路等红绿灯的时候，看着警车在眼前呼啸而过，直接开向不远处的菜场，他有种不好的预感，下意识地摸出裤兜里的手机，却突然想起自己还没来得及向王秀英要现在的联系方式，心中不免一震。深深的懊悔感使得李大强痛苦地闭上了双眼——自己还是一个当了四十年警察的人吗？杀害罗卜父亲的凶手一直都没找到，不等于凶手就不存在了，不然的话，罗卜又怎么会突然冒着被开除的风险去调查以前的案子？是谁告诉他的？这么简单明了的道理为什么现在反而就不懂了呢？

当李大强看到尸体那一刻，他真想狠狠抽自己一耳光。

真是怕什么就来什么，这么多年，终究还是没能躲过啊。

李振峰记忆中的父亲是从来都不会哭的，所以，当他在巷子口的警戒带旁意外看见自己满脸泪痕的父亲时，心中吃惊的程度可想而知："爸，你在干吗？……你怎么哭了？为什么不回去？妈在四处找你呢，都一天了，打你电话都是关机。"

李大强无力地摆摆手，目光却看向自己儿子的身后，压低嗓门不安地问道:"罗卜没来?"

"没,我把他留在单位搞文书工作了。他刚上班没多久,很多东西还要熟悉起来。爸,你问他干什么?"

李大强看向儿子李振峰的目光突然变得有些凄凉和痛苦:"死者我认识,是罗卜的母亲,叫王秀英,我们约好在阿龙烧烤店碰面,结果我等了她半个多小时,她都没去。我真蠢,本以为她是找借口把我打发走,但是现在看来是我错了,凶手就没有打算放过她。都这么多年了,唉,还是没躲过去。"

李振峰听了,不由得皱眉:"爸,你看过尸体了?"

"是,我刚才进去辨认过死者了,"他头也不回地指了指守在尸体旁的一位老警察,"那是以前我警校的师弟,叫郑福明。你郑叔他现在是清河派出所的所长,罗卜以前的直属领导。我刚才跟他说我可能认识死者,他就让我看了。阿峰,马国柱已经跟你说过罗卜家的事了,对不对?"

"没错,今天开完会后他都跟我说了。"

李大强目光呆滞,点了点头,嗓音沙哑地来回念叨着:"那就好,那就好。"

"等等,爸,是不是你给马叔打电话了,所以才把我叫过来的?"

"嗯,这个案子不是简单的抢劫案,"李大强有些哽咽,"太巧合了,无论哪一点都太巧合了。"

看着父亲深深自责的样子,李振峰感到很心疼。他伸手搂住父亲的肩膀,低头小声说道:"爸,先不管别的,我安排人送你回去,妈在家等着呢。"

"我不回去,等你忙完后我跟你一起去市局做笔录。"李大强固执地摇了摇头,"我是证人,我现在不能离开。"

"好吧。"李振峰知道和这个倔老头争论的结果是什么,便直接安排人把他带到了警车上,这才快步向案发现场走去。

这是一条直通菜场营业区员工通道的背街巷子。尸体就在离外面马路不到十米远的位置,靠墙坐着,头低垂,头发披散,满是血污。

"郑所,我是市局一处的李振峰,李大强是我的父亲。"李振峰迎了上去,对郑福明做了自我介绍,"你们是什么时候接到的报警?"

郑福明看了一下记录:"17分钟前,是菜场夜班保安报的警。因为案情比较重大,所以我就亲自来现场了,不放心啊。"说着,他伸手指了指站在三米外的一个人,"那就是。"

"好的,我去跟他谈谈。"李振峰旋即向保安站的地方走去。

菜场营业区的员工通道就在顾客进出通道的后面,总共有两条,位置正好在大楼的东西两面,分别位于水产区和肉类产品区的后门,上面都有显著标志,出去后就是一条背街小巷直通外围马路,其间会经过一个员工非机动车停放库。这个停车库东西两头有相对应通道的两个门,便于员工进出停放车辆。

菜场对顾客清场的时间是每天晚上6点30分,员工下班时间则是在半个小时之后。从晚上7点开始,菜场的保安人员每隔两个小时就会对整个菜场区域进行治安巡逻。逮小偷是他们的主要工作,但是眼前这个刚上班没几天的年轻保安做梦都没想到，自己看见的却是一个古怪的杀人场面。

"古怪？什么意思？"李振峰皱眉看着报警的菜场保安，"你到底有没有看见犯罪嫌疑人？"

保安员连连点头却又很快摇头，面露难色："光线太暗，况且那位置已经快要接近外面的马路了，应该不到五米吧，可能还再多一点，反正不会超过十米就是，离我站的位置很远。外面街上的路灯没办法把那块区域全部照亮，我只是看见什么东西一晃就没了，模模糊糊好像有人倒了下去，等我用手电筒朝那个方向照过去时，才发现真的有个人躺在地上，所以我马上就报警了。警察同志，但我确实连那跑掉的东西是人是狗都没来得及看清楚。"

"狗？"

保安尴尬地点点头："没错，警察同志，这里是大菜场，经常有一些卖不出的烂菜叶子啥的，所以流浪狗几乎每天晚上都会出现，挺凶的，我还被咬过。所以我刚开始真的以为是流浪狗在偷东西吃，那影子实在太快，我根本就看不清。"

"你冲他吼了？"

"我当然要吼，不吓跑它们，它们不就咬我了？"保安小声嘀咕。

李振峰懒得跟他扯皮，抬头朝背街小巷的尽头看去，伸手一指："那边是不是员工通道方向？"

"没错。"

"你带我们过去看看，你到底是站在哪个位置发现的？"

保安听了，赶紧一路小跑，李振峰带人紧跟在身后。他注意到这条背街小巷有将近三十米长,并且只在中间位置有一盏路灯,这样一来也难怪保安会看不清对方的长相,更别说性别特征了。

"你们这边没有监控探头吗?"

保安伸手指了指头顶:"就这一个,朝着员工停车库的位置。"

"巷子里呢?"

"没有。"

李振峰冲身边跟着的清河派出所民警点点头:"你陪他去调现场监控,我去那边看看。"

两人应声走了,现场就只剩下了李振峰一个人。

父亲刚才的话一直在李振峰脑海里回响,他沿着背街的巷子朝前走着,心里琢磨:如果不是保安扯着嗓子吼了一句,惊动了凶手,那尸体可能不会马上被注意到,因为保安说过,员工已经走得差不多了,可以肯定死者是最后一个离开的。

停下脚步站在死者身旁,看着蹲在地上检验尸体的分局法医,李振峰弯腰打招呼:"你们来了?"

分局法医姓陈,是个热心的中年男人,隔着口罩冲李振峰点了点头:"李队,分局王队跟我说了。"

"具体死因能有结论吗?"李振峰指了指尸体。

"现在看来是因为被割断了颈部的动静双脉,出血量非常大,但是你看这里,"说着,他拿起身旁地面上的应急灯,略微抬高角度。眼前是一面墙,墙上有典型的喷溅血迹,但是有一大半却没有，就好像被什么东西凭空挡住了，"凶手杀害受害者的时候，或许不想被血迹喷溅太多，所以是背靠着墙，从背后袭击的受害者，但是受害者拼命挣扎了，导致最终被割断颈部时是侧面对着墙壁，所以血迹喷到了墙上，并且有一大半还喷在了凶手身上。"

"我懂了，"李振峰直起腰，"陈法医，还有什么需要我注意的吗？"

"凶手身高不会超过一米七七，除非他杀人的时候刻意屈膝了，而半蹲着制服受害人不太可能。"

"为什么？"

陈法医看了他一眼，目光复杂："你会毫无反抗地被一个半蹲着的人给活生生地割断自己的脖子吗？再说了，一个屈膝半蹲着的人是绝对不会靠上这面水泥砖墙的，又怎么能在墙上造成这样的血迹残留痕迹？"

"还有个问题，陈法医，死者脖子上的伤口是多少次形成的？会不会是一次？"

"这样的切创？李队，你是不是悬疑小说看多了，"陈法医把应急灯对准死者左面颈部的位置，"从这里捅进去，然后朝右面横切，不是那么简单的。具体的等尸检报告出来后我会上交给赵法医，到时候她会通知你。尸体等下也会被直接拉去你们局里刑科所处理。"

"还有啊，我在她手里发现了一个很奇怪的东西。"说着，陈法医转身拿过一个小证据袋递给李振峰。

"这是什么？上面都是血。"

"花，两朵白兰花，被她紧紧地抓在手里，我费了点功夫才拿出来的，我等下会一并移交给赵法医。"

"白兰花？……好的，辛苦你。"李振峰欲言又止。他赶紧快步走出小巷，来到警车旁，拉开车门钻了进去，语速飞快："7点到7点30分之间这个角度的路面监控调出来了吗？我们的目标人物是个单身男性，身上可能穿有雨衣一类的东西，也可能拎着包，辨别特征很明显，有奔跑的动作，非常快的奔跑动作，没有交通工具，看清楚他是朝哪个方向去的。"

"有，有，就在距离报案电话打过后不到27秒的时间，就是这个人。"清河派出所的民警把手中的电脑递给了李振峰，"你看，他手里确实提着个帆布袋，特征很明显。"

染血的外套肯定被他塞进了帆布袋。李振峰感到有些棘手，因为监控探头所得到的画面非常模糊，根本看不到人脸，连身体特征都看不清。这人背对着探头，并且直接快步转到了花坛后面，消失在了探头的区域内。

"查查对面周边方向有没有探头可以跟上……等等，他有交通工具，那是车灯！"李振峰急切地说道，"那亮起的是车灯！时间是7点21分42秒，地段是花园路口和龙海路口的交接处。赶紧跟上这个节点，接着往下挖，我就不信抓不住这家伙。"

看着车窗外巷子口的分局法医已经准备转运尸体，李振峰突然想到了此刻正在市局待命的罗卜，立刻联系马国柱："马处，死者已经被确认是罗卜的母亲，尸体正被运来市局刑科所进行尸检。你现在马上找人陪着罗卜，想尽一切办法别让他去赵法医那里，待会儿尸检台上躺着的可是他妈，那场景我怕他受不了，太惨了。"

愣了很短的几秒钟后，马国柱一口答应并挂断了电话。

现场就留给分局的人处理，李振峰亲自开车带着父亲李大强匆匆赶回单位。老头子在车上什么话都没说。

倚靠在副驾驶位置的车窗上，一路上看着车窗外的城市夜色，老警察现在满脑子里装的都是罗卜的脸，心中充满了焦虑与自责。

我不想杀你的，因为你不在我的计划之内，你也本可以安安稳稳地走完这一辈子，为什么你突然要去见那个老头？你的冷静和最后的妥协让我几乎无地自容，我为你的行为感到羞愧，你竟然还想解脱？不，你休想！

拜你所赐，我终于听到了南美雨林中那只蝴蝶震动翅膀的声音，远处雷声隆隆，一场大雨即将倾盆而下。

窗外的海风彻底割裂了我脸上虚伪的笑容。你让我愤怒，我甚至都无法安下心去面对砧板上这条该死的鱼。我的手在颤抖，这都怪你，都是你的错。你让我再也无法安心地拿起刀，去享受割开一切的过程。

你已经死了，我知道，因为我亲手割开了你的喉咙，只是我不确定最后一刻的你是否认出了我。你死死地盯着我看，那目光，就好像要把我整个人给生生吞下去一般，我承认那时候我感到了一丝恐惧，但是仅此而已。

你明白吗？人一旦死了，就一文不值。

好了，好了，既然没有了兴致，那我还在这儿浪费时间干什么。就这样吧,我累了,明天再去处理那个烂摊子,我反正有的是时间。

而你,再也没有时间了,连告别的时间都没有了。

开心吗?

此时。

安平路308号大院内,罗卜伸手关上电脑,正准备回宿舍休息。突然,他想起今天是清河派出所民警王宇的生日,不免心中有些懊恼,埋怨自己工作忙起来连好兄弟的生日都忘了,于是掏出手机边朝外走边拨通了王宇的电话。

"兄弟,刚忙完手里的工作,抱歉啊,我都忘记你的生日了。"罗卜反手带上门,嘴里连连道歉,"下回一定请你好好吃一顿。"

"罗哥,你真是哪壶不开提哪壶,我报告都没写完呢,今天折腾了一天,唉!"电话那头王宇长吁短叹,"绿塔路那家林业公司报了个警,说是有人恶意纵火。这不,我才从现场回来,灰头土脸的,脏死了。"

罗卜忍不住笑出了声:"你说的是消防今天凌晨那档子事儿吧?可可跟我说了,都是小案子啦,你们分分钟就能搞定的事。"

可可就是消防班长田可。

"哪有那么容易,"王宇又是一声长叹,"罗哥,是真的有人纵火,现场都发现打火机了,差点出大事。你想啊,绿塔路那边都是居民区,这点燃的又是树苗仓库,本来就是严禁烟火的地方,林业公司的人会偷摸着去那犄角旮旯抽烟?给他们仨胆子都不敢啊,你说是不是?"

罗卜不由得停下了脚步:"等等,我知道林业公司靠近街面的仓库就只有一个,就是拿来存放新到的树苗的。我在清河六年时间,印象中那里确实从未发生过火情,照你这么说的话,难道那个老板说的话是真的?"

电话那头传来王宇的一声苦笑:"哥,我起先也不信,后来看了路面监控后,才知道天底下还真的有这种神经病,得亏监控是没有现场收声的。"

"什么意思?"罗卜追问道。

"哥,那天早上你不是救了个人吗?在回龙塘小区?"

"没错。"

"就在我们收队后没多久,那老板在绿塔路上查看树木情况时遇到个人,就是他说的那个娘娘腔,那人一听说要换树种就炸毛了。"王宇悻悻地说道,"老板说绿塔路上的白兰花树严重影响了周边小区的采光,又招虫子,每年回龙塘居民的投诉就有很多起,所以这次区里把换树种的项目交给了他们,换杧果树。他就去实地看了一下,结果正好在他打电话的时候,那家伙就凭空冒了出来,坚决反对这么做。"

"反对砍掉白兰花树?"罗卜扶着走廊栏杆,紧盯着楼下大院,看到黑暗中一辆警车开了进来,那是李振峰的车。

"没错,就好像那些白兰花是他的亲娘一样,谁砍树他就要跟谁急眼,真是不可理喻。"

"图侦那边有希望抓住这家伙吗?"罗卜问。

"哥,这白天的监控角度不行,只能看个大概,晚上嘛,就更不行了。你说这林业公司根本不缺钱，为什么就不舍得装一个监控呢？"

"这确实是个麻烦，"罗卜皱眉想了想，"光凭白天的监控很难定论，最多就是个寻衅滋事，连个动机都算不上。唉，王宇，你把监控保留好，说不准以后能用得上。安抚事主要紧，能走保险劝他赶紧走保险，别耽误事儿了。"

"我明白，谢谢罗哥。"

挂断电话后过了好几分钟，罗卜才看见李振峰下车，同时朝这边看了一眼。罗卜刚要跟他打招呼，突然发觉后者明明看见了自己，神态却似乎有点不对劲，而车内还有人，三十米开外的大门口更是有一辆法医的车缓缓开了进来，车牌是分局的。李振峰直接朝着法医的车走了过去。

罗卜心中涌起了莫名的不安，脸上的笑容也渐渐消失了。

第四章 背叛

最深的欲望,总能引起最极端的仇恨。

十分钟前。

警车开进安平路308号大院,李振峰停好车,却并不急着打开车门。黑暗中,他哑声道:"爸,等下上去后我不方便给你做笔录,你有什么不好说的,现在尽管告诉我。"

李大强看了看他:"二十年前,罗卜的父亲,就是宋克宇,我们都叫他谷子。"

"那个失踪的警察?"李振峰感到有些窒息,顺手解开了衣领上的扣子,"那罗卜叫什么?"

"宋科。他的母亲姓梅,叫梅英,我们都叫她英姐。宋克宇出事前,英姐是安平妇幼医院的医生。"李大强喃喃地说道。

李振峰预感到了事情的严重性:"我查过档案,罗卜的身份是真实的。真的是省里专案组给他们改的户籍资料?"

"是的,省厅专案组批准的,属于保护人员计划。出于安全考虑,一次只交接给一个人跟进,就连我们单位内部都没有多少人知道,除了我之外。后来我因为被调到了重案组,正好碰上严打,工作强度大,所以就提前把它交接给了刚进单位没多久的马国柱。这次罗卜的事，就是你马叔要求我出面找英姐好好谈谈的。我都不知道她已经回安平很多年了，一直都在菜场卖鱼。唉，我真是失职。"

"罗卜为什么要去当警察？你们干吗不阻止他？"李振峰紧锁双眉，语气中满是埋怨，"保护计划中的人在案子未破的前提下还去当了警察，危险性太大了。"

"宋科，也就是罗卜，"李大强轻声说道，"他父亲出事的时候，宋科大约八岁。他很像他的父亲，所以关于他后来去考了警校这件事我真的一点都不感到意外。听你马叔说，警校政审的时候有查过宋科的户籍，你马叔知道决定的时候已经来不及了，因为他根本没有理由拒绝罗卜的申请，而一旦他拒绝，就很有可能暴露他们母子俩真实的身份。马国柱唯一能做的，就是什么都不做，让罗卜顺利通过审核。"

"我这次找英姐，就是因为马国柱感觉到罗卜这次调职的真正目的，有可能是为了当年的系列绑架案卷宗。"说到这儿，李大强不无担忧地看了眼自己的儿子，"那件卷宗因为宋克宇的意外失踪被锁了，没有马国柱的批示条，谁都看不了。为了保护英姐娘儿俩的安全，宋克宇的档案也被锁了起来，没有人能够查阅。昨天马国柱跟我说，他的批示条被人动过了，他怀疑是罗卜干的，因为除了几个老人，单位里根本没有人知道这件事的来由。而这几个老人本就屈指可数，而且要么退休了，要么就是在特别重要的岗位上，不可能去把当年的事告诉当事人的孩子。"

"爸，为什么要锁当年的卷宗？宋克宇到底出了什么事？"李振峰追问道。

"我当时还年轻，进单位没多久，我只是听老政委说过，他做了多年的卧底。卧底的卷宗本就是属于保密级别的，加锁不只是因为最后参与侦破的案件未破，更重要的也是为了保护他的家人，毕竟少一个人知道就多一分安全。所以，我后来就没有多问，况且这也是纪律要求。"

李振峰轻轻点头："我懂了，所以你想劝罗卜的母亲出面阻止他调查这件事，以免他遇到生命危险。"

"是的，安心在基层做个民警多好。"李大强的目光有些出神，"远离是是非非。"

"你错了，爸，真要远离是非，他就不该当警察。对了，那些绑架案后来有进一步的线索吗？"李振峰接着问道。

"没有任何线索，生不见人死不见尸，总共四个受害者，而且都是我们安平市的人，最后还搭上了罗卜的父亲，当时办案人员的压力可想而知。专案组的人说不排除受害者是被拐卖了，家属也曾经努力去寻找，但一直没有线索，专案组也是五年后才因为人手问题不得不先把这案了撤掉。"李大强喃喃地说道，"我们本以为，把他们母子俩送往苏川生活的计划是没有任何后遗症的，却偏偏忘了一点，那就是即使有了新的身份和名字，父子之间以及故土之间的牵绊是永远都无法割断的，更别提出事的时候罗卜已经那么大了。他考上了安平警校，而英姐也回到了安平，这件事只有一个解释——她阻止不了儿子，那就只能守在儿子身边了。"

李振峰听了，心中五味杂陈。

李大强刚要接着说下去，这时候，警局大院的电动门缓缓向两边打开，一辆笨重的警车开了进来，那是运送尸体的分局法医车。

李振峰熄火拔下钥匙，伸手打开车门，同时对父亲说道："爸，你自己一个人上去吧，我办公室里有人会给你做笔录。妈那边你放心，她是个通情达理的女人，所以你别多虑，该干吗就干吗去，我抽时间会给她打电话解释的。"想了想，他又回头从兜里摸出了自己的饭卡塞给李大强："你拿着，等下做完笔录后你去食堂买点吃的，卡里还有钱，别饿着了。"说着，李振峰这才放心下车，车门在他身后被应声用力关上。

两束车灯光从眼前闪过，看着儿子迎着法医车车头的方向走了过去，又低头看了看手里的饭卡，李大强的嘴角露出了一丝欣慰的笑容。

作为父亲，自己当初何尝不是和王秀英一样，不希望唯一的儿子去当警察？但是这个世界上有些信念一旦被刻在骨子里，那就是谁都无法去改变的。所以呢，坦然接受就好。

我缓缓地走下了楼梯，听着大门在我身后关上的声音，我知道我也同时关上了你这辈子对生的希望。

楼道里安静得能听见自己的呼吸声，我却怎么也忘不了你最后看着我的脸时所流露出的诡异而又空洞的笑容，那是绝望的笑容，我太熟悉了。

我问你恨不恨我，你摇摇头说"不"，反而会很感谢我，因为我终止了你的噩梦。

那我的噩梦呢？谁来替我终止？

两小时后。

夜深了，城市另一头的回龙塘小区三期变得安静了。这里以中老年住户居多，所以一到夜晚，大多数人家便早早地关灯休息了。

断断续续地喝了一整天的酒，这时候，醉醺醺的他方才摇摇晃晃地走出家门，来到楼下。风一吹，浓烈的雨腥味让他的头脑略微清醒了些，总算弄清楚了自己所站的位置。他低头看了看右手中提着的半瓶白酒，又看了看空空的左手，摸摸裤兜里也是空空的，意识到除了这半瓶白酒，他什么都没带，甚至连家门都没关。

转身回去关门的念头在他的脑海里出现又瞬间消失——既然已经出来了，那就别回头了，这来回拉抽屉的人生让他已经彻底厌倦了。

自己生命中的一切，早在十八年前那个闷热的夜晚其实就已经结束了，什么都没了。只是到去年为止，他还在傻乎乎地期待，期待这十八年只是一场噩梦而已，梦醒了，所有的就都能恢复正常了。

但让他感到绝望的是，这场做了足足十八年的噩梦永远无法结束。他不怪那些欺骗他的人，而他这辈子再也不会从噩梦中醒来了。

他凭着残存的意识，摸索着又一次走进了另一栋大楼漆黑的门洞。这周围都是回迁房小区，保安可能不是那么敬业，也不会有人拦着自己。他对这里太熟悉了，毕竟曾在这里住过好几年，但那已经是十八年前的事了。走到三楼的时候，他特地贴心地放轻脚步，302的住户已经上了年纪，她最听不得夜晚的脚步声。

都是要走的人了，也该体谅一下活着的人的艰难。

刚走到三楼中间，身后突然传来了开门的声音，因为过于意外，他的整个身体瞬间僵住了。

"徐佳爸爸，是你吧？"老人的声音缓慢而又执着，"我听出你的脚步声了。"

徐绍强暗暗咒骂了一句，这才轻轻转过身，双脚却仍然保持着上楼的姿势，只是眯缝着双眼在脸上努力挤出一丝笑容："管奶奶，是我。您，您真是好耳力。"

老太太摇摇头，嘴里碎碎念："别夸我，我老了，不像以前了。徐佳还没放学吗？都这么晚了，你又去找她啦？快高考了吧，闺女大了，你和小赵可要多用点心哦。"

听了这话，男人的身体一震。小赵是佳佳的母亲，自己的前妻，离婚十八年的前妻，离婚后和自己就再也没有了任何交集。现在想来，自打女儿失踪后，这个家就已经散了。他强忍着即将夺眶而出的眼泪，笑着点头："是啊，管奶奶，您说得对，我们是该好好管教，佳佳有时候不太懂事。管奶奶，您快关门吧，晚上冷，穿堂风吹多了容易感冒。"

老人听了，连连点头称是，退后一步，右手把门关了一半却又立刻拉开，依旧探身叫住徐绍强："小徐啊，老远都能闻见你的酒味了，少喝点酒，喝多了酒伤身体。"

男人努力把自己的脸藏进黑暗的楼道中，白发在微微颤抖，他背对着老人故作轻松地哈哈笑笑："放心吧，管奶奶，我没喝酒,我这就回家去啦,小赵在家做好饭了。等下我就去接佳佳放学,明天叫她来看您。"

"记得来啊,我做了很多桂花糕,佳佳最爱吃的桂花糕。桂花糕,做了多少来着,看我这记性,我放哪儿了……"

老人嗫嚅着,颤颤巍巍地伸手关上了门。

管奶奶的生命中已经明显丧失了具体的时间概念,流逝的十八年时间在老人残存的记忆里已经消失得无影无踪。如今想来,这未尝不是一件幸福的事。

一边往楼上走,徐绍强的眼泪又一次涌出眼眶。女儿徐佳在十八年前被绑架了,十八年的等待,如今的他也已经彻底死心了。当年自己不顾一切倾家荡产就为了能换回女儿的命,结果最终案件却成了悬案,而妻子赵敏再也受不了他的执迷,愤而离婚,宁可净身出户,什么都不要。

他也曾经想过女儿被人卖到了外地,不管发生了什么,只要她还活着,他就一定能把她接回家。无论女儿吃了多少苦,那都没关系,只要女儿还活着,生活就能一切重来。

这么多年来执着地寻找女儿的下落,徐绍强不得不变卖了自己名下几乎所有的家产,包括这栋楼里自己曾经的家,唯独留下了小区另一头那套狭小的房子——那是他最后坚守的地方。徐绍强曾经那么相信女儿会回来,直到今天为止。

当他知道女儿徐佳早就已经去了另外一个世界时,他也就没有理由再继续苟活了。

推开楼顶天台的门,冷风夹杂着雨点迎面扑来,他的酒瞬间醒了一半,不由得深吸一口气,这才又一次注意到自己手中的酒瓶。想了想，他摇了摇头，拧开酒瓶把剩下的酒全部喝光，任由酒精的灼热感遍布全身，这样一来，自己才不会对这个世界有任何牵挂。

"该结束了，真的该结束了。"他缓步来到楼顶边缘，双手紧握着冰冷的水泥护栏。远处是一望无际漆黑的夜空，雨点零七八碎，白发在风中瞬间被吹得凌乱，一如他曾经的生活，不过那已经不算什么了。

去另一个世界找自己的女儿吧，那个该死的家伙说得对，自己十八年前就该和女儿一起走的。这样，至少不会错过。

想到这儿，他毫不犹豫地跨过栏杆，然后松开双手，纵身跃入了无边的黑暗之中。

生命坠落的刹那，他突然想起前几天救了自己命的年轻小警察，那执着的眼神此刻又一次出现在了他的脑海中，他的嘴角不由得露出了一丝微笑，那是这世间留给自己最后的温暖。

很快，他的身体便重重地砸落在了底楼冰冷的水泥地面上。伴随着他最后的一次呼吸，雨点倾盆而下。

雨越下越大，你一动不动地躺在离我不远的地面上。我不用怀疑你是否已经死了，因为没有一个人能从十八层楼那么高的地方跳下来后，依旧能自由地呼吸着这个世界的空气。

只是我有点失望，因为我为你设想过无数种死亡的方式，唯有这种却是我最不喜欢的。更不用说那个此刻正踮着脚尖、伸长脖子、拼了命地在阳台上尖叫的瘦老太太，那滑稽的模样让我瞬间想起了我家曾经养过的那只神经错乱、天天想着要打鸣的老母鸡。说实在的，我还真的从未见过一个行将就木的小老太太能发出这么可怕的尖叫声呢，真让我头疼。

好吧，好吧，退而求其次，你至少是如愿了，以后不用再受煎熬了。

而我呢，该走了，警察很快就会到这里来，我可不想凑这个热闹，我的事儿还没做完呢。

只是希望那个愚蠢的小警察能看到我的留言，至于说他能不能想起当年的约定，我开始有些怀疑了。

屋外的雨越下越大，清河派出所接警中心响起了刺耳的提示音，与此同时，电脑系统也打印出了警情概要。看着上面的文字概述，值班刑警王宇不由得呆住了——22：08，电话报警，回龙塘小区三期18栋楼下水泥平台上发现有人高空坠楼。

熟悉的地方，只是时间不同，想起前天早上刚发生的那一幕，他瞬间紧张了起来："老郑，郑所，有人跳楼了，应该已经死亡，不会是罗哥那天救下来的那个人吧？"

值班室隔间的门被应声拉开了，走出来的郑副所长满脸震惊，他一边迅速扣着执勤服外套，一边把手一伸："单子快给我，我先过去看看再说，你等我电话。"

看着郑福明匆匆离去的背影，王宇顺手打开办公桌上的电脑，点击前天郑福明做的那份特殊的笔录。看着上面的案由介绍，他的脸色逐渐凝重起来。那位被罗卜舍命救下的跳楼者叫徐绍强，十八年前女儿徐佳被歹徒绑架并勒索，这个执着的男人起先非常配合警方的解救，结果人财两空不说，女儿徐佳也就此下落不明。刚开始的时候，徐绍强还每周都去公安分局追问女儿案件的进展，后来时间久了，案件也变成了悬案。于是，孤家寡人的他便每年都会上演一出"戏"来试图提醒警方，继续追踪寻找他女儿徐佳的下落。

回想起解救过后罗卜对自己所说的话，王宇心中感到了强烈的不安。19号早上在楼顶时徐绍强是不想死的，所以罗卜才有机会把他救下来，但是今天，如果死者真的是他，那么只有一个原因可以解释得通，那就是徐绍强已经彻底绝望了。

这时候，值班室的电话铃声再次响起，王宇赶紧接了起来："清河派出所值班室，你是哪里？"

电话那头的年轻女孩声音明显有些焦急："王警官，是我，吴倩倩。我白天打过电话来，说有人闯入我家的事，你们有调查结果了吗？"

"你是说绿塔路荷叶新村12栋102的事，对吗？"王宇查看着值班记录交接本。

"对对，我上个月刚租的房子，已经两天了，我在枕头上都发现了白兰花。我今天刚下班回家，又发现了，一模一样的白兰花，在我的枕头上。警官，太可怕了，有人进入了我的房间，肯定有人进入了我的房间。"年轻女孩的声音微微发颤。

王宇扫了眼电脑上的时间："好，你听着，马上离开你的家，去你隔壁邻居那里，然后等我们的人过去，最多五分钟就到。记住，不要一个人在家，明白吗？"

"明白，明白，你们快点来啊。"女孩挂断了电话。

王宇的目光落在火灾现场记录本上，看着"白兰花"三个字,又看看电话机,不由得小声嘀咕:"怎么又是白兰花?"

新来的女同事小叶正好走过值班台,无意中听到这句话,忍不住笑了:"王哥,现在这个季节正好是白兰花盛开的时候,我奶奶就很喜欢这种小花,不过不是树上长的那种,是那种小的,盆景类的,更香。"

半个小时后同事从现场回来了,他一边抖落伞上的雨水,一边摆摆手,说道:"王哥,我们里里外外查过了整个房间,什么都没发现。但我建议她搬家了。"

"那花到底是怎么回事儿?"

"你说那白兰花?我带回来了。"说着,他把手中的防水袋递给了王宇,"就是这个,很普通,菜场上经常会看到老太太在卖,骗小姑娘的玩意儿。报案的事主说总共发现三次,前两次的花都被她丢掉了,直到今天下班回家后又发现了。"

"她具体是做什么工作的?"

"房地产公司公关部的,经常要跑应酬,回家也没个准点。"

看着证物袋中的白兰花,王宇皱眉,接着问道:"那她有男朋友吗?"

"没有,刚来安平没多久,房子也是上个月才租的。我们也联系上了房东,经过证实,上一个租客是个港台商人,租了半年,因为家里有事,所以提前退租回去了。而在这之前,这套房子有一年多都是处于空置状态。"

也就是说,排除了别的租客做这件事的可能性。

"房间有几把钥匙?"他一边记录一边接着问道。

"两把,不过房东都给了租客。"

"两把都找到了吗?"

"没错。"同事在椅子上坐下来,拿起吃了一半的面包啃了起来,"王哥,你看这到底是怎么回事?"

王宇忍不住长叹了一声:"一个女孩子,发生这事肯定吓得够呛。那片的巡逻要加强一下,也多留意一下这姑娘的家附近有没有可疑的人。明天再查一下小区监控看看能不能找出放白兰花的人。如果查到一定要处理,可别真出什么事。"

"郑所呢?我看见他的车不在车棚里。"

"出警去了,有人跳楼。"想了想,王宇又补充了句,"可能就是罗哥前几天救下的那个。"说话间,他抬头看着窗外的倾盆大雨,不禁陷入了沉思,目光时不时地拐向那个装着证物的防水袋,总觉得哪里有些不对劲。

9月22日22点58分。

午夜,安平路308号大楼里依旧亮着灯,自打"102室灭门案"发生后,马国柱已经三天没有回家了,每天都在办公室靠门边的小床上休息。

眼看着今晚又要失眠,这时候手机铃声突然响了起来,声音急促。马国柱看了一眼手机屏幕,是清河派出所郑福明打来的电话,难道说王秀英被害案的监控有线索了?他赶紧坐起身按下接听键:"老郑,是我,找到那辆车了?"

电话那头郑福明的声音却充满了焦急:"马处,不是那事儿,我现在在一个自杀现场。我打不通李振峰的手机,又不能打给罗卜,这样吧,你马上派人来趟回龙塘小区,我等你们。这起

141

排除他杀的跳楼案,我看恐怕和你们刚从分局接手的那个灭门案子有些关联。"

"我明白,马上就去。"马国柱心中一震,赶紧起身抓起警服套上就匆匆跑出办公室,接着在走廊里大声喊,"值班员,值班员在吗?马上去把李振峰给我叫过来,他在法医中心,快!叫他到车库和我会合。"

"明白。"

急促的脚步声迅速下楼而去。

来到车库,拿了钥匙打开车门钻进驾驶室,马国柱心烦意乱地摸出了裤兜里的烟盒,抽出最后一支烟咬着,却摸遍了全身也找不到打火机,警车里当然是没有的。最终,他只能沮丧地把烟又塞回了裤兜,靠在座椅上陷入了沉思。

显然,他最担心的事还是发生了,并且凶手似乎总能比警方的行动快上一步。但是,他怎么也想不通,凶手为什么过了这么多年才出现?又为什么会盯上李振峰?

一阵急促的脚步声由远及近,李振峰出现在了车窗外。

"头儿,今天怎么是你?"

"处里总得有人守着,我跟张政委说过了,情况比较严重,必须我和你一起去。"马国柱随手拧动钥匙,启动车辆,麻利地把警车倒出停车位,猛打方向盘,一阵刺耳的轮胎摩擦声响过后,白色全新的警车便全速冲出车库,向大门开去。

午夜的安平市街头静悄悄的,一条运河穿城而过。警车迅速开过安平大桥,开上了宫高路,前面再拐一个弯就到目的地回龙塘小区。

李振峰右手紧紧地抓着副驾驶座上方的栏杆把手,竭力稳住自己的身体。他注意到,马国柱并没有开警灯,而且只有这一辆车出警,更没有技侦的人跟随:"马处,我们这次去哪?"

"回龙塘小区三期,就今天晚上,有人在那跳楼了。"马国柱语速飞快地说道,"清河派出所郑所长给我打的电话,他说可能和'102室灭门案'有关。老郑是多年的老刑警了,我相信他的直觉。"

"法医怎么说?"

"老郑说目前初判是自杀,现场排除他杀嫌疑,他建议我们先去看看再说,分局那边会派人跟进核实的。"说到这儿,他突然瞥了眼李振峰,"罗卜那孩子现在怎么样?知道他母亲出事了吗?"

李振峰轻轻叹了口气:"知道了。还能怎么样,自己唯一的亲人去世了,换谁都一样,受不了也是情理之中的,就看他后续怎么调节情绪了。"

"现场有没有提取到什么特别的物证?"

"有,马叔,你提醒我了,我正打算向你汇报。"说着,李振峰换了一下坐姿,从兜里摸出手机拨弄了几下,接着说道,"别的省略,就是在死者手里发现了两朵白兰花,分局的陈法医已经交给我们技侦了。我让小九查了下,确认是我们安平市种植的那种普通的景观类植物。"

"树上长的那种?"马国柱问。

"不,那虽然也叫白兰花,但是和盆景类模式栽培的相比,香味差了许多,品相也差。死者手中的是一种景观盆栽类的白兰花,我们经常能在街头小贩那里买到,花型很小,但花香浓郁,也很特别。"李振峰回答。

"那她拿着花干什么?凶手放进去的吗?"

李振峰想了想,回答道:"目前还无法判断,因为这花已经被鲜血浸透了。但是今天还发生了一件怪事,是罗卜跟我说的,说有人放了把火,把绿塔路上那家林业公司的沿街仓库给点燃了,把他们准备替换行道树的新树苗给烧了个干干净净。"

马国柱诧异地看了他一眼:"接着说。"

"本来我没当回事,但是罗卜提到,在火灾发生前,那个老板曾经拉着一车树苗在街上和人发生了言语冲突,起因是对方无意中听到老板说要更换下整条路上所有的白兰花树,用杧果树代替,突然之间当街情绪失控。具体情况不明,总之接警的清河派出所值班员说,对方好像非常喜欢白兰花。"

警车里一片沉寂。

半晌,马国柱点点头,接着问,"那你是怎么决定的?"

"我让丁龙带人去跟进这件事,如果能找到这家伙问问情况就好了,反正能排除一个是一个。"李振峰回答,"我现在重点在等戴佳文的通话记录,以及所有受害者的社交账号资料的梳理结果,只要找到凶手是怎么接近他们一家的,就能倒推回去抓住他。"

"你觉得这是一个怎样的人?"

李振峰想了想,说道:"傲慢、冷漠、善于伪装,能很好地克制住自己的情绪,但是一旦遇到自己在意的东西却又会很快失去耐心，从而露出本性。这点和门口那个讨厌的智能音箱有共同之处。"

"什么意思？"

"需要一个情绪触发点。"李振峰若有所思地说道，"如果被我找到这个情绪触发点就好了"

"赵法医那边的尸检有没有什么新的线索？"

李振峰回答："那家伙是从身后突然袭击的，而且是男性，双上肢非常有力。"

马国柱轻轻叹了口气："我实在想不出还有谁会对她下这么狠的手。"

"马叔，"李振峰看着他，"我爸说宋克宇曾经做过多年的卧底。现在他的家属遇害，手段这么残忍又有标志性，你说，会不会是有人出狱后对他的家属进行报复？"

"我也是这么考虑的，晚上的时候特地联系了狱政科，确定最近有没有被释放的重刑犯。如果只是普通抢劫的话，应该也不会做得这么绝。

"至于说宋克宇当年参与侦破的绑架案，我只知道两年时间四个受害者，四次抓捕解救行动都失败了，宋克宇也毫无征兆地突然失踪了。当时安平警方几乎挖地三尺寻找他们的下落，但是什么都没有找到。阿峰，你也知道，生与死其实对于家属来讲最终都是能接受的，最怕的就是不知生死。

"我前两年就安排小九时刻留心相关的DNA或者指纹，相信总有一天会有结果。"

李振峰脑海中突然浮现出刚才在法医解剖室的时候，赵晓楠无意中对自己说过的话：

——这家伙手脚好干净，我找不到任何这家伙的指纹线索，他的DNA就更别想了，而且这手法，分明就是奔着要命去的。

——会不会是抢劫？

——抢劫没必要割人颈动脉！再说了，这手法，像极了"102室灭门案"，我还得比对下凶器看能不能排除……

王秀英的遇害，如果排除是当年被处理过的歹徒进行报复的话，那就只有一个可能，就是她被牵涉进了什么案子，难道说她是"102室灭门案"的目击证人？

想到这儿，李振峰愈发期待赵晓楠比对凶器的结果了。

警车出了城区，拐进回龙塘小区前的坡道上。雨越下越大，天上雷声阵阵，雨水打在车窗玻璃上噼啪作响。在看后视镜倒车的时候，马国柱突然问了句："我想把罗卜从案件里撤出来，你看怎么样？"

"不要。"李振峰的回答非常果断，"还不到时候，我会时刻注意他的。如果现在把他撤下来，只会打草惊蛇。"

"你是说……"马国柱有些吃惊。

"是的，他后面的那条蛇处心积虑地让罗卜改变自己的生活轨迹，这是一个非常善于布局的人，只不过我现在还不清楚对方的真正动机是什么。所以保险起见，暂时不要动他。"李振峰的眼神有些黯淡，"我不能放过任何一种可能。"

9月22日23点32分。

郊外方向隆隆的雷声不断，但是安平市市区内雨水的腥味渐渐地被海风吹散了。

刚做完笔录的李大强在这里看着罗卜,以免他冲向解剖室,但他毕竟上了年纪,又因为情绪过于激动,所以没过多久就靠在儿子的工位上打起了呼噜。

罗卜终于找到了机会,他脱下自己的执勤服外套轻轻地盖在老人身上,然后走出了办公室。这个时候没有人注意到他的消失,因为失去了母亲,他瞬间就成了周围同事眼中最可怜的人,即使看见了,也最多只是点点头,眼神中充满了歉意与同情,而绝对不会上前阻拦他。

但是罗卜却不需要同情,他要知道真相。

走出大楼,经过法医解剖室的方向时,他连头都没回,便脚步匆匆地继续向大门外走去,手里紧紧地抓着手机。这时候大街上空无一人,昏黄的路灯光中,摇曳的梧桐树枝丫来回地抖动着,一阵风吹过便是满地落叶,安静的大街上只有踩在上面的脚步声显得更加落寞,像是一曲孤壮的送行乐。

来到更加幽暗处,罗卜伸手在手机屏幕上按下了一长串虚拟号码,电话立刻就接通了。

他左右看了看,即便四下无人,他还是压低嗓门说道:"我看过卷宗了,但是我没有看到宋克宇的名字。我试过在电脑上查询宋克宇的档案,查不到。"

"不奇怪,他和你一样都被抹去了。"对方的回答很干脆。

"那是个人,不是个标点符号,不可能随便被抹去。"罗卜一字一顿地说道。

"他被抹去了一辈子,"对方语气冰冷,"而你,被偷走了八年。"

罗卜心中涌起一股难以言状的憋屈，又像是愤怒。这让他更加坚定了自己的想法。

"那你下一步想怎么做？"对方接着问道。

"找到真相。"

电话那头沉默了一两秒钟，饶有兴趣地问道："你确定有这个机会吗？"

"你到底是谁？"罗卜并没有正面回答，"你为什么帮我？"

略微迟疑后，电话那头便是轻轻一声叹息："你就把我当成你自己吧，因为我和你一样，也被偷走了人生。所以我们是同一类人，我们的身上永远都背负着洗不掉的原罪。"

"你真的只是为了凶手的照片？"罗卜把话题引向了中心。

听筒里突然传来一阵尖利的笑声，让罗卜听了头皮发麻，他忍不住皱眉："你为什么笑？"

笑声戛然而止，对方的语气终于恢复了平静："没错，我就想亲眼看看这个杂种的长相。不过，我很高兴你终于想通了，我也知道你会答应我的。"

"不管是什么案子，我是警察，找到真相、抓住凶手是我的本职工作。"罗卜不接他的话。

"算了吧，对别的案子或许是如此，对你家里的事，你还能本着警察的职责去处理？将来的某一天，能单独和夺走你父亲的人相处几分钟，做任何你想做的事而不用受惩罚，这不正是你内心的渴望吗？所以啊，这笔交易对于你来说绝对划算。而我，只不过想留个纪念罢了，毕竟是个大案，对不对？够让我炫耀后半辈子了。"

死一般的沉寂，罗卜紧紧地咬住了自己的嘴唇。

电话那头的人终于妥协了，声音焦急地问道："喂，你怎么不说话了？"

"你恨那个凶手。"罗卜一字一顿地说道，"我能从你的声音中感觉到你的恨意。"

"你胡说！"男人突然尖叫着怒斥起来，"你胡说，我怎么可能恨他？我和他一点关系都没有。"

"你提到你的人生也被偷走了，不是吗？"罗卜步步紧逼。

"嗯。"对方明显不愿意继续谈自己的事。

一阵短暂的沉默过后，罗卜突然说道："那把火是你放的，对不对？林业公司的火。"

或许是这个问题出现得过于突然，对方并没有意识到罗卜真正的用意所在，他只是略微停顿了下后，随即哈哈大笑，脱口而出道："怎么，不应该放吗？他们活该！"

"你，那么喜欢白兰花？"罗卜咬着牙，竭力控制住自己的情绪。

电话那头的笑声戛然而止，嗓音中明显流露出了浓浓的敌意："怎么？"

罗卜闭上了双眼，缓缓说道："我妈妈从不喜欢花花草草，那么，她被害后手里的花到底是从哪儿来的？"

对方的喘息声瞬间消失了，紧接着便挂断了电话。

一阵风吹过冷清的街面，路两旁高大的法国梧桐树沙沙作响，暗影婆娑，就好像有无数条黑影在夜雾中摇晃。

罗卜浑身不停地颤抖,他不得不倚靠着路边的梧桐树大口大口地喘着气,许久才让自己勉强找回一丝冷静。

要把这条线索告诉李振峰吗?

不,光凭这条线索还起不了多大的作用,甚至都不能确定对方就是凶手,更何谈给母亲报仇?除非当面和这个家伙好好谈谈才行,既然他对自己感兴趣,不管是出于什么动机,那么自己就有机会接近他。

看着远处昏暗的路灯光,罗卜的思绪陷入了回忆:

自己唯一一次和这家伙见面已经是半年前了。那是个平凡的傍晚,所里接到群众报警,说海边有人要跳海自杀。罗卜便领着单子独自一人骑着车赶去了现场。

在海边见到那个游客模样、身穿黑色连帽卫衣的中年男人时,罗卜想当然地以为对方是因为丢了钱包,所以才会摆出一副失魂落魄在海堤上四处寻找东西的样子。上前询问过后,结果当然是否定的,更让罗卜感到意外的是,这个男人就住在安平,他没有丢任何东西,也没打算去死,相反他是在等人,确切地说就是在等罗卜。

"你需要什么帮助吗?"罗卜正要随手打开肩头的执勤记录仪,对方却伸手制止了。

"罗警官,我正好找你,我有话跟你说,私下说,我不希望被记录下来。"男人谈吐举止很有礼貌,穿着也很干净,卫衣帽子下只能看见他戴着一副金属无框眼镜,落日余晖下看不清楚男人的脸。这副温文尔雅的形象让罗卜多少卸下了一些职业的警觉。

"我能帮你什么？"罗卜把执勤记录仪的镜头关上了，只有录音系统还工作着。

对方上下打量了一番眼前站着的年轻警察，目光最后停在罗卜胸前的警号上，脸上露出了莫测的神情："应该说我帮你才对，我要告诉你一个故事，一个关于你的故事。"

现在想来，自己当初的决定或许就是如今一切噩梦的开始。罗卜内心深处不由得感到了一阵锥心的疼痛。

回忆被一阵诱人的熟猪油香味打断，罗卜刚一转身，目光便落在了街对面刚支起来的夜宵馄饨摊上。简单的两套折叠桌椅围着一个老式的食品推车，燃气炉发出嗞嗞的响声，摊位上的照明灯散射温暖的淡黄色光。香味来自老板正在搅拌的猪油汤底，罗卜这才感到自己已经饥肠辘辘，便索性穿过路面来到馄饨摊位前坐下，高声招呼道："老板，来碗砂锅馄饨，加一个荷包蛋，别忘了放点小虾皮。对了，有榨菜吗……"

很快，冒着热气的砂锅馄饨被端了上来，熟悉的味道让罗卜的眼前瞬间就变得有些朦胧。他下意识地抹了抹眼睛，眼泪便在眼角无声地滚落。

想到自己从此以后再也没有妈妈了，罗卜的心里顿时空了一大块。他用手擦拭了一下脸颊上滑落的泪水，低头大口地吃着。小时候，母亲接自己放学后，总是会在街边小餐馆里为他叫一碗热气腾腾的砂锅馄饨。那时，屋外下着瓢泼大雨，母亲看着他的目光中带着一丝难舍的温暖。

罗卜哽咽了。

他突然后悔自己刚才在电话中最后说的那句话，太莽撞了，对方明显是察觉到了自己话中的含义。打草惊蛇是肯定的了。

不管怎么说，有一点是可以肯定的，那就是这家伙是知情人。当然了，也很有可能是凶手，而他唯一关注的，似乎就是白兰花。

为什么？

罗卜又一次掏出手机，拨通了王宇的电话："把那段视频发给我，对，就是绿塔路上那段吵架的视频，我知道像素不是很清楚，但是你发过来吧，可能有用。谢谢，兄弟。"

远处海边钟楼上零点钟声敲过。

在清河派出所待了大半辈子，郑福明非常熟悉徐绍强，不只是因为他女儿的案子就发生在自己所在的辖区，更主要的是，每一年，这个执着的男人都会用实际行动来提醒警方徐佳被绑架的案子还没破。

这时候，穿着雨衣的郑福明正狼狈不堪地在楼门前站着，一见到马国柱和李振峰下车，便赶紧招了招手，大声说道："跟我来吧，他就住在31栋202，我带你们去他家。"

"郑所，尸体还在吗？"李振峰朝四周看了看，并没有看到什么围观的人。

郑福明摇摇头："殡仪馆的人拉走了。我查过监控，没有疑点，可以确定他是自杀。"他指了指右手边的大楼："为了防止小偷高空作案，我们给每栋楼的楼顶平台上都装了监控，这里没有物业，治安就只能靠硬件和我们的两条腿了。"

"罗卜上次就是在这里救了他，对不对？"李振峰问。

郑福明点头："就是这里，同样的位置，只是时间不同罢了。"略微停顿后，他自言自语道："一个真想死的人，大罗金仙都救不了他。"

说话间，三人已经来到了31栋徐绍强家门口，门依旧虚掩着。郑福明脱掉雨衣放在门口，把身上的雨水都擦干净了，这才从执勤服外兜里摸出手套和脚套递给马国柱他们："戴上吧，虽然徐绍强是自杀的，但是他屋子里有些东西，我想你们肯定感兴趣。况且，我不能保证这屋里没有那个凶手留下的痕迹。"

马国柱看了李振峰一眼，后者点点头。

等大家准备好了，郑福明伸手拉开门上的警戒带，这才推开门，率先走了进去。

徐绍强家的这套房子是典型的两室一厅结构，面积在八十平方米左右。进门就是客厅，厨房和卫生间在进门的左手方向，正对着的就是分列两边的一大一小两间卧室。

进门处的右手边是一张三人沙发，上面随意团着一张毛毯，隐约散发出酸臭的汗味，显然已经很久都没有清洗过了。沙发前的茶几上堆满了各种各样的空酒瓶，地面上也几乎摆满了东倒西歪的酒瓶和揉皱的包装纸。客厅地面上几乎找不到一块干净的地方。

"这样的日子真不是人过的。"李振峰环顾四周，皱眉咕哝了句，"我一天都待不下去，太乱了。"他小心翼翼地在满地垃圾中寻找着落脚的地方，终于来到了厨房边上。

厨房的门开着，这里本应是一个家中最有暖意的地方，此刻却显得格外萧瑟。李振峰站在门口，看着眼前凄凉的景象，心中不免一紧——灶台上、地上到处都是喝空了东倒西歪的酒瓶。

郑福明沙哑的声音在身后响起："跟我来吧，右边卧室。"说着，他便伸手推开了右手方向那间小卧室的门，同时打开了房间的灯，这才低头哑声说道，"这里曾经是他女儿徐佳的房间，这个家里目前唯一干净的地方。"

李振峰跟在马国柱身后走进房间。

"我很熟悉这里，因为这房间是徐绍强十八年来唯一能够寻找到心灵慰藉的地方，"郑福明轻声说道，"我每次来看他，他都不厌其烦地一遍遍跟我在这个房间里谈起他的女儿徐佳。他说自从女儿被绑架后，一年年过去，他什么都卖了，包括那套分配下来没多久的拆迁保障房。那套房和这里比起来，无论是面积还是楼层，都好太多了。没办法，他需要钱去寻找女儿，这个男人始终坚信自己的女儿还活着。我都很佩服他的毅力和勇气，所以当我今天在现场看清楚死的人正是他的时候，我真的一下子就蒙了。你们不会明白的，他就像我的老朋友一样，我们之间实在是打了太久的交道，我也有个女儿，我真的能感同身受。"

"郑所，徐绍强离婚了是吗？"李振峰的目光在房间里缓缓移动。如果这个家还有女主人存在的话，外面就绝对不会如此萧瑟凌乱。

"早就离婚了，"郑福明叹了口气，"据说是净身出户的。女方不忍心带走老徐的钱，因为他还要留着钱去找女儿。"

说着，他走到写字桌前，伸手从边上拿起了一个直立着的五寸相框，然后转身递给李振峰和马国柱："就是这个，看看吧，是不是很眼熟？"

接过相框的刹那，李振峰的目光被牢牢地吸引住了——不只是眼熟，照片中的场景里，除了人是徐佳外，别的与"102室灭门案"中戴佳文日记本中的那张照片几乎一模一样，差不多的人物姿势，差不多的小黑板，差不多的笑容，而小黑板上用粉笔写着的同样是李振峰的警号。

"阿峰，没想到真的是这个家伙！"马国柱看着李振峰，紧皱眉头，"看来他确实是盯上你了。"

李振峰却满脸狐疑："这照片应该不会是十八年前拍的吧？不仅这孩子的年龄有问题，而且十八年前我还在学校上学，哪来的警号？"

照片中的徐佳仍然是一副高中生的打扮，穿着校服，留着女孩所特有的齐耳短发，显得格外温柔可爱。

李振峰看着手中的照片，想了想说道："话说这照片看着古怪也很正常，因为拼接的痕迹太明显了，而且很有可能是从徐佳当年的老照片里找的素材，现在这种PS技术已经没有什么技术含量了。只是这相框，不只是质地和桌上另外那几个都不一样，甚至它的摆放方式也不一样。"他的目光落在写字桌上上下叠放整齐的五个一模一样的相框上："郑所，你上一次进来的时候，这些相框就是这么摆放的？"

也难怪李振峰会提出疑问，因为剩下五个相框被整整齐齐地摞成了一摞，背朝上盖放在写字桌上，唯独自己手里拿着的这个，却是直立摆放的。刚才进房间时，李振峰就注意到这些摆放有些古怪的相框。

郑福明点点头："所以我才会立刻注意到这个。我上次来是19号送他回家那次，老徐又把我带到这个房间里，当时五个相框的摆放都很正常。他最喜欢跟我聊他的女儿，而这五张照片也都是他亲自拍的，都是孩子从小到大得奖或者参加学校文艺汇演时的照片，里面绝对没有这张穿着校服的照片。而且，我注意到老徐从来都不舍得把照片这么放。

"今天和殡仪馆交接完他的尸体后，我就直接来了这里，想看看有没有什么合适的衣服给他带过去，让他走的时候别显得那么寒酸。我进来的时候发现门没关，屋里开着灯。我先去了隔壁老徐的卧室，找到衣服后，就想着带一张他女儿的照片陪他一起走，结果就发现了这个。"

"所有的房间都开着灯吗？"李振峰问。

"是的，老徐在家就会开灯，他说过不喜欢一个人待在黑暗里，他女儿也怕黑。"说到这儿，郑福明有些动情了，"我下去接你们的时候顺手就关了卧室的灯，只留下了外面客厅的。"

李振峰拿着第六个相框回到写字桌边，把它重新按照刚进来时看到的样子摆放好，然后退后一步皱眉说道："你们看，这第六个相框是没有后背支撑点的，这么摆放，绝对不是给徐绍强看的，而是给我们看的。"

马国柱听了点点头，神情凝重："没错，就像'102室灭门案'中沙发上的'合家欢'，这家伙是在向我们挑衅。"

"不，不只是挑衅，应该说，这是他的作品。"李振峰伸手指了指那五个叠放着的相框,"如果我们突然把自己心爱的人的照片这么放的话,只有两种动机:一种,就是我不想再看见你;另外一种,是你属于我,所以我能随意支配你。马处,那个日记本,戴佳文所写下的每一篇日记,也是他人生的记录片段,而那朵小红花代表着'确认签收'。

"照片对于我们每个人来说,都是一段人生经历的记录,所以,他绝对不会只是为了凸显出他带来的这第六个相框,而把其余五张顺手拿过来当了垫脚石那么简单,恐怕这家伙真正想说的是——我能操控所有的一切,不管是死人还是活人。"

这话一出,马国柱不由得和郑福明面面相觑:"徐佳是当初那四个受害者之一,这样看来,我们是时候要对当年的系列绑架案进行重新调查了。要同时进行,我回去就打报告。"

"他这么做的动机是什么?"郑福明的嘴唇微微颤抖,"难道就只是为了逼死徐绍强?"

"不,"李振峰抬头看了眼卧室墙上挂着的那张被放大的一家三口的合影,目光中充满了同情,"他只是想证明他能操纵一切,哪怕是别人的生命。而徐绍强的自杀,我们虽然无法理解,但是站在徐佳父亲的角度来看,或许这是一个完美的结果,因为十八年来他一直都疲惫不堪地生活在寻找女儿的阴影里,忍受着女儿生死未卜的煎熬。可以这么说,这十八年对于他来讲,活着的基础就是女儿也活着。但是如果他知道了女儿已经死亡的确切消息的话,那他活着的愿望自然也就没了,所以就只剩下最后一个选择——自杀,用自杀来成就在另一个世界与女儿团聚的完美结局。"

听了这话，马国柱的脸色顿时沉了下去，狠狠地骂道："他怎么忍心这么做，真是畜生！"

李振峰若有所思地看着郑福明："这是一个善于寻找别人痛苦的人，然后用自己认为的最妥帖的方式来完成一幅最完美的作品。在他的心中毫无同情可言。他并不会为徐绍强的自杀感到任何内疚，相反，他或许会站在不远处，享受自己作品最后完工时周围人的'赞美'。对了，郑所，麻烦您回去后，尽量找齐跳楼现场附近的所有监控视频，看看能不能从中找到特别的画面，或许，我们能在画面里看到这家伙真正的嘴脸也说不定。"

郑福明点了点头："没问题，交给我吧，朝阳菜场背街小巷凶杀案附近的车辆监控我们也在跟进，有消息会随时通知你们的。"

离开徐绍强家来到楼下，雨不知何时已经停了。三人来到警车边，马国柱转身看着郑福明，目光中带着一丝安慰："老伙计，那今晚就先这样吧，你也早点回去休息。"

郑福明却摇摇头："清河派出所虽然是基层派出所，但是事儿也不少，毕竟管着这么大的片区呢。我差点忘了，罗卜那家伙去了你们那里，没给你们添麻烦吧？"

"没有，没有，他挺好的。"李振峰笑着回答。

"你们俩现在都算是罗卜的顶头上司，我呢，是把他带出来的师父。"郑福明的目光若有所思，"有些话我一直藏在心里，现在终于有机会跟你们说了，也算了了一件心事。罗卜是个好警察，也是个非常正直的人，你们完全可以信任他，我也看得出来，他对自己的要求严格到近乎苛刻，这是能让我感到欣慰的地方。但是，罗卜有个致命的弱点，那就是他太容易冲动，做事情不计后果，也非常重感情。他父母的事你们应该已经知道了，所以，我私底下还是想请你们帮我个忙。"

说到这儿，郑福明似乎有些难言之隐。

李振峰和马国柱都感觉有些意外，李振峰道："郑所，有什么话您尽管说，能帮到的，我们一定会尽力而为。"

郑福明面露感激之色："罗卜这孩子本性善良，将来，如果哪一天你们发现他站在悬崖边缘的时候，请务必拉他一把，拜托了。"说着冲两人用力点点头，得到两人的肯定后，这才转身放心地走了。

看着老警察瘦削的背影逐渐消失在漆黑的夜色中，李振峰轻声嘀咕："马叔，他是不是感觉到了什么？"

马国柱轻轻点头："我说过，什么都瞒不过我这老伙计的眼睛。任何时候都不要低估一个老警察的警觉性。"

两人钻进警车，正在这时，手机响起了提示音，李振峰打开一看，随即对马国柱说道："技侦那边在102室现场发现了半枚指纹，判断后认为是右手的，但数据库中没有比对上，这家伙显然没被我们公安系统打击处理过。"

马国柱叹了口气："不管怎么说，也算是个小成绩吧。回去再说。"

雨停了，就在半小时前，我亲眼看着最后一个警察离开了你的家。说话声、脚步声、关门声……慢慢远去，最后，灯光熄灭。周遭又一次变得安静了下来，浓烈的雨腥味被阵阵的海风吹得干干净净。

我的内心深处五味杂陈。惊喜的是，你居然发现了我送给你的花，悲伤的是，你竟然报警了，你这个蠢货竟然因为两朵花而报警了！你知道我看见警察的时候内心深处有多么的失望吗？

你终究不是她，你辜负了我对你的爱。

好吧，既然如此，我也不想再拖下去了，因为我已经看到了你在网上发布的转租房间的帖子，我可不能让你如愿了。从我手中，还从来没有逃出过任何一个人呢。

我抬头看了眼天空，果不其然什么都没有。我本来指望可以看见星星，哪怕只有一颗也好，如果我看见的话，那么，以后的晴天你也可以看见了。

我经常打这种赌，可笑的是赢家永远都是我。

此刻，雨后的夜空中一片漆黑……

我还需要等待吗？

罗卜已经记不清自己到底看了多少遍这段只有一分多钟的街头监控录像了，他尝试着从不同的角度去辨认，但他最终还是失败了，因为他始终都找不到任何一张正脸的图像，更别提人像识别系统了。

这时候，他才突然意识到，那唯一的一次见面，自己也没有看清楚那人的长相。印象中，只有他瘦削的背影；他的左手总是揣在兜里，其间似乎从没有拿出来过；他一直笑得很勉强，讲话声音很轻，从不正眼看人，目光很少与人接触；他的举止很有教养，有时候却又容易情绪失控，从而变得非常激动。

真要说特别之处的话，就是他的嘴角，总是习惯性地微微抽搐，幅度很小，所以本人都不一定会注意到。

那么，自己的母亲难道真的死于他之手？

罗卜看着手机通讯录中李振峰的电话，几次想按下拨出键，却总是在最后一刻打消了念头。

或许这家伙说得对，人总有自私的时候。他说过的，将来自己会有机会和凶手面对面，一定会的。

第五章 谎言

一个人说谎话说久了,最后连自己都信了。

早晨的阳光对于一个上了年纪的人来说本应该是非常振奋人心的，但是坐在副驾驶座上的李大强此刻却怎么也高兴不起来。看着边开车边哈欠连天的儿子李振峰，他忍不住开始了抱怨："阿峰，我跟你说过多少遍了，你该好好锻炼身体，平时多吃点，别挑三拣四的。看看你自己，都瘦成啥样了，哪里像个刑警该有的样子？"

"爸，你就消停会儿吧，好吗？我一晚上没睡，你咋唠叨个没完了。"李振峰心里感觉十分委屈，"要不是担心我妈不让你进门，我才懒得亲自送你回去呢。"

"咋了？马国柱那家伙又让你连轴转了？"李大强瞬间心疼起了儿子，"他不知道连轴转会死人吗？"

李振峰瞥了父亲一眼，说话的口气变得严肃了许多："昨天晚上确实有人死了，不过是跳楼自杀的。我跟马处去了现场，很晚才回来，所有的手头工作处理完都天亮了。"

"那你干吗不早点叫醒我？说不准我还能帮你们点忙，实在不行就干脆让我回去呗。"

李振峰赶紧摇头："爸，我妈有心脏病、高血压，你又不是不知道？这要是凌晨两三点钟让你回去的话，那我接茬就得把老太太直接送进医院去了。"

"你说的倒也是个理儿。"李大强尴尬地笑了笑。

"爸，问你个事儿，"李振峰目光看着车前方的路面，"你见过宋克宇吗？"

"宋……我见过，但是只见过一面，他是个很特别的人。"李大强想了想，认真地回答道，"具体怎么形容呢？就像是，他浑身上下都裹着一层厚厚的外壳，你根本看不透他心里在想什么。或者说，你会在他身上看到你愿意看到的一面，但你也知道那一面不是真实的他。这是长期做卧底工作留下来的通病。"

"他出事的时候，宋科几岁？"这是李振峰第一次在父亲面前提到"宋科"两个字，而不是罗卜。

"反正不到十岁。"

"那他应该记得他父亲的样子了。"

李大强点头："是的。"

"爸，你该知道那个年龄段的孩子对自己的父亲都是非常崇拜的，尤其自己的父亲还是个警察。你昨天和罗卜谈得怎么样？我听马叔说你陪了他很久，他母亲的事，他应该很伤心吧？"

"他让我看到了我想看到的一面。"李大强平静地回答。

"他"当然指的就是罗卜。

"什么意思？"李振峰心中一紧。

"我的话你听得懂。"李大强目光看向车窗外，"阿峰，当年的事情没有你想的那么简单。十八年前，我接到命令说宋克宇出事了，他的家属打电话求助，我们必须尽快赶到现场救人。那天，英姐抱着孩子站在街边等我们，样子非常狼狈，因为事发当晚下了一场很大的雨，显然英姐就没带孩子回过家。

"我把警车朝她们娘儿俩开过去时，一辆车突然从马路对面冲了过来，直直地向英姐所站的位置冲了过去，而她身后就是花桥。我们之间相隔五米左右的距离。"

说到这儿，李大强打住了话头，似乎在久远的记忆中拼命搜索着什么，嘴唇微微颤抖。

李振峰深吸一口气："爸，你救了他们？"

"是的，"李大强嘴角露出了苦笑，"没办法，我直接用警车撞了对方。我反应已经够快的了，可惜的是，那娘儿俩还是被我的警车刮倒了。就是那时候小宋科出了事，他的头撞在了马路边的石头上，昏迷了三个月才恢复。"

"那歹徒的车呢？"

"跑了，那年头和现在不能比，街头没那么多监控探头。人跑了，我们也没追上。再说，我当时光顾着救人了，也没来得及看清楚那车里的人到底长什么样。唉——"虽然过了这么多年，李大强的目光中依旧含着一丝无奈与不甘。

这时候，警车正好开进胜利新村，李振峰一眼就看见了站在楼栋窗口正焦急地朝这个方向张望的母亲陈芳茹，于是打消了继续追问下去的念头，转而叮嘱道："爸，就当是为了我，回去后今天就尽量别再外出了，注意安全，休息几天再说。还有啊，在我妈面前多说几句好话，我妈耳根子软，喜欢听你说好话,明白吗?别再惹她生气了。"

"我懂,我懂。"李大强无奈地低下了头。

车在楼栋旁停了下来,老头下车后冲着儿子挥挥手算是告别,然后转身上楼去了。

李振峰把车开出胜利新村路面,来到小区外的大街上,右打方向盘,车头向东,直接朝单位的方向开去。

阳光明媚,路两旁的行人逐渐多了起来。

此时的他早已睡意全无,回想起父亲李大强的话,心里隐约感到了一丝不安。

罗卜小时候脑部受过伤,在医院里住了三个月,如果能找到他当年的病例记录就好了。这是其一。

其二,罗卜明显一开始就是带着目的来的,按照正常程序走的话,作为宋克宇的家人,他完全有这个资格提出重启案件的调查和寻找父亲下落的申请。不管宋克宇身上究竟发生了什么,他都是在工作的时候失踪的,警局就更有义务替罗卜找出答案,而不是简单锁了档案了事。更何况马国柱早就说过了,寻找线索的工作一刻都没有停止过,警方只是在等待一个线索罢了。

其三,从罗卜决定用非常规的手段来寻找真相这一点,不只能看出他的内心根本就不信任警局内部的人,还可以感觉到他根本无法解开自身的心结。要知道,这个世界上没有人愿意被人凭空抹去自己的生活,除非万不得已,而当时罗卜都已经八岁了,不可能对自己的父亲没有印象,却平平静静地跟着母亲隐姓埋名过了这么久，也忍了这么久。如果能确定那三个月的住院经历导致了他的记忆有空白的话，那这个疑点就可以解释了。但是这样一来，他就根本不可能知道自己父亲的事，他就可以在基层平平淡淡地过下去。那他又为何突然来到安平刑警大队，并且不惜冒着被开除的代价去寻找当年的档案？

与此同时，灭门案发生了，针对李振峰，或者说对警方的挑衅也从幕后走到了前台，节奏还越来越快。"102室灭门案"的凶手与当年的绑架案是否有关？罗卜又扮演了怎样的角色？

想到这儿，他腾出右手点开手机屏幕，拨出了清河派出所值班室的号码，很快，郑福明的声音便在电话那头响了起来：

"李队，有什么事吗？"

"郑所，我就一个问题——罗卜申请调职这件事是不是发生得很突然？"

电话那头沉吟了一会儿后，果断地回答："是的，他是突然提出来的，我和教导员都感到很意外，但是我们尊重他的选择。"

"好吧，我等你们的监控汇总结果。"李振峰随后挂断了电话。

就在这时，手机里传出了语音提醒——今天是黄教授的生日。

李振峰愣了一下，随即哑然失笑，自己真是忙糊涂了，这么大的事都忘了，真是大意了。

黄教授去年退休了，现在在仙蠡墩精神卫生中心做精神科顾问，老头子每天都忙得不亦乐乎。自己今天下班后一定要去那儿看看他，毕竟是亲手把自己教出来的师父。

警车开进安平路308号大院后，李振峰下车，边走向办公大楼边给赵晓楠打电话。电话一接通，他就笑眯眯地说道："早啊，大美女。"

"不早了，有话快说。"赵晓楠慵懒的声音在电话那头时断时续，很明显她又把手机夹在了下巴的位置上。

"我想请你帮我个忙。"

"就知道你无事不登三宝殿。"电话那头的声音这下总算听清楚了，同时传来了椅子在水泥地板上被拖动的声音，"说吧，我能帮你什么？"

"两个问题。第一，如果一个人因为车祸导致脑部受撞击而昏迷不醒的话，那他有没有可能因此丧失记忆？"李振峰问。

"没看到脑部CT扫描件我就不能回答你。"

李振峰一咧嘴："赵医生，我是说有没有这个可能？概率，概率问题，懂不？"

"医学不讲概率。"

"求你了，姑奶奶，我们现在所有的环扣就卡在这儿，十八年前的病历档案现在找到的可能性几乎为零。我只想知道有没有这个可能，哪怕百分之一都行，你解剖了那么多具尸体，就凭经验说个大概，成不？"李振峰急了。

赵晓楠犹豫了会儿，这才清了清嗓子妥协了："好吧，不过我的意见仅供参考——有这个可能，排除别的因素的话，昏迷三个月，脑部受损情况还是有点严重的，但记忆全部丧失的可能性不大。我倾向于部分丧失，最起码是靠近车祸发生前的那段记忆，或者说伤者最在乎并且总在思考的那段特定记忆。因为我们的大脑对于记忆活动的处理包含各类措施、记忆和反馈，环环相扣，车祸使大脑遭受外伤，直接消除了大脑最后对记忆的反馈机制，结果导致大脑整体运行时功能发生紊乱。相反，包含我们姓名、住址、父母名字之类的远期记忆受到影响的可能性不大，因为它们已经被大脑反复打磨储存，但是近期刚发生的事情，就没有那么幸运了。对了，你刚才说的那个车祸受伤的人，当时他的年龄有多大？"

"八岁。"李振峰回答。

"那就是了，孩子的大脑记忆更容易受损。因为他们不像我们大人那样会刻意去筛检和储存重要信息，或者说他们还没时间去学会专心打磨自己的记忆，所以一般情况下，车祸受伤的孩子造成失忆的状况和程度都远超成年人。下一个问题？"

"下一个什么？"

"你刚才不是说有两个问题吗？"赵晓楠奇怪地问道。

"哦，就是想问你有没有办法给我弄到十八年前的医疗档案？"

赵晓楠一口回绝："不可能，平常人的医疗档案不可能被保存这么久。还有什么问题吗？"

"杀害王秀英的凶器与'102室灭门案'之间有没有关联？"

电话那头一阵沉寂，很快，赵晓楠的语速又变回了以往那种："能确定是同一把刀，只是……"

"只是什么？"

"凶手为什么对这把刀如此痴迷？'102室灭门案'属于就地

取材，菜场谋杀案却是直接随身携带，况且，我看了老陈的初检报告，他有个想法挺让我意外的。"

"说来听听。"李振峰有些紧张起来。

"他说凶手似乎很不冷静，甚至有点心不在焉。王秀英身上除去颈部的暴露型创口外，剩下总共有6处由锐器产生的创口，其中2处位于左下腹部的创口停留在皮肤表层，并未深入，但是剩下的3处右胸部的刺切创和右下腹部的一处刺创却非常厉害，血管肌腱有断裂，脏器明显有破裂面，导致腹腔大量出血。和'102室灭门案'中的女受害者祁红相比，死者王秀英的这6处创口更像是匆忙之间留下的，凶手急于摆脱死者，所以下手逐渐变狠。经过讨论我们一致认为，凶手的这次谋杀有点趋向于临时起意，与'102室灭门案'的蓄意布局是两个不同的概念。"

还有最后一个问题，李振峰下意识地抓紧了手里的电话机："那白兰花呢？能最终确定是她自己拿着的吗？"

"我们最终达成一致意见，血迹的轨迹与死者临死前自己把花从裤兜里取出来握在手中的这个过程相吻合。"赵晓楠回答。

"她拿着白兰花干什么？"李振峰愈发感到诧异。

"不知道。"

"白兰花树……"李振峰下意识地自言自语，脑子有些混乱。

"你说什么？"

"没，没什么，我回单位再找你。"

挂断电话后，回头看向大楼外的天空，李振峰长长地叹了口气。他从没有怀疑过赵晓楠严谨的专业判断，那这样一来，萝卜身上的谜团就可以解开了——有人用卑鄙的手段利用萝卜去想办法揭开当年的案子。萝卜的父亲虽然不是当年绑架案中的那四个人之一，但是他的父亲却因此失踪，萝卜可以说是这个系列案件的被牵连家属之一。如今，他的母亲遇害，难道说是因为她发现了什么？还有就是，得好好问问萝卜关于白兰花的事。李振峰总有种感觉，萝卜一定知道些什么。

城市的另一头，早市时间刚过，水产区的摊位也冷清下来。鱼贩子李芳呆呆地看着自己对面已经被腾空的摊位，心中一阵酸楚，眼泪便开始在眼眶中打转。认识英姐已经将近七年了，如果她没出事，李芳还不会觉得这份感情有多深，但当这人一下子没了，才感觉心里跟空了一块似的。

王秀英以往的很多老主顾知道了这件事后，纷纷买来菊花放在空摊位上寄托哀思。见此情景，李芳心里多少也替英姐感到一丝欣慰。人虽然没了，但是如果有人能记得她的名字，那也是值得庆幸的。

昨晚，李芳是在接近10点的时候才接到了菜场管理方的电话，被要求来菜场配合警方做调查，因为她的摊位与王秀英的摊位离得最近，两人也是多年好友。做完笔录后，李芳帮着菜场管理方清点了英姐摊位上的私人物品，准备交给她的儿子。

英姐的儿子萝卜应该早就知道这个噩耗了吧。

李芳有点不满萝卜为什么没有及时出现，死的毕竟是他的母亲。但是想想对方是警察，也有可能是被工作耽误了，或者说，母亲的死讯被单位同事善意地暂时隐瞒下来。

李芳想起昨天自己下班时，菜场已经开始清场了，那唯一可疑的就是最后出现的那个老头了。虽然英姐一开始对这老头摆出了一副拒人于千里之外的架势，但是她看得出来，英姐内心并没有真正排斥对方，所以当那老头再次出现时，李芳就识趣地离开了。

只是她怎么也没想到，这会是自己最后一次见王秀英。

做笔录时李芳没忍住，很快便把自己心中的疑虑告诉了那个上了年纪的老警察，老警察听后却表示说那个老头他认识，与英姐曾经是朋友，他们之间并没有暧昧关系，只是有些小小的误会。

后来，两个戴着乳胶手套、脚上套着蓝色无纺布袋子的年轻小警察勘验过英姐的摊位，临走时拿了一大堆的塑料袋标本。李芳不知道他们在干什么，只是有好几次她都想提醒对方，说冷柜里还有一条江鲈鱼，却总找不到插嘴的机会。

直到最后，他们走了，李芳被要求和保安一起收拾摊位。也就是在那个时候，她发现冷柜里的鱼不见了。问起那个值班的胖保安，后者却是一脸的嫌弃——不就是条鱼嘛，可能早就卖了吧，也有可能带回去自己吃了。

可事实是英姐说过自己并不会拿走那条鱼啊，昨天晚上她收到王秀英给她发的短信说鱼放在冷柜里了。那鱼去哪儿了？

李芳的心绪有些烦乱，她脑海里怎么也摆脱不了一条鱼的影子，一条江鲈鱼。

"你好，请问有江鲈鱼卖吗？"一个男人温柔的声音突然在耳畔响起，李芳听了却仿佛是一声炸雷，惊得张大了嘴巴，顺势看去，真的就是那个英姐的老顾客。

"你，你说什么？"李芳的身体本能地向后退了一步，目光中闪过一丝惊恐。

中年男人也有些意外，他的双眼下意识地眯缝了起来，不过很快脸上的表情就恢复了正常："哦，老板，请问有江鲈鱼吗？"

"没，没有，我家不卖江鲈鱼，以后也不会卖，你别来了。"李芳就像见了鬼一样身子向后缩着，连连摆手，结结巴巴地说道。本以为对方听了这话会转身离开，谁知半天都没有动静，只有自己略显沉重的呼吸声依旧在耳畔回荡。

一股怒火猛地蹿了上来，她站起身，冷冷地说道："我跟你说过了，没有江鲈鱼，你不要再来了！走吧走吧，我要收摊了。"

中年男人若有所思地看了眼李芳，目光却又很快收了回去，似乎很怕与她直视。他摇摇头，咕哝了句："好吧，好吧，不买就是了，好凶啊。"

李芳死死地盯着这个古怪男人逐渐远去的背影，直到背影完全消失在视线中。她用力扯开腰间油腻发亮的绿色围裙，顺手丢在摊位上，然后抓过铁钩子拉下卷帘门，把自己的摊位锁了，匆匆走向不远处的菜场手扶电梯。

电梯旁右手位置有个卖花的摊位，摊主是位老太太。李芳买了一束菊花，想了想，又加了一盒香薰烛。刚要付钱，她的目光停留在了那一堆新鲜的白兰花上，老太太正用剪断的小铁丝逐个串起白兰花，最后弯成一个漂亮的小圆圈。

李芳看了眼旁边地上的小竹篮，随口问道："阿婆，这白兰花是你家种的吗？"

老太太点点头，笑眯眯地回答："菜场上就我一家在卖啰，最好看、最香的白兰花，现在这年头还种这种小白兰花的人不多啦。怎么样，买回去给你家孩子玩？很便宜的，五毛钱两朵。"

李芳听到这儿，心中一动："阿婆，前段日子是不是有个中年男人一直在你这边买白兰花？"

老太太或许是习惯了摆摊的缘故，记性不错，她点了点头："是的哦，有个中年男人，三天两头在我这儿买花呢。我看得出来，他很喜欢白兰花，他说他妈妈非常喜欢这种白兰花，所以他每次来菜场买鱼都会来我这买几朵白兰花呢。怎么，你们认识？"

李芳一哆嗦，赶紧摇头否认："不，不，不，我只是随口问问啦。对了，阿婆，给我也拿一串白兰花吧，我给我姐姐拿去，她也喜欢的。"

老太太布满皱纹的脸上露出了惋惜的笑容，她小心地压低嗓门说道："是那个被人害了的女人吧？"

李芳没吱声，付了钱拿过装着菊花、蜡烛和白兰花的塑料袋后，便转身头也不回地下楼去了。

看着她的背影，老太太轻轻叹了口气，又在小板凳上坐了下来，小声嘀咕了句："这年头啊，重感情的人不多啰。"

穿过员工通道走出菜场大楼的时候，阳光洒满街头，李芳对门口保安向自己投来的异样目光完全熟视无睹。她一步步向

174

前走着，离王秀英遇害的位置越来越近，眼泪止不住地滚落下来。昨晚到现在她都没有回家，不是没时间，是她没有勇气再走过这条背街小巷。

来到近前，低头看着地面上警方勘查现场时留下的人形画线，还有墙上地上那依旧可以分辨清楚的残留血迹，李芳默默地跪了下来，把手中的花束靠墙放下。刚要拿出蜡烛点燃祭拜，无意中往巷子口的方向看了一眼，她突然呆住了，瞬间感觉浑身冰冷。眼前就是那个刚才被自己打发走买鱼的中年男人，此时，他的姿势非常古怪：双手抱着肩膀，远远地站在马路另一面看着自己，那样子就好像是在看热闹，却又好像只是单纯地想过马路朝这边走来而已。

李芳吃不透对方是不是在看自己，她放下手中装着蜡烛的塑料袋，站起身朝巷子口走去。她满心疑问，害怕着却忍不住想找到对方问个究竟，至少知道那条鱼到底去了哪里。

此时正值中午，与僻静的背街小巷不同，路面上的行人来来往往。十字路口的红灯亮起，又是一群等待过马路的人。她张望了许久，却怎么也看不到方才那个中年男人的身影了。

"难道我眼花了？"李芳有些沮丧，刚要转身回去，没走两步却又是一愣：就在自己放下的那束菊花旁边，正站着一个年轻人，身旁是一辆简易的滑板式电动车，此时他正低头查看着自己的手机，又时不时地看向巷子两旁，似乎是在核对地址。年轻人穿着外卖员的衣服，手里提着一个红色塑料袋，怀里抱着一束用淡绿色外包装纸精心包裹着的鲜花。

"你有什么事吗？"李芳快步来到近前。

年轻男孩脸上迅速露出朴实的笑容："我是外卖闪送员，天辰花店刚才接到一笔订单要我来送，指明是送到这个位置。请问这前面是不是朝阳菜场的一号员工通道口？"

李芳点点头："是的，你直接进去就行了，那里有保安。"

谁想年轻男孩却只是走到放着菊花的位置，把怀里的鲜花摆在菊花旁边，接着把手里的红色塑料袋往地上一放，然后恭恭敬敬地鞠了个躬，末了又掏出手机拍了张地上的照片，然后便转身打算骑车离开。李芳赶紧上前拦住他："等等，小师傅，谁叫你来送的？"

"天辰花店啊，就在前面过十字路口马路对面的锦西小区东门口。"

"你拍照干什么？"

"回去给老板看啊，不然她不给工钱的，这是标准程序。"

李芳想也没想便脱口而出："那你知道这里发生过什么事吗？"

"当然知道啊，都传遍了，说是一个卖鱼的被人抢劫，舍不得钱，结果命没了，被捅了好多刀呢。唉，有点傻。"年轻男孩摇摇头，骑上小踏板电动车，一溜烟地走了。

这种小电动车行驶起来一点声音都没有，难怪刚才他出现在巷子里的时候，李芳一点都没有察觉到。

"这年头有谁会来抢个卖鱼的，真是胡说八道。"她弯下腰伸手去整理年轻外卖员放下的花束，这才注意到旁边那个红色塑料袋，心中一动。这袋子颜色有些眼熟，不就是英姐平日卖鱼时用的袋子吗？

李芳颤抖着伸出右手食指轻轻触碰塑料袋的边缘，犹豫了会儿后便硬着头皮去解开紧紧扎着的袋子。没办法，这独有的触感太熟悉了。

最后，红色塑料袋上被紧紧缠绕住的袋口终于被扯开了，其实不用看，那特殊的腥味就已经告诉了她袋子里装着的到底是什么。

她双腿一软，瘫坐在地上。

许久，李芳脸色惨白，哆哆嗦嗦地从挎包里摸出手机，拨打了报警电话。

安平路308号大院内静悄悄的，李振峰坐在法医解剖室的椅子上，出神地盯着面前的赵晓楠，后者正在白色的工作托盘上专注地解剖着那条刚送来没多久的江鲈鱼。许久，李振峰终于有些忍不住了，顺手拔下堵住自己鼻孔的两个纸巾团，抱怨道："我还真没想到，你对一条死鱼也会这么感兴趣，都快半个钟头了。"

"我对任何生命都感兴趣，而死亡只是生命存在的一种方式罢了。"赵晓楠头也不抬地说道，"我对时间没兴趣。"

"从一条鱼上能看出什么吗？"李振峰不死心，"难不成是鱼的死亡时间和死亡方式？"

赵晓楠听出了对方话语中的调侃，便索性把手术刀往旁边一放，双手撑着桌面，皱眉看着他："你得尊重科学。从鱼的种类族群可以看出鱼分布的范围区域以及是否为人工饲养，从鱼身上的伤痕可以判断出具体的捕捞方式。鱼的死因分正常死亡

177

和宰杀，那么从鱼眼睛和鱼鳃以及鱼肉的颜色和紧实程度可以判断鱼死亡的大致时间。如果需要，你甚至还可以做DNA，进一步缩小估算值的差距。总之，鱼虽小，但是只要你用心仔细去观察，就能得到你需要的线索。"

李振峰被怼得脸红了，嘿嘿一笑："大法医，那你得到啥线索了没？"

赵晓楠伸手一指："这是条来自亚欧大陆温带和寒带地区的江鲈鱼，主要生活在江河湖泊的淡水区域，看这体型有点像长江流域下游的松江鲈鱼。而我们这里是靠海的城市，从经纬度看这鱼都不可能出现在我们海边，据我所知也没有人专门饲养，这是其一。至于说其二嘛，就是这条鱼死于缺氧。"

"没经过宰杀环节？"

"没有，就是严重缺氧导致的死亡。应该有十小时以上了。"赵晓楠回答道。

李振峰心里一怔："我派人问过菜场方面负责进货的人员，他们查了供货单据，证实在事发菜场总共只有两个水产摊位售卖淡水鱼类，另外三个都是海鱼。其中一个摊位的摊主就是昨晚遇害的王秀英，来派出所报案的是另一个摊位的摊主李芳。李芳提到过，她的摊位已经有一段时间不进江鲈鱼了，以售卖应季的大青鱼为主。辖区派出所也查过红色塑料袋的来源，证实是王秀英摊位上曾经使用过的。所以是否能够肯定，这条鱼就是来自王秀英的摊位？"

"你问我？"赵晓楠笑了，伸手指指面前的鱼，"我只对它负责。"

"抱歉，抱歉，我走神了。"李振峰尴尬地笑了笑，"对了，王秀英的尸检报告结果除了你之前跟我说的，还有没有什么特别的线索需要补充？"

"可以排除抢劫，"赵晓楠比画了一下，"凶手没想到王秀英反抗很激烈，所以才会在颈部留下那么深的口子，但总体来讲这是个很难对付的家伙，因为他知道自己在干什么，他杀人的目的很明确，根本就不是为了钱去的。"说着，她朝右手边的电脑努了努嘴："那上面我刚写好了一份凶器比对报告，对比案件就是'102室灭门案'，结果相似率超过70%，所以可以认定是同一把刀。"

"剔骨刀？"李振峰追问道。

"对，剔骨刀，而且是一流的剔骨刀，刀刃在15—17毫米，刀背厚度3毫米以内，所采用的应该是7铬钢，质地偏硬但不易折断。"

"这么长的刀便于携带吗？"

赵晓楠伸出右手食指和拇指比画了一下："3—5厘米的宽度，随便拿个报纸一卷就能藏起来。"

李振峰若有所思地点点头："这么看来，他是有备而来，绝对不是临时起意。"

赵晓楠瞥了他一眼："我刚才不是跟你说过了吗？这家伙知道自己要干什么，他的目的明确着呢。还有，我再跟你强调一点，综合分局陈法医的意见，凶手的身高不会超过177厘米，确切点说是175厘米上下。除此之外，现场的足迹虽然凌乱，但是还是可以区分的，你带着这条死鱼来之前我刚问过小九，他说和'102室灭门案'的足迹长度、足弓以及着力特征等各方面都一致。虽然不是同一双鞋，但是因为巷子口的地面属于松散的泥土质地，前一天晚上曾短暂下过雨，上面很容易留下足迹，特征方面观察起来就没什么难度了。"

李振峰眼神有些忧郁："看来我得再去朝阳菜场看看。"

"你一个人去吗？"赵晓楠问。

"罗卜和我一起去，他现在是我带的徒弟。"

"那可是他母亲的案子，按照规定他必须回避，你就不怕有后患？"赵晓楠说出了心中的疑虑，"我这边他都没来过，按照程序需要他辨认尸体的。所以我有点担心……"

赵晓楠的话正好说中了李振峰的心事，他何尝没考虑过这点，却只是冲着赵晓楠笑了笑："放心，我都有考虑在内。"刚站起身要走，李振峰突然想到这条鱼，准备伸手却又迅速缩了回去，面露厌恶的神情："都发臭了。"

"那你也得拿走，我这里可没有它的位置。"赵晓楠抿着嘴乐。

李振峰环顾四周，见没人，于是凑上前低声嘀咕："姐姐，跟你商量件事儿，你这里环境好温度好，比外面至少低5摄氏度以上，通风条件又不错。你就这样把它放着，反正也不占地方，一条鱼嘛，你说对不对？多大个事儿。我很快就会回来的。"

"可是……"

"它虽然是条鱼，是我们的证物之一，所以，就这么办了，我快去快回。"李振峰赶紧冲着赵晓楠作了个揖，然后转身就走了，连头都没回。

"好吧，好吧。"赵晓楠伸手拉开标本存放柜，右手抓起托盘就放了进去。这里通风环境好，又干燥，至少这鱼不会继续臭下去。

李振峰开车，罗卜坐在副驾驶座上，警车无声无息地穿过大街朝朝阳菜场的方向开去。

"你母亲在菜场卖鱼的时候，你经常去看她吗？"李振峰问。

"有空就去。"罗卜回答。

"和我说说你母亲吧。"

"我妈？她是个倔强的女人，从不服输。我从小没有爸爸，是我妈把我养大的，她很不容易。"罗卜轻声说道，目光有些出神，"如果非得说什么缺点的话，那就只有一条，我妈一直想为我去做所有的事，不管我乐不乐意，她都会毫不犹豫地替我承担下所有。所以，现在想来，我还是欠她太多了。"

"你去法医那里正式辨认过尸体了吗？"李振峰看了他一眼。

"我没去，"罗卜直截了当的回答让人感觉有些意外，"现在这情形，我知道是她就足够了。等这案子了结了，抓住了凶手，我再风风光光地给她办丧事也不迟。"

"那你还记得你的父亲吗？"李振峰突然问道。

"我从小就没有父亲。"罗卜的目光变得有些空洞。

"你母亲也从未谈起过他吗？"

"没有。我这辈子能记住我妈就已经足够了。"罗卜的嘴角露出了平静的笑容。

李振峰并不打算放弃："罗卜，你印象中谁会对你母亲下手？"

罗卜平静地摇摇头："她是个善良的女人，我实在想不出谁会对她下这么狠的手。至于说动机嘛，我想应该就是抢劫吧。"

"最后一个问题，你母亲临死前手里抓着的两朵白兰花，你有什么印象吗？她很喜欢白兰花吗？或者说想表达什么？"李振峰追问道。

"我不知道。我工作后就很少回家，也很少和我妈交流她的个人爱好，所以我真的帮不上你。"罗卜喃喃道。

李振峰一直在观察他的情绪变化，这时候愈发感到担忧了。父亲李大强早上的时候曾经跟他说过这么一句话——他让我看到了我想看到的一面。

眼前的罗卜不正是在这么做吗？

突然响起的手机铃声暂时打断了李振峰的思绪，是专案内勤丁龙打过来的。他按下了手机免提键。

"李哥，清河派出所他们汇总上来的走访情报说，天辰花店接的那笔急单是现金单，对方是一个中年男性，戴着一顶很普通的棒球帽。我看过他们发来的视频了，这家伙知道花店的监控探头在哪里，他应该是事先踩过点并且做足了伪装的。"

李振峰有些沮丧："你这话今天我是第二次听到了。唉，总是晚一步。丁龙，还有什么好消息吗？就跳楼那起案子，清河派出所昨天晚上的监控查得怎么样了？有那辆车的下落吗？"

"没有，角度非常刁钻，王宇他们盯着屏幕把自己眼珠子都快抠出来了，结果也没看清。李哥，是块硬骨头。"

"别急，我们手头还有别的线索。目前还没到绝望的地步。关于那条鱼，李芳重点提到了什么没有？"

丁龙的语气有些犹豫："有倒是有，不过有点奇怪。她说死者有个习惯，就是给老客户留鱼，这本来是很多鱼贩子都会做的事，而她这个老客户更让人难以理解……"

"什么意思？"李振峰用眼角的余光注意着身边萝卜脸上表情的变化。

"别人留鱼，一般都是什么新鲜吃什么，不会只盯着一种，但是这个人不一样，他只吃江鲈鱼，并且三天两头地从死者的摊位上购买。所以，死者才会有给老客户留这种本地很少有人买的河鲜的习惯。"

"死者又怎么能够确定，案发当天她的这个老客户必定会去她摊位上买江鲈鱼？"

丁龙回答："李芳说死者要是没等到对方来买，就先放在摊位上看着，她肯定自己昨晚下班前在死者摊位上见到了那条被预留的鱼。李芳下班的时候菜场已经开始清场，没有人会去买了，但是案发后鱼就没了。"

李振峰心中一怔："那死者家你们去过了没？"

"去过了，以防万一，老郑他们还查了监控，死者昨天晚上还没来得及回家就出事了。而她离开摊位的时候只带了个斜挎的随身小包，巴掌大小，刚够装下手机和钥匙。"

通话气氛瞬间变得有些凝固起来。

李振峰清了清嗓子，接着问道："那菜场水产区的监控呢？

昨天他们有没有彻查？在我爸走后，看见有人来买走那条鱼了没？"

"等等，我再确认一下记录。是有一个人过来，时间在6点56分左右，但是看不清楚手里是否拎东西，他很快就走了。"

"具体长相呢？"

电话那头传来一声重重的叹息："探头像素太模糊，看不清，那时候菜场的光线比较暗，大半个菜场已经把主要光源关闭了，再加上那人戴着帽子，还把脸扭过去了。李哥，这段视频我们反复看了好几遍，探头的位置是不能覆盖全部摊位的，所以即使能看清也只能看到三分之一，而这三分之一的大部分还是在摊位一侧存放货物的地方，重要的位置都看不清楚，确实挺棘手的。我为此特地问过菜场保安处，他们说什么这探头是为了员工通道设置的，所以死者的摊位不是主要覆盖区域。"

"等等，你说时间是6点56分前后？"

李振峰突然感觉有些头皮发麻，因为他记得自己母亲陈芳茹曾经说过，朝阳菜场因为开门早，所以晚上关门也很早，基本上6点就开始对前来买菜的顾客进行清场劝退了，同时菜场会关掉一半以上的照明以节约成本。如果6点56分这个时间准确的话，顾客区早就已经关闭了，那这个人又是从哪儿出现的？

除非，他根本就没有离开过菜场，那他知道王秀英的真实身份吗？想到这儿，李振峰顿时紧张起来。

"李哥，还有什么问题吗？没有的话我要离开清河派出所回单位去了。"

"等等，别挂电话，还有一个问题，昨晚在案发现场有没有发现死者的钱包财物？"

"当然有，不过就一个小钱包，手机没看到，钱包里共有一百二十块人民币，两张银行卡，别的没有什么了。"

"好，你先回去吧，我们会上见。"李振峰挂断了电话。他顺势看了眼罗卜，后者脸上什么表情都没有。

把车停在小巷对面的临时停车点后，李振峰便和罗卜一起穿过十字路口，径直来到了出事的小巷口。

眼前这条背街的小巷依旧冷清，和一墙之隔的街道俨然就是两个不同的世界。警戒带已经撤去，剩下的小半截在墙角堆放着，地上的花束还没有被人清理走，只是被收拢起来摆放得靠墙一些，避免占用小巷的通道。

看着墙上和地面依旧残留的痕迹，罗卜的脸色有些灰白："我妈就是在这里遇害的，对吗？"

李振峰点点头："技侦那边的报告我看了，攻击是从两米六的地方开始的，你母亲已经尽力了。"

"但是她最终却没能跑出这条巷子。"罗卜轻轻叹了口气，目光中充满了忧郁，"就那么点距离，我妈没了。我不明白，他为什么要这么做，为什么要用死鱼来羞辱我的母亲？我们娘儿俩躲了一辈子还不够吗？"

这话让李振峰感到困惑不已，他旋即转头看向罗卜："你说什么？"

"没什么，李哥，我们走吧，那边该等急了。"罗卜轻声说道。

两人一起向通道内侧菜场的方向走去。

看着身边一声不吭的罗卜，李振峰陷入了沉思。

来菜场走访前，他抽空去办公室找过马国柱，也明确表示了自己的态度。

"按照规定我本来打算把罗卜撤出菜场杀人案的，你真的不需要我这么做吗？"听完李振峰的建议，马国柱忧心忡忡地说道，"我现在很担心他的精神状态。"

"马处，我觉得不需要，你相信我，我受过专业训练。"李振峰果断地说道，"罗卜是个自我意识很强的警察，我能控制好他的，交给别人我也不放心，再说了，他可能知道别的线索。最起码，现在我怀疑他是被人引到当年的案子上去的，有人别有用心地在利用罗卜对自己亲人的感情。罗卜童年时受过伤害，正因为如此，他才会执着于一个感情点，表面平静内心却很敏感，同时也很难相信身边的人，而那家伙肯定也是利用了罗卜这个弱点。如果我们这个时候贸然把他撤出案子，后果可能是凶手消失了，罗卜也失控了。这样的结局是我们不愿意看到的。所以，我决定把他留在身边，静观其变。身份上面你完全不用担心，他在我们处里还处在见习岗位。马处，还有啊，你别忘了，凶手已经两次留下了我的警号，如果我突然改变模式，很有可能彻底激怒他，让局面变得不堪设想。现在，这个牌局我就必须打，他费尽心机把罗卜放在我们身边，那我就顺着这根线好好追下去，这样才有可能一并解决当年的悬案。"

"你的意思是，这个背后的人对当年的案子或许知情？"

李振峰点点头："最起码，他知道那件卷宗和罗卜的身世，并且准确无误地找到了他，一般人做不到。"

马国柱沉吟了一会儿后说道："我马上和省厅联系，打报告准备重新成立专案组调查当年的案子，徐绍强家发现的证据已经足够了。批复下来后我再通知你，由你决定是否让罗卜参加专案组。我也会同时核实当年保护安置计划泄露的可能性。"

李振峰神情凝重："马处，确实得排查漏洞了。如果我们系统外的人知道罗卜身世的话，那么当年的凶手也就有知道的可能。那样的话就不好办了。况且，我还保留对方就是凶手这个可能性。"

"你是说，凶手隔了这么多年后费尽心机安排当年涉案警察的儿子去破当年自己做下的悬案？"马国柱难以置信地摇摇头，"这不太可能，根本就不符合逻辑。"

"这世界上就没有什么不可能发生的事，马叔，"李振峰苦笑着摇了摇头，"尤其是对于暗黑型人格的犯罪嫌疑人来讲，他自身的动机就是'不可能'三个字。"

两人走进菜场员工通道的时候，安保队长季长河迎面走来："你们可来了，李警官，我都急死了。"

"出什么事了？"李振峰问。

"李芳不见了，打她的电话都没有人接，我问过清河派出所，"眼前这个一脸焦急的老头结结巴巴地说道，"中午的时候她被清河派出所的王警官带走去做笔录了，说是一个钟头不到就会回来的，结果左等右等也不见她的身影。这不刚出了人命案子吗？现在又找不到她，我就担心……"

"等等，季师傅，你为什么那么急着找她？"

"会计下午一点要上交所有的明年摊位承包确认书，水产区就差李芳一个人的了，结果联系不上她，就找到了我。因为我有清河派出所的联系方式，我就给那边的警察同志打了电话，王警官回复我说李芳上交了证物后半小时不到就走了，笔录都没全部做完就说家里有急事，于是王警官说让她先回家处理急事，等处理完再去接着做笔录也来得及，谁想这一下子就联系不上了。"季长河急得直挠头，"昨天刚出了事，现在又把人弄丢了，我本来想报警的，看看时间你们快到了，我就寻思着当面跟你们说比较清楚。"

"李芳什么时候离开派出所的？"

季长河回答："下午1点不到。"

李振峰看了眼罗卜："我们马上去她家。季师傅，你有她的家庭住址吗？"

"有，有，我这就找给你。"老头哆嗦着打开手机，很快便翻找出了李芳的家庭住址和手机号码，"莲花苑小区21栋202，手机号码是189******67。对了，她是单亲家庭，有一个儿子，上小学二年级，听说就在小区附近的小学上学。"

"懂了，我们这就去她家找。"李振峰转身对季长河说道，"季师傅，麻烦你把王秀英和李芳摊位附近的监控资料全都找出来，我要一周以内的，等下会有人来取。还有就是辛苦你帮忙联系一下你们的水产进货商，要河鲜的，找到江鲈鱼的进货单据以及具体日期。能明白吗？"

得到肯定的承诺后，李振峰这才放心地和罗卜一起匆匆走出大楼，向警车走去。

"你马上联系清河派出所，找到负责对接李芳的人，叫他把李芳进入派出所后的监控视频发给你。"李振峰边说边打开车门钻进驾驶室，"我需要知道在派出所里到底发生了什么事，才会导致她突然离开。"

"没问题，我这就打过去。"罗卜联系到了王宇，很快对方便把监控视频发了过来。罗卜一边看，神情逐渐变得凝重："李哥，她全程几乎一直在看手机，好像在和谁联系。"

"能让一个年轻母亲突然放下手中重要的事迅速离开的话，那就只有一个可能：她孩子出事了。"李振峰一脚踩下油门，打开车窗把警灯装了上去，"我们必须马上赶去莲花苑小区。"

"你担心什么？"因为车速突然加快，罗卜不得不抓住顶上的扶手才稳住上身。

"我看过菜场的监控视频，抛开像素不讲，这人始终都低着头，发型很普通，衣服特征也不是很明显，所以辨识度不高。"李振峰的脸沉了下来，"但是李芳有可能面对面见过这个嫌疑人，做笔录的时候就会画像。这时她孩子突然出事，这世界上没有那么巧的事情。李芳突然报警，对方肯定是知道的，情急之下就只有这个办法能让李芳闭嘴。我希望我们还来得及阻止他的下一步动作。"

罗卜吃惊地看着他："李哥，你的意思是他会对李芳下手？"

"只有死人才不会泄露秘密。"李振峰看着车前方的路面，目露担忧，"他是一个习惯于生活在已经制订好的计划中的人，他擅长给别人设定计划，同时自己也是计划中的一员，这是强迫型人格的关键特征。所以,计划一旦被打破,他会非常生气,会想尽一切办法除去妨碍他计划的人,会不择手段。怎么说呢,他会付出一切代价来保障自己的计划可以回到原定的轨道上去。"

罗卜面如死灰。

午后的街头,耀眼的阳光洒满树叶的缝隙,警车飞速驶过,路人纷纷驻足,投来惊讶的目光。

按照李振峰的要求,罗卜在车上不断地拨打李芳的电话,听筒中却传来了可怕的长音,电话始终都没有人接听。

导航显示前方不到三十米的距离就是目的地莲花苑小区,李振峰刚驾车穿过十字路口,眼前的一幕就让他本能地迅速往右猛打方向盘,同时,为了防止翻车,他不得不脚踩点刹。尽管如此,他的车还是在马路上滑出去将近十米,硬生生地撞在了马路中间的隔离护栏上才停了下来。

车是刹住了,但是后面赶上的那辆黑色轿车却没有刹住,急刹车的同时车头发出了一声闷响,"砰——",一个人影飞了出去,重重地落在了警车前方的地面上。

周围的人群赶紧围拢上来,有人忙着打报警电话,而更多的人则是在看热闹。人群中,躺在警车左前方不到五米远的地面上的女人一动不动。

李振峰和罗卜赶紧下车,钻进人群上前一看,躺在地上的女人虽然满脸都是血,但是仍然可以看出正是他们要寻找的李芳。尤其她此刻身上穿的衣服,也和清河派出所提供的监控视频中的穿着一模一样。

关键的是——她的手机没了。李振峰翻遍她的口袋都没有找到,心不由得一沉,赶紧站起身向四周看去,但是此刻周围已乱成了一锅粥。

女人应该是这个世界上最悲惨的生物了,尤其是成为母亲的女人。她虽然得到了家庭和爱,但是也失去了自由,甚至是生命。

我很尊重女人,所以我很爱我的妈妈。

我本不想这么做的,但是你的决定下得太迟了,这样一来,绝望和自责就是你不得不去面对的结局。

临走时意外听到了你的哭声,我真的很抱歉。

但是,你知道的太多了,你难道不知道吗?

李芳被120医生宣布当场死亡。

傍晚时分,罗卜护送尸体回到警局连夜进行尸检。

看完附近的路面监控,李振峰心情很差,打电话叫来了小九,然后两人在当地派出所民警的陪同下来到了莲花苑小区21栋202的门前。

小九有些担忧:"李哥,你准备好了没有?"

"没问题,我们进去看看。"李振峰紧锁双眉,"她的孩子还没有找到,家里或许有线索。"

"你也别太自责了。"小九关切地说道,"这不是你的责任。"

"不,我来得太晚了。而且她的手机在现场没有找到,要是在家里再找不到的话,那就可以确定是在现场被人拿走了。"他有些担忧,"监控那边一点线索都没有,光有手机号又没办法知道她所有的社交账号,我真希望手机是在现场被小偷顺手牵羊了,而不是……唉,真的是什么都乱了。"

打开门后,小九开始了常规的工作。李振峰一时帮不上忙,便尾随在身后,尽量不去改变周围的布局。

"你为什么不把罗卜调走,他是死者王秀英的儿子,我们办公室这几天都在议论这件事,都挺担心你的。"

李振峰摇摇头:"没事,他不算正式的专案组成员,目前还只是见习。我问过他了,他说等结案了,会好好安葬自己的母亲。他这么想,也符合心理学规律,我尊重他的选择,你别想太多了。"

小九一听这话,拿着刷子的手缩了回来,抬头看着他,满脸的诧异:"李哥,昨天档案室的方平兴冲冲地跟我说,当年的系列绑架案要重启了,他们都挺开心的,毕竟二十年了。他们天天跟旧档案打交道实在是无聊透顶,就指望着悬案能多破一点,所以可激动了。我说我不知道这消息啊,他还不信,说我们新来的小伙子上班第二天就去调档案了,看的还特别认真。李哥,你也知道那档案不是谁去了都能看的,没条子不行。咱老马头这么信任他?他啥来历?"

"各有所长嘛,你也别想太多,"李振峰想了想,补充了句,"对了,当年的案子确实要重启了,今天出来的时候马处跟我提了这件事,有证据证明当年的案子有了重启的必要,反正也是要解决的。提前告诉你一下,你做好心理准备吧,等咱手头的工作结束了，回去开会时马处应该就会详细说这件事了。"

"好吧。"小九转身继续趴在地板上，两人一寸寸朝里挪。

房间是一室一厅的结构。穿过客厅来到卧室，卧室的门开着，他们打开灯，站在门口往里看去，房间里乱糟糟的，被子和枕头随意铺在床上，衣服、裤子也铺了满床，整个房间就像被人打劫了一般。

"怎么这么乱？"小九被眼前的景象惊呆了。

李振峰没吭声，目光落在床中央那堆隆起的被子上，伸手一指："先去那里看看，打开的时候小心点。"

在仔细拍过照片后，小九这才伸手一层层小心翼翼地掀开了被褥，到第三层的时候，他转头看向李振峰，神情凝重地点点头。

李振峰目光死死地盯着那堆特殊的隆起："继续掀开。"

倒数第二层……最后一层被掀开的刹那，一个十岁左右男孩僵硬的身体出现在了他们面前。男孩平躺着，身上还穿着校服，脚上穿着袜子，双手放在身体两侧，呈仰卧状，头东脚西一动不动，毫无生命迹象。

小九呆了呆，照过相后便上前仔细查看，很快便哑声说道："李哥，人已经没了。"

"联系赵法医吧。"李振峰面如死灰，转身走出了卧室。

其实不用比对确认就可以知道，死者正是李芳的儿子。

莲花苑案发现场楼下围观的人越聚越多，这里出事的消息已经迅速传遍了整个小区。

李振峰和莲花派出所的民警走到楼下。看着眼前躁动不安的人群，他沉着脸说道："我需要马上回单位一趟，接手的人已经在路上了，你派几个人守住现场，我还需要这个案发现场附近的监控，越详细越好，找出中午12点到我们进入此地之前的所有视频，我要确认是否有可疑人员进出，视频结果出来后立刻发给我。"

年轻民警点头："没问题。"

李振峰穿过人群匆匆向小区外走去，警车就停在马路边上，交警队事故科的小韩守在车边，见他过来，招呼道："李队，按照你的要求，我们刚才调看了事发前后的路面监控，证实下午那位女死者是自己撞上了对向行驶的事故车辆，并没有命案的迹象。而且女死者当时的状态有些像喝醉了酒，走路不稳，摇摇晃晃，你看一下。"说着，他打开手里的警务通，调取了一段画面并放大。正如他刚才所说，李芳是自己撞上车的，而且丝毫没有避让求生的意思。

"谢谢你，给你添麻烦了。"李振峰低声说道。

"没事，互相合作嘛。对了，还有案发后的监控，我都已经一并发给你了。至于说手机，在事故路面上真的没有找到，很抱歉。"年轻交警冲他点点头，骑上摩托车走了。

李振峰拉开车门钻进驾驶室，刚把车钥匙插进锁孔，右手就突然伸向仪表盘旁边的储物柜，从里面摸出包烟，抽出一支点燃。这时候他的内心根本无法平静下来，因为情绪激动，右手还有些微微的颤抖。

黄教授不止一次告诫过自己，暗黑型人格的凶手是完全没有理性可言的，他们善于布局且杀人无情，他们的伤害性远超过正常人所能承受的心理范围。自己本以为"102室灭门案"的凶手每次作案都会需要一个情绪触发点，这个触发点能顺利地把他想要操控一切的犯罪动机转变为犯罪目的，从而毫无理性地实施犯罪行为。而这个触发点，就是受害者自身的渴望："102室灭门案"中的戴佳文，他渴望一个完美的家庭，渴望父母的爱，痛恨背叛，那么，凶手就给了他一个完美的"合家欢"场面。徐绍强自杀事件，因为徐绍强十八年来一直渴望女儿能回家，不管生死，都想见到女儿徐佳。但真实的结果他们警方给不了，但是凶手能给，并且他确信这个答案的真实程度足以让徐绍强自愿放弃自己的生命，与女儿团聚。如今的王秀英，隐瞒身份贩鱼为生，活着就是为了能守候儿子罗卜长大，十八年东躲西藏，她追求的不是丈夫失踪的真相，而是自己与儿子平安的生活，这么一个普通的女人，又是因为什么而触发了凶手杀害她的动机，甚至不惜冒险当街杀人？至于说最后的李芳，她的自杀完全可以用"绝望"两个字来解释，因为儿子死了，她拼命从警察那里赶回来已经来不及，儿子就死在自己面前，这对于一个母亲来说无异于致命的打击，所以她才会因此而失去了活下去的勇气。凶手的目的就是不让李芳开口，因为她看到了太多她不该看到的东西，包括他那张该死的脸。

李振峰猛吸了一大口烟，呛得连连咳嗽，眼泪都流出来了，不得不伸手打开了车窗通风。与此同时，他的脑海中又一次响起了父亲李大强的忠告，是啊，凶手为什么要屡次三番给自己留下信号？难道真的只是为了挑衅自己那么简单？回想起自己这么多年来的所见所闻,被自己亲手送进去的凶手也有很多,真的要自己一个个去回忆的话也不现实。凶手有足够的时间,但他是绝对没有的。

正胡思乱想着,耳畔冷不丁地响起了赵晓楠的声音:"少抽点吧,对你没好处。"

李振峰吓了一跳,赶紧丢掉烟头,钻出车厢。夜风中,赵晓楠背后的路灯光让李振峰看不清她脸上的表情。

"你,你们收工了?这么快?"因为紧张,他有些结巴。

赵晓楠点点头:"尸体我马上拉回去,社区的人会帮忙寻找孩子的父亲。"

"初步死因?"李振峰的情绪稳定下来。

"目前只能判定是死于机械性窒息,怀疑这孩子有先天性脑血管畸形,还得进一步检查,具体情况看尸检吧。"赵晓楠无声地叹了口气,"孩子太小了。我刚才看了他的颈部,有明显的扼颈痕迹,手掌印宽大,凶手是成年人。"

赵晓楠的回答永远都是滴水不漏,这让李振峰感到了一丝沮丧。

"你多久没休息了?"她关切地问道。

"这两天都是案子,没办法。对了,罗卜跟你来了没?"

"没有,他连法医中心的门都没进,只是安排工作人员把李芳的尸体送进来。因为是交通事故,很快就解决了,死因没有问题,能在尸体上找到明显的机动车车头所致的碰撞伤,头部与地面所产生的二次撞击是导致死者死亡的直接原因。她根本就是不想活了。"

"罗卜没有跟你在一起？"

赵晓楠轻轻笑了笑："他母亲的尸体就在我办公室的后面，我觉得他可能想在情感上暂时回避吧。能像我当年那么坦然地去面对亲人死亡的人，毕竟是不多的。"

李振峰心中一动："我有个问题，可能有些不太恰当……"

"没事，你什么都可以问。"

"你是如何做到这么平静的？那时候你才十五岁。"

赵晓楠微微一怔，随即脸上的表情变得柔和了许多："努力成为一名法医。"

"法医？"

"是的，我的父亲是一名法医，从我记事开始，就听父亲教诲，了解法医这个职业。后来他因为抑郁症走了，剩下我一个人，我如果想自己以后的人生不觉得孤单，那就只有努力成为一名法医才行。那句话是怎么说的来着？我想想……"说着，她抬头看了看夜空，"今晚天气不错，秋高气爽啊。等等，我想起来了，原话是——只有努力把自己活成你的样子，我才能永远记住你。你知道吗，这是句歌词，挺有意思的，我记了这么多年，只是歌名早就忘了。"

李振峰这时候才完全确信，罗卜早已经知道了宋克宇的身份，所以他才会想去当警察。这个世界上没有谁会心甘情愿被人剥夺自己的人生，更何况还有他的父亲。不管怎么样，自己是时候找他好好谈谈了。

"你在想什么？"赵晓楠问道。

"没什么，没什么，我正准备回单位，只是这辆车好像有点问题。"

"那坐我的车回去吧，我的车空间足够大了。"赵晓楠伸手指了指街对面的勘察车。

李振峰心有余悸地摇摇头，咧嘴一笑："算了吧。"

赵晓楠也不勉强，刚要走，突然转身对他说道："我差点忘了，你的理论或许是正确的。"

"什么理论？"

"你半年前曾经跟我说过，有血缘关系的家族成员如果其中一个人有冲动型犯罪的历史，那么与他最亲近的兄弟只要与他在同一个环境中长大，那也有可能会有潜在犯罪行为，你还记得吗？"

"只要外部条件不改变，也没有正确的引导，那就会有这样的结果产生。没错，我是这么说过，你怎么突然想起这件事了？"李振峰有些诧异。

"我的记忆力一向很好，所以不会忘了你说过的话，虽然我本人并不太认可心理学，但是你的理论还是有一定的参考性的。"说到这儿，她略微停顿了一下，"我刚出来的时候，看到分局的老陈给我传了一个通告，在他们辖区发生了一起杀人案，就是在街头发生的，闹市区，女孩当场死亡，行凶者也死了，是自杀。行凶者叫丁文灿，他有个堂哥叫丁文虎，七年前曾在街头当众泼汽油烧死了自己的前女友。"

李振峰脸色一白，他当然记得那个几乎扭转了自己职业选择方向的案子："真的？"

赵晓楠肯定地点点头，这才转身接着向自己的勘察车走去。

"同样的家庭结构，父母教育的缺失，又正好是人格形成的时候……唉，我真不知道该说什么才好。"李振峰的情绪有些低落，打开车门又钻了回去，透过车窗看着赵晓楠的背影，他突然心中一震：当年的绑架案是二十年前发生的，从案件的布局到犯罪的执行来看，凶手是成年人，成年男性，年龄应该在三十岁到四十五岁之间，二十年后正好是五十岁至六十五岁，步入中老年。四起绑架案后就没有新的案件再发生，显然凶手如果还活着的话，生活早就已经恢复平静了。

现在有三个无法解释的地方：其一，为什么要过二十年再牵涉旧案？其二，接近罗卜的人是不是当年的凶手？如果是的话，他到底图什么？按照以往的案件来看，凡是杀人后停留十年以上的，再犯的可能性就很小，在这个节骨眼上他为什么要自己挖自己的坟？最后一个问题，犯罪动机完全不同。难道说自己以前的推论错了，二十年前绑架案的凶手另有其人？这样似乎就可以解释他贸然接近罗卜的动机，因为罗卜只是他的跳板，他真正的目的就是借用警方的手不让当年的案子继续沉默下去？但是这样做的动机应该只有受害者家属才会有。

王秀英被害那天，父亲李大强去找过她，也就是说，她是见过父亲后遇害的，那么这个凶手必定也知道李大强的身份。他之所以对王秀英下手，很有可能是因为他听到了李大强和王秀英的谈话，怕王秀英阻止罗卜的行动，所以他必须制止。而李芳很有可能是因掌握了凶手的线索被灭口。这样一来那条鱼就解释得通了。

想到这儿，李振峰的心顿时揪紧了，如果找到罗卜的人并不是"102室灭门案"的凶手的话,那就意味着这两起案子的凶手是互相认识的两个人,那么,他们的犯罪动机就绝对不会那么简单了。其中一人可以毫不困难地接近学校中的孩子而不让家长起疑心,如果不是学校的老师,那就只有可能是培训班的老师,因为在家长的心目中,培训班老师的地位不输于学校的老师。

他掏出手机拨打了丁龙的电话,告诉对方务必联系上李芳儿子学校的班主任,尽量查找遇害的孩子是否参加过什么校外辅导班,如果有的话,就要核实学生名册,看能不能同时找到戴佳文的名字。

在开车回单位的路上,李振峰拨通了家里的电话,接电话的正好是父亲李大强。

"爸,我找你有事。你再仔细回忆一下,昨天最后在菜场里你和王秀英说了什么?越详细越好。"

电话那头沉默了一会儿,接着便传来了李大强的声音:"我就是跟她说要谈谈,约在了对面的烧烤店。"

"你确定没说别的?"

李大强的回答非常果断:"没说。"

"那你当时有没有王秀英的联系方式?"

"没来得及要。"

"我懂了。"

李振峰随即挂断了电话。

因为这么简单的谈话而害怕到非得杀人不可,似乎有点不太可能,除非王秀英还有其他秘密。

李振峰的脸色顿时沉了下来，他用力踩下脚底的油门，警车的速度明显加快了许多。

他现在已经完全可以肯定罗卜见过那个凶手了。对方之所以这么迫切地杀害王秀英，拦住已经走进派出所的李芳，只有一个目的，那就是必须保障罗卜能够顺利找到并公布当年悬案的凶手。王秀英是唯一能阻止罗卜的人，而李芳的意外死亡是基于她与王秀英的关系来看的，她很可能发现了王秀英遇害案的关键线索，或许还不止那条死鱼那么简单，凶手知道后，本能地封住了她的嘴。虽然他不一定会马上对罗卜下手，但是总有一天他肯定会这么做的，那就是等罗卜的利用价值结束时。

自己现在迫切要做的就是把对方的目光吸引过来，争取把主动权握在自己手里，也只有这样，他才能知道对方的多方动机到底是什么。

李振峰的脑海中又一次出现了操作台上那三颗若隐若现的头颅，不过此刻他已经不再感到困惑，他已经彻底看清了这家伙脸上痴迷到近乎疯狂的笑容。

既然遵守计划是你的习惯，那我就用习惯来抓住你。

第三次案情分析会开始的时候已经是晚上11点多了。

安平路308号大院内静悄悄的，办公楼里却是灯火通明，三楼的大会议室里挤满了刑侦大队各部门的负责人。

首先，对"102室灭门案"遗留问题的总结部分，丁龙回复说旧档案里并没有找到类似的作案手法，不只是安平，临近的苏川和长桥市都没有发生过类似的案件，所以，这个方向只能排除。

其次,朝阳菜场杀人案与徐绍强跳楼案,后者已经被证实与"102室灭门案"有关,而朝阳菜场杀人案则是因为同一把凶器的缘故,所以也被并案处理。

专案组丁龙拿出刚汇总完毕的监控资料,逐一汇报:"第一段监控是有关王秀英遇害现场附近的路面车辆监控,时间是晚上7点21分42秒,经过前后对比查看,证实这是一辆套牌车,车型为最普通的2020款黑色大众桑塔纳。车内驾驶员反侦查意识极强,我们根据同款车型进行过参照比对,确认该名驾驶员为男性,身高在一米七五至一米七八之间,这与案发现场法医对凶手的判断完全吻合。该辆车在晚上7点25分01秒的时候通过龙海十字路口,由西向东行驶,车内只有一名驾乘人员,最终在晚上7点38分23秒拐进环城高架,继续向南行驶,直至晚上7点52分进入花桥高架,车辆是在晚上7点57分的时候在监控中彻底消失的。"

马国柱问道:"那这辆车回来的视频呢?有没有追踪到?"

丁龙听了摇摇头,面露难色:"对不起,马处,我们兄弟几个已经尽力了,毫不夸张地说,它这种车型现在在街头上随便拿手机拍张照片,都可以在照片上找出两辆一模一样的车来,更别提它是套牌的了。说到套牌,那就更堵心了,这种套牌车不会只有一张假牌,上次分局他们逮住的一个假牌照贩子说过,打包数额五张起,有人甚至一口气买了十张轮着换。交警那边为了打击这种套牌事故车,三天两头忙得都回不了家。更别提这辆车根本就没有显著的可辨识特征,所以说这条线索的追踪价值并不是很大，但是我们图侦组那边还是会继续跟进的。

"第二段视频是根据昨天李哥的要求，对徐绍强自杀那晚9点到11点前后时段周围建筑物的监控视频进行了梳理。我们接到报警电话时是晚上10点08分，而徐绍强准确的跳楼时间是晚上9点52分，中间相隔15分钟，因为当时徐绍强跳楼的事并没有及时被人发现。后来是住在2楼202室的一位住户报的警，他是一家科技公司的工程师，当时正坐在窗前工作，他没有听到徐绍强坠楼的声音，却听到了住在他家楼上302室的一位老太太在阳台上拼命呼救的声音。他后来形容说，自己从未听到过老太太叫得这么惨，便去阳台查看到底发生了什么，这时候才注意到楼下的尸体。"他低头看了下记录，补充道，"他们楼里年轻的住户基本都已经搬走了，留下的都是老人和出租户，202就是出租户。302的管奶奶虽然上了年纪，耳朵有些背，平时离不开助听器，记性也不太好，但是老太太人很善良，也经常照顾202住户，所以当他听到老太太呼救时立马就去了阳台，问发生什么事了，老太太哭着说有人跳楼了，他这才报的警。"

"你们注意一下这段视频，楼房拐角处，与跳楼现场直线距离在三十米左右，晚上9点52分42秒时，也就是人体坠落地面后没多久，有车灯亮起的痕迹。我们查过周围监控，没有这辆车的直接镜头，但是从第一段监控视频中那辆车消失的时间——晚上7点57分算起，到晚上9点52分为止，这辆车完全可以从消失的花桥高架路口开到回龙塘三期附近，也就是说它有充足的时间在杀害完王秀英后赶过来，可惜的是我们看不清车内人的长相，只是推测。"说到这儿，丁龙显得有些沮丧。

李振峰问:"那位老太太你们走访了没?"

"走访了,根据走访汇总记录,徐绍强在上楼时与管老太太有过谈话,老人家应该是他活着时见到的最后一个人。当时管老太太还叮嘱了他好多句。因为老太太腿脚不好,不能上下楼,而她的安乐椅正对着窗台,她就在上面坐着。用老太太的话说,她亲眼看见一个人掉了下去。"丁龙回答。

"她怎么会记得十八年前徐绍强女儿的事?"

一旁的赵晓楠无奈地说道:"阿尔兹海默病,是小脑以及神经末梢萎缩病变引发了进行性认知功能障碍,尤其体现在时间认知断层上,现在看来她的病情已经无法挽回了。她很快就会忘掉所有的事情。我想她之所以对死者女儿的失踪记得这么清楚,很有可能是因为当初那件事对她的打击很大,而昨天晚上发生的事情,刺激这么大,她或许会更难以接受了。"

"那她最糟糕的状态可能会怎样?"马国柱有些不安。

"两个可能,一个是在某个节点上永远都走不出去,一个是全都忘记。"李振峰回答,"人的大脑是会主动进行自我调整的,但是老人年纪太大,已经很难完全恢复了。"说着,他冲丁龙点点头,示意对方继续讲下去。

"第三段视频所摄录的地点是莲花苑小区,我所截取的这一段时间是中午1点07分,地点是莲花苑小区21栋门口,也就是案发现场的楼下,前后的视频也有,我等下讲到时会再次播放。午后时间段在小区里是没有多少人进出的,所以很容易锁定了视频中的两个人。这个高个子的成年人戴着眼镜,留着约三十厘米左右的长发,梳成了马尾,一开始的时候我和图侦组的兄弟们都以为这是个女人，后来还是九哥提醒的我，这是个男的。"

小九哑然失笑："没错没错，这家伙虽然外表身形冷不丁地看上去像女人，但是从这步态和摆动胯骨的角度及姿势来看，百分百是男人。"

马国柱尴尬地揉了揉眼角："留这么长的头发，行为艺术啊。"

李振峰凑过去小声嘀咕："马叔，现在街上留长发的男人多的是，这叫个性。等等，罗卜，我记得'102室灭门案'中，那个初中学校的保安提到说有人接送戴佳文，并且说是个女人，理由是看到了车内人有长头发，对不？"

"是的，他是这么说的。"罗卜回答。

丁龙一拍巴掌，兴奋地说道："那不就对上号了？"

"那为什么在朝阳菜场案的监控视频里，看不到犯罪嫌疑人的长头发或者马尾辫？"马国柱问，"难不成是两个人？"

"不一定，"李振峰想了想，说道，"那段视频我印象很深刻，其一是因为像素非常差，其二是对方是朝着镜头的相反方向跑去的，在当时照明条件不是很好的前提下，很容易会产生视觉误差。你们还记得天辰花店的监控视频吗？虽然是白天，光线充足，但是他戴了个棒球帽。我们都知道，只要戴上个发网罩住头部，很容易就能把头发塞进棒球帽里，更何况第三段视频中那男人的头发充其量不过是二十厘米左右，所以光凭发型不能确定是两个还是只有一个人。丁龙，你继续说。"

"好，他身边的男孩就是李芳的孩子夏天，我们询问过学校的老师，证实孩子中午是在学校附近的'小饭桌'食堂吃饭和午休。学校是农民工子弟小学，因为经费的缘故没有自己的食堂，所以离家近的孩子都是回去吃，远的要么带饭要么就是在这种专门的小食堂里吃饭。李芳的孩子因为母亲工作特殊性的缘故，所以每个月都是在'小饭桌'食堂解决午餐，费用是每月300块钱。这种食堂由于是私人办的，所以在监管上也有一定的缺失。我们了解下来，发现当天孩子没去吃饭，中午放学后直接就走了。学校放学时间是上午11点整，他下午1点07分出现在家门口，从学校到家的直线距离是2.3公里，公交车的话需要坐三站。"

"孩子是在学校门口被人接走的吗？"李振峰问。

丁龙回答："他同班同学说看见他直接上了22路公交车，这趟车可以直接到莲花苑小区门口。我们看了监控，孩子确实是自己上的公交车，平时他也是自己坐公交车去学校上课和放学回家的。只是这次是中午，时间有些突然。在这趟车到达莲花苑小区门口时，他下车后就见到了本案的犯罪嫌疑人，而且视频中看上去两人好像认识，并且这孩子与犯罪嫌疑人之间的关系还不错，最起码他很信任对方。所以他没有进小区，而是跟着对方朝东走去。"

听到这儿，李振峰不由得长叹一声："该死，他复制了戴佳文的模式。辅导班的事落实得怎么样了？有线索吗？"

"恐怕没那么快。我们走访了好几家学校附近和小区附近的教育辅导机构，在学生名单中都没有找到夏天或者戴佳文的名字，目前正在梳理全市范围内符合年龄条件特征的教育辅导机构的男老师,所以还需要些时间。"丁龙有些无奈地回答道。

李振峰下意识地冷冷扫了眼罗卜,后者低下了头,似乎在苦苦思索着什么。

马国柱皱眉想了想,随即问道:"丁龙,那这孩子下车的时间还不到中午12点,而他出现在莲花苑21栋门口的时间已经是下午1点07分,那这一个多小时他跟着犯罪嫌疑人去了哪里?"

"我们已经逐一走访过周围的临街店铺,尤其是小吃店,证实这两个人都没有进去过。"丁龙脸上露出了愁容,"我们也正在思考这一个多小时里,犯罪嫌疑人究竟带孩子去干了什么。"说着,他再次重复播放了孩子下车后到两人见面,然后朝东走去的这段监控,"这段路上就一家馄饨包子店,我们也看过店门口的监控,证实两人是直接走过去的,其间并没有停留的迹象。而路尽头的恺撒咖啡馆门口的监控中没有两人的影像,也就是说,两人在这一段不到二十米的路上失踪了,但是一小时后他们又再次出现在了这段路上,只不过是返回了小区正门口然后直接走了进去,来到孩子的家莲花苑小区21栋楼下。接着夏天就带着犯罪嫌疑人直接上了楼。"

"那是条什么街?"李振峰转头看向大龙,"大龙,能调出实时地图吗?"

"莲花东街。"丁龙回答。

"没问题。"大龙一口答应,敲击几下键盘后,大电脑屏幕上便出现了莲花东街的实时三维地图,所行进的方向与丁龙刚才放过的监控画面同步。

李振峰仔细地注视着屏幕,突然,他挥手示意丁龙暂停,同时拉开椅子上前来到屏幕旁:"你们看,这段画面所对应的是一个监控死角,我们没有办法看到这里两人直观的画面影像。通过地图可以看到,这里有一处栅栏门,应该是小区的旁门,门后面是被树木覆盖住的一条通道,监控看不到这里。我的推断是,在这一个小时的充足时间里,我们的犯罪嫌疑人很有可能在这个区域里有落脚点,不排除是他的住处或者临时租住点。"

"住处?李哥,不会这么巧吧?犯罪嫌疑人和李芳母子俩住同一小区?"罗卜突然打破了沉默,开口问道。

李振峰想了想,回答道:"我之所以这么推论,是基于犯罪嫌疑人的性格特征。我在前面的案件分析中提到过,他做任何一个案子都必须有完整的两套计划以防万一,犯罪嫌疑人习惯于生活在一套严谨的计划之中。他自己本身是计划的制订者,同时又是计划的执行者,他不愿意冒险,更不愿意承受失败,所以必须确保万无一失。"他伸手指了指屏幕上李芳孩子夏天的影像,"而计划中最不确定的因素就是孩子,尤其是年龄小的孩子。和之前的'102室灭门案'中的戴佳文相比,夏天的年龄更低,就更不好掌控。据我所知,莲花苑小区中待出租的房子有很多,基本上就是只要你愿意租且价钱合适,就能随时租到房子。李芳和夏天就是租的房子。

"你们看,夏天领他上楼的时候,一点儿都没有因为肚子饿没吃东西而表现出情绪烦躁的迹象,相反,他的情绪很好,而且步伐不紧不慢。要带孩子在这一个来小时的时间里吃顿饭赶回来,时间并不很充裕,可见距离并不远,所以一个来小时他们完全有可能是在小区中的某处度过的。而犯罪嫌疑人之所以又把夏天带到大街上重新绕回小区正门，不排除他是想在监控中给人造成一个假象，不想过早暴露自己的临时住处罢了。"说着，他抬头看向罗卜，"那段李芳的视频中，她在清河派出所时的时间具体是几点到几点？她是不是下午1点之前离开的？"

罗卜点了点头："没错，中午12点03分进去的，中午12点48分离开，其间，包括在等候区的长椅上，她都一直在看手机，应该是在和谁聊天。"

"这就对了，"李振峰说，"要和李芳保持联系状态的话，犯罪嫌疑人最好的处理方法就是在一个稳定的环境中，这样可以避免暴露。而且因为是在大白天，同时夏天的年龄还小，如果在大庭广众之下的话，危险系数太大。基于上述原因，我推测犯罪嫌疑人在莲花苑小区这片区域有一个临时的住所，他或许不会用自己的真实身份证租房，但是必定会留下痕迹。"李振峰伸手在栅栏门后面的林荫处画了个圈。

丁龙恍然大悟："那是莲花苑东边，我马上在工作群里联系他们去挨户排查那边最近的出租屋情况。"

马国柱转身看着李振峰："他为什么要杀了这孩子？"

"孩子真正的死因是严重的脑血管畸形导致的脑血管破裂，这种病除非做脑部螺旋CT，否则的话生前很难被发现。机械性窒息在本案中只是诱因之一。"赵晓楠看着手机屏幕上刚传过来的电子版检验报告，"孩子应该是受到了过度惊吓导致的死亡，性质只能算是意外，不是直接死于他杀。"

李振峰皱眉说道："孩子的死亡不是计划中的，犯罪嫌疑人只是想绑架孩子来逼迫李芳放弃说出真相的念头。这点从李芳在派出所时突然拒绝继续做笔录的情况就可以看出。她是真的怕了，而能让她突然改变念头的就只有自己的孩子出了意外，她担心警方送她回莲花苑小区的话可能会惊动犯罪嫌疑人，所以她是自己回去的，因为她不能冒险。为了能尽快赶回家，她应该会选择打的。从清河派出所到莲花苑小区实际所用时间是32分钟左右。但不巧的是，当时正好是下午路面交通的高峰期，从清河派出所到目的地莲花苑小区依次要经过莲花中学和莲花小学，我记得那条路上的红绿灯特别多，尤其是学校门口，最长的红灯等待时间都要三分钟左右，所以，这势必耽误了李芳赶回去救孩子的时间。"

丁龙点点头，他核对了下工作笔记："李芳确实是打的回去的，到达时间是下午1点42分。12分钟后，她就再次出现在小区过道上，由西向南直接来到门口大街街面上，最终选择撞车自杀身亡。"

李振峰回到椅子边坐下，平静地说道："不奇怪，李芳是单亲妈妈，她和王秀英一样，活着的希望都寄托在自己唯一的孩子身上了。王秀英比李芳年长，也早了六年到菜场工作，她的特殊经历是由她坚强的个性左右的，而李芳必定受她影响很大。菜场那边也反映说，两人平时关系很好。在开会前我看过李芳的个人资料，她七年前离婚，原因是前夫家暴，按照个性特征来说，王秀英和李芳之间是典型的前者影响后者，所以王秀英一旦被害，李芳就会失去主心骨，也会非常伤心，更不用提她案发当晚得到消息后赶到菜场帮助料理王秀英的遗物。在这种复杂的情绪影响下，李芳的心理承受能力是非常脆弱的。后来，她发现了鱼的疑点，立刻选择了报警，但还是没能够逃脱凶手的关注。凶手知道她报警了，也去了派出所，这虽然影响了他的计划，但是还好他事先有预案。他盯上李芳这点我现在还不是很清楚，按照之前的推断，他早就盯上了李芳母子。这次行动虽然事发突然，但绝非临时起意。我总觉得他这次的安排是非常细致的，不像对王秀英下手那样仓促，只是可惜的是，我对他的选择标准这一块暂时还是没有最终结论。我现在唯一能确定的是凶手在小区有落脚点。

"回到李芳身上，正因为二十四小时之内她的情绪波动过大，而儿子的意外去世更让她无法承受，冲动之下就选择了轻生。我们旁人可能无法理解她为什么要做出这样的决定，这可能要在看了她的手机之后才能找到答案，但是同样的悲剧在徐绍强身上也发生了，难道不是吗？"李振峰的目光落在了罗卜身上，"十八年前，徐绍强的亲生女儿徐佳被人绑架，至今下落不明，徐绍强坚信自己的女儿还活着，十八年来费尽心机四处寻找，最终，他却得到了自己女儿已经去世的消息。作为父亲，他的第一个念头就是去另一个世界和女儿团聚，我想李芳也是如此。"

会议快要结束的时候，坐在会议室靠墙的后排，一直低头看着手机页面不吭声的罗卜突然站起身说道："对不起，我出去打个电话。"

李振峰点点头，心却沉了下来。

萝卜站在僻静的走廊尽头打开手机页面查看，短信是老惯偷"老百晓"发来的，他约萝卜见面，说有要紧的事情求萝卜帮忙。

"我没时间，你有什么事在电话里不能说吗？"萝卜有些不乐意。

片刻的沉默过后，老惯偷的声音中竟然夹杂了一些莫名的悲凉，电话那头的他苦笑道："罗警官，你要是不来，明儿个可能就得在大街上给我收尸了。"

萝卜愣了会儿："行，在哪儿？什么时候见面？"

"大渔湾海滩，后天早上5点，你在飞来石那边等我就行。看到是你的话，我就会出来的。"说完后老惯偷便挂断了电话。

萝卜回头刚想回会议室去，却被身后突然出现的李振峰吓了一跳："你，李哥，你怎么会在这儿？"

李振峰伸手一指萝卜的手机，平静地说道："我和你一起去。"

"你都听到了？"萝卜有些意外。

李振峰并没有正面回答他的问题，只是叹了口气："你的经验不足以单独面对那只吃人的老虎。"

"我……"萝卜欲言又止，走廊里的气氛瞬间变得异样了起来。

"你自从报到以来所做的每件事都在我的视线范围内，如果你不听劝告再擅自行动的话，我有权把你交给督察处理。但是，萝卜，好好想想你母亲吧，当年她为了保护你不得不隐姓埋名，现在她为你死了，你的秘密就永远都不再是秘密。因为你的母亲是受害者之一，从现在开始，你必须和我一起行动，明白吗？否则扒下这身警服给我赶紧滚蛋！"

李振峰是真的怒了，他凑近萝卜，压低嗓音冷冷地继续说道："你别以为你很有能耐，破案经验你一点都没有，而且我可以明明白白告诉你，当年绑架案只要破了并公之于众，你就活不过二十四小时，他会毫不犹豫地杀了你，懂吗？因为你是唯一见过他长相的人，你仔细想想看，现在见过他脸的人，包括你母亲在内，都死了，你之所以还活着，那只是因为你还有被利用的价值。你就是他放在我们警方内部的一只眼睛，尽管这并不是出自你的本意。你面对的是个冷血、残酷、有计划的暗黑型人格的连环杀人犯。萝卜，别怪我今天教训你，不是因为我的警衔比你高，你给我记住，只是因为我看见过的黑暗，远比你想象的更为可怕。你懂了吗？你如果不服气想反驳我的话，再过十年吧！"

萝卜听了，顿时脸色煞白。

"怎么样，你早就知道他会杀了你，对不对？"李振峰认真地看着萝卜脸上的表情，缓缓说道，"别把自己当什么孤胆英雄，就是因为你的自以为是，你的母亲死了。你是个聪明人，早就发现了他的企图，我想你之所以还没有和他撕破脸，不只是因为当年的案子以及你父亲的事，你更想亲手为你母亲复仇，我说的话有错吗？"

被戳中心事，萝卜把脸扭了过去，紧咬嘴唇。半晌，他终于轻轻叹了口气，闭上双眼，轻声说道："李哥，她可是我的母亲！"

"我懂，"李振峰一字一句地说道，"但是你对你莽撞行为的后果是完全无法控制的，明白吗？这个责任你承担不起，如果有更多无辜的人因为你的自私而丧命的话，你用什么来赔偿？死人能活过来吗？或者说，你相信他而不相信我？"

"不！"罗卜几乎吼了出来，因为激动而浑身颤抖，"我根本就没相信过他，但他是第一个告诉我我父亲那些事的人，你有体会过不敢提自己父亲名字的童年吗？一个被活活抹去身份的童年！你明明知道一切都是假的，连你的姓名和来历都是假的，除了'妈妈'两个字，你以为我喜欢这个名字吗？我姓宋，我叫宋科！"

泪水顺着罗卜的脸颊无声地滚落下来，他抬头看向李振峰，目光中满是哀怨与痛苦："我也不想这样的，我不想过这样的日子，但是我必须忘记自己的过去，忘记我的父亲，不是一天两天，而是十多年，甚至是永远。我不知道他是谁，不知道他在哪，如果你是我，你能坦然处之吗？你做得到吗？"

"我明白了，所以你才会相信他的话。"李振峰犀利的目光消失了，他仰天长叹一声，喃喃说道，"我答应你，一定帮你找到真相，还你本来的身份，但是你也必须向我承诺，不能再独自行动，那样很危险，懂吗？"

罗卜无声地点点头，顺手抹去了眼角的泪水。

李振峰哑声问道："刚才那段视频你看了，在莲花苑小区陪李芳孩子的犯罪嫌疑人是不是和你见面的那个？"

"视频比较模糊，角度也不同，我分辨不出来。刚才我也一直在思考这个问题。但是我唯一一次见他的时候是在傍晚，光线不是很好，又是在海边，他穿着连帽卫衣，帽子遮住大半个脸。他和我交谈了几句后就走了。后面我们便是网络电话联系，都是他主动找我，用的是即时通信方法，也就是说我只能偶尔一两次找到他，前提条件是他没有注销上一次的网络电话账号。"罗卜回答。

李振峰点点头："他控制着你的回电成功概率，时间久了，会对你造成心理主导的暗示，这是一种典型的心理控制手段。他是怎么找上你的？"

"那天我在所里值班，有群众报警说有人要跳海自杀。当时已经是吃晚饭的时间了，我接了那单出警后就直接去了海边。他上来就表明自己不想自杀，是周围人误解了，然后问我是不是姓罗，还看了我胸口的警号，确认无误后就告诉我说他是特地来找我的，蹲了好几天了，说有事儿要告诉我，是有关我家人的事，非常重要，他让我关了出警记录仪。"

李振峰听到这儿，不由得看了他一眼："我想你是没有忘记当年你和你母亲离开家时的事，对不对？你那时候已经八岁了。"

"是的，我不可能忘记，虽然后来出了车祸，但是那天晚上发生的事，我根本就不会忘记。那是我最后一次看见我爸，他和我妈吵得很厉害，我妈直接把我抱走了，外面下了很大的雨。我妈什么都不顾，也什么都不要了，她就抱走了我，我还记得我爸的声音，他叫我妈的名字——阿英，回来！那情形，就像受了伤的野兽，但是我妈没有回头，她抱着我拼命跑。"

李振峰的目光若有所思："你父亲没追你们？"

罗卜摇头苦笑："我不记得后来发生的事了，我脑海里最后的印象就是我父亲的背影，他没有出来追我们。那天下了好大的雨。后来我出了车祸，醒来的时候已经是三个月后了，我妈说我差点没了。从此以后，她就再也没有在我面前提起过我爸的名字，走出医院的时候，我也有了个新的名字，我的本名和我爸一起消失了。但是我不甘心，我想让我爸回家。"说到这儿，他抬头看向李振峰，眼中闪过了亮晶晶的东西。

"所以你愿意为了真相冒险，不惜赌上自己的一辈子？"

"李哥，谁心里没有个心结呢？我偷偷看了当年的卷宗，太惨了，四条人命外加我爸生死不明，这个案子不该永远沉寂下去。如果我的付出能让案子重启并真相大白的话，我即使脱了这身衣服，不当警察了，也是心甘情愿的。"说到这儿，罗卜从工作笔记的夹层里取出父亲的照片递给李振峰，"上面的孩子就是我，我之所以当警察，不只是因为不用付学费，更主要的是因为我爸身上的那身制服。李哥，我知道那家伙不怀好心，但是既然他是为了破当年的悬案，那我被利用也无所谓，反正目标都是为了真相，结局没什么不同。但死了这么多人……"

看着罗卜脸上的苦笑，李振峰的内心百感交集，一时之间不知道说什么才好，只能无声地点点头，相信罗卜应该能记住自己的忠告了。

"对了，李哥，我还见过他一次，不过不是在现实中。"说着，罗卜点开手机里那段王宇发过来的视频给他看，"林业公司的那把火就是他放的。这段视频我已经尽力辨认了，可惜没有正面照，做不了人像识别，只能确定这家伙疯了一样迷恋白兰花，鬼知道是为什么。"

李振峰来回看了好几遍后，双眉紧锁："虽然听不到对话，但是这肢体语言太熟悉了。我想，这应该是情感转移，在他心目中，白兰花应该是某人最喜欢的东西，而这个人对他来说非常重要。你马上去图侦组，找他们追后面的视频，看能不能找到这人的落脚点。"

罗卜用力点点头："放心吧。"随即匆匆走向楼梯口。

"等等，罗卜，"李振峰叫住了他，"最后一个问题，你对你母亲临死前手里紧紧地攥着那两朵白兰花有没有什么看法？是偶然吗？"

罗卜的目光深不见底："我不知道，李哥，我只记得有人对我说过，人临死前的最后一刻所做的举动很大程度上都是无意识的。我可以走了吗？"

"去吧。"

看着罗卜的背影渐远直到消失不见，李振峰不由陷入沉思。

他不能怪罗卜，每个人的经验都是逐渐积累起来的，更何况在这个年轻警察的身上发生了那么多不同寻常的事。换了自己的话，李振峰还真没有这个把握能够坦然处之。

正在这时，大龙兴冲冲地从会议室的门口探出头嚷嚷道："李哥，'102室灭门案'中三位死者的社交账号以及电话记录都拿到了，我这就回去研判，今天晚上和徐绍强那个应该能一起把报告做出来。"

"王秀英和李芳的呢？"李振峰问。

"没那么快，还要时间。你要知道，电信公司那帮家伙干起活来懒得要命，程序还特别多，唉，头疼死了。啥时候这些数据都能和我们共享就好了。"

"慢慢来吧，要有耐心。"李振峰转头看向走廊外的夜空，目光变得柔和了许多。

直至此刻，站在会议室窗口的马国柱心中总算是多了几分安慰，他知道从这一刻开始，李振峰才总算正式接纳了罗卜代替安东的位置这个现实。

"今晚的月色挺美呢。"他冲身边站着的政委张科笑了笑，"这么晚，食堂还有啥吃的不？"

"老马，当年的案子，你有信心吗？"张科问。

"有，我当然有。"马国柱的回答斩钉截铁，"我这几年从来都没有放弃过重启当年'112案件'的念头，也相信会有水到渠成的那一天。宋克宇是我们刑侦系统里的传奇卧底，我也真的很想知道他后来到底去了哪里，还有那四个可怜的女孩。我师父曾经说过——悬案永远都不能是任何一个案子最终的结局。所以我从未放弃过希望，相信那些家属也都不会放弃。"

凌晨3点22分，两辆警车无声无息地穿过浓浓夜雾，开进了回龙塘小区对面的绿塔新村。在清河派出所警察的协助下，两个抓捕组很快便控制了其中的一幢居民楼，并迅速打开了三楼的一间房门。屋里一片漆黑，在确认屋内无人后，李振峰打开灯，房间里被打扫得干干净净、纤尘不染，因为门窗关着，空气中隐约存留着一股刺鼻的味道。

不知道为什么，李振峰的脑海中迅速出现了102室的厨房，那里也有着同样的消毒水味道，同样是这么干净。

他懊恼地叹了口气："来晚了。"

丁龙转头问跟在身后的房东："你见过租客的面吗？他叫什么名字，身份证号多少？"

房东从手机里找到了租房合同拿给丁龙看："都在这呢。"

丁龙迅速查验身份信息，一看身份证号是假的，严肃地问道："你为什么不核实证件的真实性？"

房东的眼神中满是埋怨："警察同志，现在租房都是网上看中了直接传身份证复印件和房租给我就行了，他都租了三年了，一次房租都没拖欠过，还都是一年一付，你说，这样的好租客上哪去找啊？"随后，房东毫不客气地怼了回去："我冤枉，警察同志，你可得讲道理啊，我这一普通老百姓，能分辨清楚身份证的真假吗？简直是笑话！"

"好了，好了，收队。"李振峰重重地叹了口气，脸色铁青，头也不回地走出了房门。

在回单位的路上，李振峰破天荒地让罗卜来开车。经过朝阳菜场的时候，路上的人逐渐多起来，已经是早市开张的时候了。

"在前面路边停车。"

李振峰解开安全带，打开车门，回头说道："你先回单位休息，我去朝阳菜场看看。"

"李哥，需要我帮什么忙吗？"罗卜问。

李振峰咧嘴一笑："不用，我就找找有没有白兰花卖。这个季节，街头已经很少能看到卖这种花的人了，我打听一下情况，说不准能有好运气呢。一条路走不通，不见得所有路都走不通，咱总得有信心嘛，你说是不是？"

罗卜默默地点了点头。

早市熙熙攘攘的人流中，小贩的叫卖声和讨价还价声不绝于耳。

李振峰随着人流不紧不慢地向前走着，看似步伐轻松，犀利的目光却在摊贩之间仔细地搜寻。他认为凶手既然多次来过这里，那么，除了自己种植之外，在这里购买白兰花的可能性就非常大。因为偌大的安平市，如果想买到带点烟火气的东西，那么眼前的大市场就是最好的选择。

更别提白兰花已经到了季末，不管是出于执念，抑或只是为了图个新鲜，能出售这种花的，也只有这里的老人了。

果不其然，李振峰的目光停留在了一位满头白发的老人太身上。他微微一笑，径直走了过去，弯腰柔声说道："阿婆，我买白兰花。"

老太太头也不抬地伸手朝边上指了指，那里整整齐齐地排着三列新鲜的白兰花，看着像早上刚摘的，上面还有露珠，两朵花之间用一段小小的细铁丝穿在一起，就像姑娘的耳环。

老太太抬头，目光中明显闪过一丝讶异："怎么……哦，你要买多少？"

李振峰笑了，这细微的动作怎么可能躲过他的目光，知道自己来对了地方,他的心中便有了底:"阿婆,在等您的老客户对吗?"

老太太布满皱纹的脸上也扬起了笑容:"是的哦,是的哦,和你年龄差不多的小伙子,我年纪大了,看走了眼啰。"

"他常来吗?"

"是的呀,每周都要来两三次,每次都会来照顾我老太婆的生意呢。"老太太神秘兮兮地笑了笑,"这年头,喜欢白兰花的女人很少的,难得这小伙子经常帮她买。"

李振峰心中一动:"阿婆,男人就不能喜欢白兰花吗?"

老太太把手一摆,埋怨道:"你这小伙子,看你说的,这花买回去,你插头上啊?要被人骂娘娘腔的哦。"

李振峰乐了:"逗您开心呢,阿婆。对了,他有说买给谁吗?"

老太太皱眉想了想,点点头:"他那天提了一嘴说送给他妈妈,也是哦,现在还喜欢这种白兰花的,就只有我们这些老太婆了。小伙子,你也是送给你妈妈的,对吗?"

"是的,是的。"李振峰赶紧顺嘴说了下去,"阿婆,帮我打包两对。阿婆,这个小铁丝是干什么用的?"

"挂在扣子上的呗。"老太太比画了一下,"很牢的,掉不了,你就放心吧。"

付过钱,李振峰手里拿着小塑料袋,刚打算离开,想了想,又不放心地问道:"阿婆,那个也喜欢买白兰花的小伙子长啥样啊?"

"怎么说呢,挺瘦的,瘦瘦高高,头发挺长,三四十岁的年纪吧，看上去身体不太好。等等，往常这个时候他也该来了，怎么还不到呢？上次还特地叮嘱我说今天要我多摘一点……"老太太一边嘀嘀咕咕，一边四处张望，突然伸手朝门口的位置一指，嗓音高了起来："喏，那不就是他吗，戴棒球帽的那个？"

顺着老人手指的方向看去，李振峰瞬间屏住了呼吸。离自己不到十米远的地方，一个身材高瘦，头戴棒球帽，身穿灰色运动球衣的男人也正朝这里看，两人就这么四目相对，空气不知何时已经停止了流动。

两人几乎同时反应过来，对方转身就跑。

李振峰脸色一变，高声喝道："站住，我是警察！"

李振峰立刻追了上去，两人一前一后跑出了大市场。

与此同时，隔了两排摊位，李大强正陪着妻子陈芳茹在挑新上市的土豆，儿子的一声暴喝让他不由得浑身一震。他丢下老伴，条件反射似的朝声音发出的方向扭头追了过去。

老子是绝对不可能听不出自己儿子的声音的，可惜的是毕竟上了年纪，等他气喘吁吁地追到大门口，却已经找不到儿子李振峰的影子了，只能忍不住摇头苦笑起来。

对面站着的老保安笑嘻嘻地打趣道："老哥哥，你干啥呢？"

李大强笑了，虽然双手扶着膝盖满头大汗，却还是扬起头露出一脸的骄傲："刚才我儿子抓小偷呢，他是警察，我也是……警察，但是我，我现在退休了。"

话音未落，看着街面上来来往往的行人，李大强的目光中竟然多了几分莫名的失落。

李振峰追了足足有三公里,但还是没追上。他懊恼至极,忍不住狠狠地拍了身边的路灯杆一巴掌,手掌疼得自己连连倒吸冷气。

　　不过还好,那张脸,自己已经再也忘不了了。

第六章　幻象

深藏越久的秘密,越是黑暗。

难得的一个大晴天,阳光明媚,黄教授今天的心情很不错。他一大早便下了62路公交车,兴冲冲地来到仙蠡墩精神卫生中心门口,准备刷卡进入。

"黄教授,今天好像不是您的门诊日啊,您怎么来了?"保安是个性格开朗的小伙子,黄教授总是记不得他的名字,但是知道这小伙子为人和善,也乐得经常和他聊天。

"在家闲着也是闲着,难得有机会来看看病历。"黄教授笑呵呵地回答。

黄教授走进医院大门,直接上了二楼的档案室。档案室值班的护士叫方琼,因为昨天下班时先在电话里说好了,所以当黄教授出现在门口时,方琼便指了指工作台一角的三捆病历:"黄教授,都给您准备好了,按照您的要求,2病区的,病例档案的时间是2000年至2010年。"

"多谢啦,多谢啦。"黄教授就像发现了宝贝,赶紧上前抱起病历,正要转身离开,却被方琼叫住了。

"黄教授啊,您确信不需要我帮您搬吗?那么多案例。"

"也不多，总共二十二本。"老头一脸的满足，"我研究了一辈子，现在终于有时间看看一线病人的病历了，哪会嫌累哦。"正说着，他话锋一转，"小方，这么多病历中，有没有三次以上进出过医院的？"

"当然有，不过也不多，就七本，我都已经给你贴上粉色便签了。"方琼指了指，接着说道，"还有十三本黄色和两本蓝色的便签标记。"

"我知道，这黄色的都是治疗过程在三个月以上的，那这两本蓝色的呢？"黄教授不解地问道。

方琼皱眉想了想，又走进里屋的铁皮柜旁打开翻找了一下，这才走出来，边看边说道："我怕刚才讲不清，所以就查了医嘱。这两本是特殊病人。其中一本是院内死亡病例，另一本，怎么说呢？"年轻护士竭力在脑海中搜寻着合适的字眼，终于，她有些尴尬地说道："是被家属要求特殊照顾的。"

"特殊照顾？"黄教授隐约感到了一丝不安，"他现在应该已经出院了吧？"

"那是当然，我给你的可都是已经归档的案例。"说到这儿，小护士仿佛打开了一个无形的潘多拉魔盒，重重地叹了口气，"既然都说开了，黄教授，那我也不瞒您。我们医院在安平市也算得上一所规模较大的公立医院了，所以病人家属都很信任我们，很多精神科病人都被送到我们医院来进行评估治疗。病人的年龄段跨度很大，特别是有些年龄比较小的病人，如果是棘手的病案，家属一般都会要求特殊照顾，也就是说，家属不确认，病人是不能出院的。说实在的，这种性质的病人我们一般不接，因为后患无穷，但是有时候情况实在特殊，在院领导开会同意并经过数次评估通过，才会接下。而你手中的这个病人，在我们医院待了八年才出院。"

黄教授一怔："他的出院评估通过了？"

"是的，这是其一。"护士方琼脸上的表情有些古怪，"其二，他已经成年了，与此同时他的监护人联系不上了。其三，他病房里发生了一件可怕的事。院方再三考虑过后，以免再次发生意外，就决定让他出院了。"

对于恢复期的病人来说，任何一种刺激都很有可能让事态急转直下并加重病情，所以黄教授在一定程度上也能理解院方的无奈之举，但他心中的疑问还是没有办法立刻解除，便接着问道："不会恰好是你刚才提到的那起院内死亡吧？"

方琼点点头："不过已经证实了那起院内死亡是自杀，警察来勘验过了。这件事情只不过是恰好，恰好发生在他的病房里罢了。"

"他们两人住双人间？"

"是的，因为院里的单人间本来就配备不足，并且经过评估，他已经没有攻击性，处于平和恢复期，不需要被单独隔离治疗。"

听到这话，黄教授无奈地摇摇头："我懂了，毕竟谁都不想多事。我就在办公室，有事随时找我。"说着，他便抱着三捆病历，弓着背走出了档案科。

正在这时，兜里的手机响了，黄教授腾出右手搂住病历本，一边用屁股顶开办公室的门，一边按下手机接听键。听到电话那头传来的是自己得意弟子李振峰的声音，老头乐了，很快爽朗的笑声便在走廊上回荡起来。

此刻，城市的另一头。

安平路308号大院内食堂里一片热气腾腾，几张疲惫不堪的脸在雾气中若隐若现。

挂断电话后，李振峰尴尬地看了眼自己面前坐着的赵晓楠，伸手指了指对方盘子里剩下的一个馒头，咕哝了句："还吃不？"

"不吃了，饱了。"赵晓楠嘀咕，"怎么还有人这么向老师祝贺生日的？"

"这不是情况特殊嘛，你也知道的，这两天忙案子忙得我连我妈亲手做的腌笃鲜都没顾得上吃一口，今天早上又差点把老命跑丢，饿得头脑发昏，也就只能靠着这馒头续命了。"李振峰两眼无神地看着馒头，想吃却又食欲全无，不禁垮着脸叹了口气，"没胃口，现在的馒头越做越差了。"

"谁叫你一个人逞能的，你那么迫，有八成的概率会猝死的，明白不？唉，跟你说了多少遍你都当耳旁风。得了，你现在吃啥都不会有胃口的，就别糟蹋粮食了，放着吧，我留着等下带回办公室去。"赵晓楠抬头看着他，"特地跑来陪我吃饭，说吧，找我有什么事？"

李振峰嘿嘿一笑："看你吃饭不行吗？"

赵晓楠盯着他看了几秒钟，满脸的惊愕："你跟我说实话，今天早上你回单位后站在院子里，是主动跟院子里那棵银杏树说话的，还是它主动找你聊天的？"

"什么意思？"李振峰脸上的笑容变得有些僵硬。

"你找它，没事儿，你在抒发心中的情怀，说明你是个善于思考、情感丰富的人。可如果是它找你的话，那就麻烦大了，我看不了，你去仙蠡墩挂号吧，兴许你导师黄教授还能给你打对折。"赵晓楠认真地回答。

"呃……得，得，得，我脑子正常得很，赵大医生，我找你只是想问件事儿，"李振峰尴尬地清了清嗓子，"'102室灭门案'中戴佳文的尸体，你检查的时候有发现尸体躯干部位有明显的外伤吗？"

赵晓楠摇摇头："没有。孩子的死因就是单纯的钝器打击所造成的闭合型颅脑损伤，也就是被钝器砸死的，总共两下。死后三小时左右头颅被切下，那时候因为环境温度的原因，尸僵没来得及完全产生。这个案子中还有一个问题让我挺发愁的，就是凶器中的钝器我到现在还没有办法确定究竟是哪一种。"

"什么意思？"

"我在本案中的成年男性和未成年男性死者的头上都发现了不同的钝器伤，我对死者的头骨进行X光拍摄时也发现了两种不同的骨折。一处是线状骨折，在死者头皮上也对应发现了条形挫伤，这通常是由圆形棍棒造成的。挫伤型的特点是外力集中作用于颅脑某处，导致颅内局部脑组织受力变形。这处条形损伤非常严重，所以这一击可以当场导致死者陷入昏迷状态。但是另外还有一处伤口却非常有意思。"说到这儿，赵晓楠伸出右手在饭桌上画了个圈，"另一处却是圆形的孔状骨折，颅骨有孔状缺损，这是作用面较小的钝器垂直打击或者戳到的，根据骨折状态来看，我趋向于垂直型打击，就像这样。"她应声抓起餐盘里的叉子，然后用力狠狠地扎在了那个剩下的馒头上。

李振峰愁眉苦脸地看着餐盘里的馒头，无声地咽了口唾沫。

"怎么啦？能吃的，又不脏。"说着，赵晓楠把叉子递给李振峰，"我没用过这叉子，你别多心，慢慢吃。"

她接着说道："据此，我怀疑过总共有两种钝器，一种拥有较小的圆形接触面，另一种类似棍棒。但是这样一来，本案就有了三种凶器，剔骨刀、棍子和戳子，你说同一个案件一个凶手有必要同时准备三种凶器去杀人吗？"

"这根棍棒的横截面直径大概是多少厘米？"

"7厘米左右。"

李振峰皱眉问道："那会不会是两头尖中间粗的那种？"

"不能排除，但是可行性不大。根据孔状骨折的形状分析判定，此钝器头部的圆形在1.5厘米到2厘米左右，你说要同时符合这样两个条件的话，这根棍子会不会显得太诡异了点儿？"赵晓楠若有所思道。"而且分局的老陈也提出，成年男死者头部的孔状骨折形状带有明显的半月形特征，这就表明是斜形方向打击。那么，如果垂直打击和斜形方向打击所产生的损害差不多的话，力度方面就有问题了。因为我们一个正常人，"话音未落，她又要伸手去拿那把叉子，李振峰眼疾手快赶紧把叉子拿到手里，笑嘻嘻地说道："没叉子一样说，你比画就行了，再戳，这馒头就不能吃了。"

赵晓楠瞥了他一眼："好吧，简单来说，同一个人如果用一个尖锐的工具戳刺一种物体，在不同的角度所形成的孔状骨折的状态和程度是绝对不可能一模一样的。"

李振峰点点头："我懂了，这不是一根直直的棍子，而是一个耙子类的物体。"

赵晓楠笑了："没错，你要找的是个耙子，而不是一根棍子。"

"这年头谁还用耙子啊？"李振峰都快哭了。

"那就是你的事啦，"赵晓楠站起身，拿起托盘，"还有啊，下班的时候记得来把那条死鱼拿走，太味儿了。"

"冻的鱼还会臭吗？"李振峰有些诧异。

"腥气，我不喜欢鱼的腥气，待久了会让我想吐。"

赵晓楠走了，李振峰还呆呆地坐在窗前没回过神来，他想不明白一个问题，那就是冻的死鱼怎么可能会有腥气？再说了，单位对面小巷子里的黄鱼面馆，赵晓楠也是经常去吃的，吃面的时候没见她嫌弃过鱼的味道，解剖的时候也没见她难受。不过后者可以解释为工作时候的一种精神高度紧张集中的状态，这是可以让人暂时忘记一些不愉快的记忆的，但是该怎么解释她刚才说的鱼腥气呢？

这时，身后不远处的那张饭桌旁，刑科所的两位年轻同事正在争论着什么。

其中一个说："不行，车库那边有条狼狗，我才不去呢，会咬人的。"

另一个则在一旁极力劝说："怎么可能咬你？你听我讲啊，那条狗对我们单位的人都很亲热的。再说了那根本就不是狼狗，是巴吉度，工作犬，是今年驯犬大队退役的老犬，都到养老的年龄了，可乖了，你别神经过敏。"

前者听了，却依旧态度坚决，牢牢守住底线不松口："不去，狗咬人很疼的，你把车开出来就行，我去大门口等你。"

听到这儿，李振峰恍然大悟，他随即兴冲冲地奔出食堂，快步穿过爬满了葡萄藤的长廊，终于看见了正前方赵晓楠的背影。他赶紧加快脚步冲到近前："我，我还有一个问题，就一个问题。"

周围人都投来讶异的目光。

赵晓楠有些错愕。她尴尬地向经过的同事点点头，勉强算是应付了过去，这才压低嗓门语速飞快地催促："赶紧问吧，别婆婆妈妈，你这架势，人家会误会我们的。"

"我就想知道，你以前是不是自己亲手杀过鱼？我是指死鱼，腥味很重的那种？你是不是对它印象很深刻？"李振峰盯着赵晓楠的目光中充满了期盼。

"杀过，我爸刚走那段时间家里就我一个人，经济状况比较差，为了省钱我什么招儿都想过。我每周去菜场三次，每次都会买刚死不久的鱼，因为便宜。"赵晓楠也不否认，"就是那段时间让我对鱼腥味挺反感的。鱼死后比活着腥味更重，杀完鱼的手用肥皂都洗不干净，后来很长一段时间里我都没再这么干过，但是我并不排斥吃鱼。你问我这个干什么？"

李振峰微微一笑："你不排斥吃鱼，但是你对死鱼糟糕的泥腥味却又非常反感，这种心态不难理解，那是因为你的大脑强迫自己记住了对你来说特殊而又重要的记忆。这种记忆是被动产生的，在你平时的思维活动中并不占主要地位，它的产生也必须要有相吻合的场景，而这种熟悉的场景是唤醒被动记忆的必备因素，它包括并不限于气味或者听觉。你还记得'102室灭门案'现场那个会骂人的智能音箱吗？"

赵晓楠瞪大了眼睛看着他。

"我们谈话中的关键词就诱发了它的被动记忆。"说到这儿，李振峰脸上露出了激动的神色，"我记得李芳在派出所里提到这条鱼时，强调说犯罪嫌疑人似乎特别喜欢吃这种鱼，所以才会大半年来总是来王秀英摊位上买。我在开会时说过，犯罪嫌疑人是个非常善于布局的人，他对布局近乎痴迷，一旦局被布下，他就绝对不会去轻易打破。由此可以看出，犯罪嫌疑人拥有病态的强迫症习惯，甚至上瘾了，在如此敏感的心理状态下，他才会产生在生活中不断地去买同样一种鱼这种怪异的行为。"

"他图啥？只是为了吃吗？"赵晓楠不解地问道。

"如果只是为了吃，那就容易理解多了。我以前有个高中同学就是偏好吃鸡，三天两头去食堂买红烧鸡腿吃，一旦食堂换了别的菜谱，没有这种红烧鸡腿，他就会神情沮丧、坐立不宁。我刚开始还以为是红烧鸡腿里加了什么东西，后来观察了几次才发觉不对。"

"什么地方不对？"

"他是典型的强迫症导致的焦虑过度，那时候我们正临近高考，他的宣泄点就是吃鸡腿。他后来跟我说，这鸡腿的味道和他已经过世的外婆亲手做的味道差不多。考学的压力越重，他就越想他的外婆，这也算是一种特殊的情感寄托吧。"李振峰接着说道,"但是喜欢吃鸡腿的人这辈子最不会做的一件事情就是把厨子痛打一顿,然后把自己刚买的没有任何问题的红烧鸡腿狠狠地砸在厨子脸上,要知道这种行为就是典型的羞辱,不只是羞辱厨子,更是羞辱了自己喜欢的食物。这是违背强迫症人格的自我约束特点的。你看王秀英被害案中,鱼是在王秀英的摊位上买的,并且买了不止一次,我们的犯罪嫌疑人之所以这么做只有一个解释,那就是三天两头买同一种鱼这个行为,能让他有足够的安全感,就像我刚才提到的我高中同学想他外婆一样。"

赵晓楠惊得目瞪口呆:"幻觉?"

"对,幻觉。"李振峰脸上的笑容消失了,眼神中流露出了亮光。

"而你,对鱼腥味的记忆是被动记忆,也是一段不愉快的记忆,但是这段记忆对你来说却是很重要的,所以大脑选择保留了下来。这种幻觉只存在于你瞬间的脑海中,你甚至都不会去刻意回忆,声音或者气味一旦消失,你很快就会忘记,直至下次再被唤醒。但是我们的犯罪嫌疑人却不一样,他是不断地去买鱼,不断地买同一种鱼,不断地人为巩固这段记忆。他这么做只有一种解释——他对这段记忆非常留恋,就像一个老朋友的照片一样,只要一有时间,就会刻意把它拿出来看看。你懂我的意思吗?"

赵晓楠默默地点点头,哑声说道:"我知道,可是他为什么要拿一条发臭的死鱼去羞辱罗卜的母亲?还是他亲手杀害的人。"

"恨，恨意。"李振峰陪同赵晓楠一起向办公楼走去，阳光照射在脸上暖洋洋的，他边走边继续说道，"因为买鱼，他对鱼贩子王秀英有好感，或者说有种亲近感，或许会觉得对方像他生活中曾经的某个非常重要的人，所以既然要买这种鱼，而这位卖鱼的老太太又那么平易近人，他自然而然地就多次出现在她的摊位上了。但是，偏偏在这个节骨眼上，他听到了王秀英和我父亲的谈话，知道自己的计划会因为眼前这个鱼贩子而被破坏，这触碰到了他的底线，完全激怒了他。尽管他不愿意杀计划外的人，但是现在的情形是意外，他必须让计划重新回到正轨上，所以，他才想到了杀人灭口。而那条发臭的鱼则是连带效应的产物，因为恨王秀英，所以他把死鱼还给了死者。这种行为有点像幼儿园中的孩子，本来我和你很要好，你送我一样礼物，我很重视，但是如果我们的友谊破裂了，我们产生了冲突，那么我要做的第一件事就是把我平时最看重的那个礼物还给你，和你划清界限。"

听到这儿，赵晓楠突然停下了脚步，转身看着他："你为什么总能在生活中找到一件非常简单的事例来解释那么复杂的心理问题？"

李振峰笑了："透过现象看本质。人最基本的心理规律也就那几个，我们看似不同，但是剥去外表，本质还是一样的，这就是人行为动机的最好解释。"

想了想，她又问道："那他这条鱼的记忆又是属于谁的？"

李振峰摇摇头，神情有些惆怅："我要是知道这条鱼的记忆是属于谁的话，也就知道我所要面对的凶手到底是谁了，只是可惜目前我还不知道。"

"李哥,你该派人守着全市卖这种鱼的摊位才行。"小九笑嘻嘻地在身后拍了拍李振峰的肩膀,顺便向赵晓楠打了声招呼,"早啊,师姐。"

"那等同于守株待兔,不现实。再说了,在王秀英案案发现场,他既然敢把这条死鱼堂而皇之地送回去,也就不怕我们发现,我想,短期内他是绝对不会再碰这种鱼了。他现在处于另一个心理特征阶段,需要尽快找到心理安全感才行,不然他会情绪爆发的。"李振峰有些担忧,"他现在就像一只被拼命往下压的气球,如果压力再大一点的话,可能就会爆炸了。"

安慰别人是一件很容易的事,分析案情、推演犯罪动机演变过程也是很简单的事,因为动脑子对于李振峰来说就是一种别样的乐趣。但是他也很清楚,随着自己逐步接近这个凶手,他内心不安的感觉也愈发强烈。这是个极度危险的人,旁人哪怕一个细小的、不经意的举动都会在他身上产生可怕的反应,只要这家伙决定去做的事,无论多久多难他都会去做。如果自己只是一个人的话,那没关系,但是年迈的父母还在这座城市中,更别提自己喜欢的人。想到这儿,他若有所思地看了眼身边站着的赵晓楠,心中五味杂陈。

我是谁?

我现在还不能回答这个问题,因为这么多年来我自己也很想知道我到底是谁?可惜的是,我却什么都不知道,因为我的生命早已经被人狠心地抹去了一大半,而那个亲手抹去我记忆的人，却是曾经在多年前给予我生命的人。

怎么样，是不是挺难理解的？没错，我也发愁，但这是真实发生在我身上的事。

我是谁？

我为什么在这儿？

我甚至用了整整八年的时光对着一个疯子来思考这两个问题的答案。没错，我和一个疯子在同一个空间里共同生活了八年。而在这八年时间里，无论我说什么都没有人相信，也没有人愿意听。

久而久之，我开始感到绝望，我不再开口说话，我恨我身边所有的人，包括亲手造成这一切的人。

直到那一天，我的耳畔传来了你的声音，虽然陌生，却很温暖——"别哭，别哭，我是警察，你放心吧，有我在，你什么都不用怕。"你在拼命地安慰着一个哭泣的女孩，而那个女孩已经来了派出所很多次，至少我来的时候每次都能见到她。可惜的是却没有一个人能真正帮到她，甚至都没有一个人愿意静下心来听她说话，我为此感到愤怒且惶恐不安，因为那种感觉伴随了我整整八年。不过还好，你出现了。

女孩临走时是带着希望走的，我也看到了希望。

我流泪了，颤抖的右手甚至都无法抓住手中的笔在申请表上写下自己完整的名字。我终于等到了一个愿意倾听我说话的人，一个愿意帮助我找回缺失记忆的人。

或许是我异样的举动引起了你的注意，我听到你在问你身边的同事——"他怎么了？好像在哭？"

你同事压低嗓门看似很随意的一段回答彻底击碎了我的希望——"哦，上周刚从七院出来的，来办户口，来了好几次了，总是证件不全，或许是在里面待久了的缘故，沟通有点难度，真伤脑筋。"

七院就是仙蠡墩精神卫生中心委婉的别称。

于是，我没有再听到你的声音。

希望的破灭，或许就是这么轻易吧。交完所有的材料后，我走过你的身边，也用心记住了你的脸。

放心，我会遵守我的诺言——等我完成我的计划后，我一定会来找你的，当面问问你是不是感到羞愧，因为你食言了。

我永远都会记得那个带着你的诺言满怀希望离开的女孩，因为她只活了短短的七天。七天后的中午，她就被人拖进车里，泼了汽油，活活地烧死在大马路上。女孩临死前凄厉的惨叫声回荡在明媚的阳光下，隔了整整一条街我都能听到。

那时候的你，又在哪？

絮絮叨叨地说了这么多，没注意到水池里的血已冲没了。

终于平静下来了，我的嘴角露出了自嘲的笑容，旋即屏住呼吸，轻轻地用双手托起水池里的头颅，死死盯着那张类似徐丽的脸。

低声絮叨，你为什么要跑，你每天生活那么累，你不知道怎么解脱，我来帮你啊，你看白兰花多美啊！

这一次，你应该不会再错过我的留言了，对吧？

窗外的月色清凉如水。

我终于帮你摆脱世间的束缚了，我的心情好极了。

凌晨时分,金丰新村小区外的街面上依旧熙熙攘攘,很多大排档在街边一字排开,年轻食客们三三两两围着桌子尽情吃喝。

罗卜骑着共享单车穿过拥挤的街面。进小区之前,他和熟识的门卫打了个招呼,因为工作的缘故,他已经有很长一段时间没有回家了。而今天,是母亲去世后自己第一次回家。

反正早上5点要去大渔湾海滩和"老百晓"见面,罗卜便决定先回一趟家,拿几件母亲在世时最喜欢的衣服和首饰。既然自己已经没有能力把她送回家来了,那就带走一点属于她的东西吧。

位于金丰新村2号门302室的家是十五年前母亲王秀英买下的二手房。当初离开安平的时候,他和母亲几乎丢下了所有的东西,所以,三年后再次回到安平,一切都得重新开始。而在这个家里,罗卜已经找不到任何有关自己父亲的记忆了。

推开家门,屋子里黑漆漆的,罗卜顺手打开灯,眼前的一切都还保留着前天早上母亲去上班时的样子。卧室的门虚掩着,客厅一角用布帘子隔出了五平方米的空间,里面放了一张小书桌,两层简易小书柜和一张行军床。罗卜只要回家住,就睡在那儿。

行军床的对面是一套双人沙发,浅灰色的沙发套是母亲亲手做的。沙发前面摆着一张茶几,两只塑料板凳孤零零地堆放在一旁。

茶几上放着一盘咸菜和一只已经空了的碗。

罗卜轻轻叹了口气。

一室一厅的房间显得狭小而阴暗,客厅的墙上挂满了罗卜从小学三年级开始获得的所有奖状，奖状占去了大半墙壁。双人沙发的上方悬挂着一个十寸左右的相框，里面的照片是母亲和自己的合照。

罗卜记得很清楚，当年拍下这张照片的时候，自己正好上小学四年级。

他伸手摘下相框，默默地在沙发上坐了下来，手指轻轻抚摸过相框玻璃上的每一寸空间，这才感觉到指肚上竟然一点灰尘都没有，心中不禁一酸，知道是母亲经常擦拭这个相框的缘故。

他从兜里摸出随身带着的工作笔记，从里面抽出父亲和自己拍的那张照片。想了想，他把相框的卡扣打开，然后把照片端端正正地放在了相框的一角，再用玻璃板夹住固定好，这才翻转过来，看着似乎融合成一体的两张照片，眼角变得有些湿润了。

罗卜站起身把照片挂在墙上，刚要伸手去收拾桌上的碗筷，目光无意中扫过地面，看到了茶几一角的地面上有一张对折叠好的小纸条。他弯腰把纸条捡了起来，纸条两指宽，对折的痕迹非常工整，显然是被什么东西压过。罗卜确信这张纸条不是从自己的工作笔记本或者说口袋里无意中滑落出来的，因为自己从没有收集这种小纸条的习惯。况且，这是一张从作业本上撕下来的纸条，背面是明显的英文练习本格子线，上面还有字迹。

罗卜看看手中的纸条，又看看墙上悬挂的相框，心中明白了什么。他打开纸条，上面只有一行字，确切点说是个地址——安平花桥镇思静堂32号。

笔迹是母亲的，同母亲的进货单据上的字迹一样，母亲写数字时有个别扭的习惯：最后一笔尾巴上那个古怪的上扬的小圈，是谁都无法依样画葫芦的。

罗卜看看纸条，又抬头看看相框，意外地发觉合影照片中母亲王秀英脸上的表情此刻竟然有些让人看不透了。以前他就知道母亲有在相框后面藏东西的习惯，不过大多只是银行存单而已，而眼前这张纸条能被用这样的方式藏起来，意味着它在母亲眼中是非常重要的。

罗卜把纸条塞进自己的工作笔记本，打定主意等案子结束了，母亲下葬后，一定要抽出时间去这个地址好好看看，说不准能找到一些母亲年轻时候的记忆。

就在罗卜来到卧室门口，刚要推门进去时，兜里的手机响了。

此时午夜刚过，手机铃声在房间里显得异常清脆急促。

电话是清河派出所的王宇打来的，刚接通罗卜就感觉到对方的情绪有点低落："罗哥，刚才郑所狠狠地骂了我一顿，我犯了个错误，没有及时把可能潜在的线索告诉你们。我本来打算直接给李队打电话汇报的，我承认我怂，所以想想还是先跟你说，你上去反映会比较好一点。"

"没事儿，有我呢，说吧，什么线索？"

"都怪我，这两天太忙了，我没有把事情联系起来。事情是这样的，前面那个菜场凶杀案，分局那边已经移交给你们了，我今天晚上例会时无意中向郑所提到，李芳在我们单位做笔录时，曾经问起桌上一个塑料证据袋里的东西。"王宇说道，"她问是不是白兰花，我说是的，她接下来的一句话挺让人摸不着头脑的……"

"她说什么了？"罗卜问。

"她当时表情挺怪的，原话是——我见过这个，一模一样，前两天刚有人送了串给英姐。"

罗卜倒吸一口冷气："你再说一遍？"

王宇便把刚才说的话又重复了一遍，接着说道："我当时没往心里去，因为这是街头巷尾再正常不过的白兰花，李芳也只是随口提了句。现在想来两个案子里都有白兰花，说不定有关系，就跟你汇报一下。"

罗卜突然感到心烦意乱，他打断了对方的话，追问道："你那个证据袋里装的是哪个案子里的？"

"是个尾随骚扰的案子。荷叶新村的一个租户，说是在家里的枕头上发现了白兰花，接连发现了两次，所以第三次她就报警了。我们派人去了现场，也对屋子进行了查看，没有发现什么异样，我们也加强了那片的管制，也给了报警人搬家的建议，后来就没有再接到她的电话了。"

"她确定是有人把花放在她的枕头上而不是她自己放的？"罗卜问。

"是的。"

罗卜心跳得厉害："我觉得你应该再和报警人联系一下，确认她没事。后续结果你发消息给我。"

王宇一口答应，挂断了电话。

罗卜转头看向墙上的照片，目光落在母亲的脸上，想起今天白天李振峰提到在菜场早市花摊前的遭遇，心中不免沉甸甸的。他没心思继续收拾母亲的遗物，便索性关了门连夜赶回单位找李振峰去了。

虽然已经快10月份了，但是安平的气温还是在30度左右徘徊，只有凌晨的时候，才会稍许感到一些凉意。

4点刚过，李振峰便带着罗卜开着车出了车库，街面上空空荡荡的。

"你是怎么认识这个线人的？"李振峰问道。

"他在我手里栽过几次，是个惯偷，这辈子四分之三的时间都是在号子里蹲着的，消息比较灵通，就有了'老百晓'这个外号。"罗卜回答，"上次我们去'102室灭门案'现场时，我无意中看到他在那里当保洁，就把他堵在公共厕所了。"

李振峰哼了一声，嘴角露出了笑意："难怪你说上厕所去了。"

"我找他问当年的失踪案，他知道这个案子，起先没打算多说，这种人的心态我们也懂，不想多惹是非，后来终于改变了主意告诉了我个大概，我才有了方向继续追下去。"罗卜苦笑道，"我临走的时候还给他留了个联系方式备用，结果这次就接到了他的求助电话。"

李振峰脸上的表情凝重起来："这种在号子里待得越久的人，就越不想和我们这类人打交道，如果他没有明明白白告诉你说给你当线人的话，那他突然找上你，可能是真的出了什么大事。"李振峰看了眼罗卜，"为了上午的案情分析会，我昨天一直都在看解封的卷宗。当时那个案子没破,不只是给受害者家属,给我们警方也带来了很大的压力,而且涉及的受害者家庭关系也很复杂。我现在不方便多说,我们今天去和你的线人碰面,我也希望能有机会问他一些问题。"

罗卜点点头:"没问题。对了,李哥,那个警号的事我有点想不明白,目前加上我母亲的案子总共有四起,为什么凶手只留下了两个标记?这又是什么样的动机?"

"我提到过,这个家伙非常重视自己定下的每一个计划,所以说只有戴佳文和徐佳才是他的计划之一,另外的受害者只是附加伤害罢了。"李振峰轻声说道,"他很善于研究人的心理,知道对什么样的人说什么样的话,所以当他刻意去接近某个人的时候,他会把自己设计成对方很容易接受的样子。'102室灭门案'中出现了一个陌生的、有着长头发的人,我们按照常识去想就会认定对方是女性。确实,长头发会让人自然而然就联想到女性、温柔这样的字眼。我想,正因为他意识到了这一点,所以才会以长发的形象出现在既定目标的生活中,而那时候无论是夏天还是戴佳文,他们都缺乏关爱,如果恰好有一个人以这种形象出现在他们的生活中,既能帮助他们学习,又能听他们倾诉,孩子的戒备心要不了多久就会被彻底打破。从那一刻开始,完全得到孩子信任的他就可以肆意妄为了。所以,我才说这家伙很懂得人的心理,并且非常专业。"

"李哥,为什么孩子对一个长头发的男性的接受度比我们成年人要高?"罗卜不解地问道。

"人的性别喜好观念的形成除了受外部环境影响外,个人主观方面则是需要在一段固定的时间范围内形成的，很不幸，我们的两位受害者还小，还没有足够的确立自己性别喜好的时间，只具有基本的判断能力，再加上他们的原生家庭是有一定缺陷的，孩子的理解力和接受程度与我们成人自然不一样。更何况这家伙已经知道了两位受害者的心理弱点，所以，才会很容易就得到了他们的信任。"李振峰回答道。

罗卜脑海中出现了那个中年男人的脸："我那次见他的时候，他背着光，一副游客的打扮，讲话很文气，给人一种很和善的感觉，没有什么攻击性。再加上后来他讲了一些有关我的事，可信度又很高，我虽然还是保持了警惕，但是……"

李振峰直截了当地打断了他的话："他就是用这副看上去很随意的打扮给你留下了非常好的印象，所以尽管你出于职业的本能而对他保持距离，但是他还是让你慢慢放下了戒心，对不对？你并不排斥他。第一印象上他就已经赢了，后面无论他说什么，只要不是明显的出格，你都不会拒绝，对不对？"

被人毫不客气地说中了自己的心事，罗卜的脸上一阵红一阵白。

"不过这都已经过去了，我现在不理解的是，他为什么要杀害戴虎成一家，难道真的只是为了祁红？"

话音未落，李振峰的手机铃声就急促地响了起来。

李振峰按下了免提键，瞬间，丁龙焦急的声音在车里响了起来："李哥，莲花苑小区犯罪嫌疑人的落脚点找到了，但同时又发现了一具女尸，也被切断了颈部，手法和上次一模一样。"

"具体位置？"李振峰问。

"3栋101，刚租出去才三天，就是你在会上划定的那片东区。"丁龙回答，"我已经到现场了，小九也来了，现在我们单位直接接管了这个案子。"

这时候是凌晨4点32分，前面就是目的地大渔湾海滩，高大的飞来石在晨曦中隐约可见。

"放心吧，李哥，我没事，你把我放在前面路口就行了，你去吧。我处理完事情后马上跟你电话联系。"罗卜急切地说道。

李振峰看了他一眼，没说什么，很快便把车停在路边。罗卜正要打开车门，李振峰叫住了他，轻声嘱咐道："注意安全，兄弟。"

"兄弟"两个字让罗卜心头一热，他点点头，下车走了。

李振峰脚踩油门把车开出了岔道，看着后视镜中罗卜逐渐缩小的背影，他不由得感到担忧。

当年的系列绑架案中，罗卜的父亲宋克宇作为专案组的成员，接受任务进入人口拐卖组织做卧底。在他失踪的前一天，他曾经给自己的直系领导发来了线索，表示说自己终于发现了绑架者的资金流动去向，并且明天下午就能拿到证据。打完这个电话后，宋克宇就失踪了，此时他的妻子梅英向专案组发来求助，说有人给她们娘俩发去了死亡威胁，她们必须尽快得到保护。

事情发生得就是这么突然，一切情况急转直下，四个被绑架者，一位卧底警察，凶手以及一百五十万赎金都彻底人间蒸发，犹如幻象，烟雾散去，就好像他们从未在这个世间存在过一样。

但李振峰知道这绝对不可能。他回想起自己在菜场门口见到的那个人，虽然说自己已经凭借记忆找人画了像，并且已经安排了图侦组的人进行寻迹追踪。但是画像和现实毕竟有不小的差距，要知道电脑识别画像成功的概率是非常低的。

他的心中不由得感到有些沮丧，就在这时，一句话涌上心头，那是导师黄教授曾经说过的——当在现实中抓不住凶手的时候，那就用凶手的行为模式去思考吧，你会发觉他离你并不远。

第七章　罪之书

思想上的缺陷和弱点正如身体上的创伤,就算用尽一切办法将其治愈,仍然会留下疤痕。

这场雨来得很突然,李振峰将车开进莲花苑小区的时候,天空中还是灰蒙蒙的。雨势猛烈,雨点打在车窗玻璃上发出了砰砰的响声。

李振峰什么雨具都没带,还好丁龙撑着伞快步来到了他的车旁,这才避免了被淋成落汤鸡的尴尬。

"你怎么知道我没带伞?"李振峰一边接过现场勘查的马甲背心穿上,又依次穿好鞋套头套,扎紧袖口,一边随口问道。

丁龙嘿嘿一笑:"我都没带,李哥,你那记性会好到哪儿去?这伞是九哥的,他们技侦走到哪儿都带着全套装备,几乎啥都有。我上次衣服被钉子扯坏了,九哥二话没说回到车上拿了针头线脑现场就给我缝好了,你说绝不绝?"

"这是职业习惯,见多了就不奇怪了。"李振峰面露无奈,"说吧,里头情况怎么样?房东呢?"

"房东是个七十八岁的老头,姓万,独居,有个儿子。两周前老万在家里摔了一跤,盆骨骨折,不得不去了医院,唯一的儿子二十四小时陪同。由于急需治疗费用,老人的儿子就在网上发布了招租启事,房租可以一个月一付,条件非常优越,但因为是一楼的缘故,问的人并不多,直到三天前才顺利租了出去。老人儿子说,去医院门口拿钥匙的是个年轻女孩,人很干净体面,讲话温和有教养,给人一种非常可靠的感觉,而且女孩有固定的职业,所以他就放心地把钥匙交给了对方,两人也草拟了简单的租房协议。莲花派出所昨晚排查到这里的时候,按照社区上报的情况,联系了老人的儿子方先生,然后直接去医院拿了备用钥匙。"丁龙语速飞快地接着说道,"我们给排查人员的要求是,针对出租房必须入户见人,联系不上租客的就直接找房东要钥匙开门查看。当时查到102是登记在案的出租户,但是敲门没人应,于是就由一路人守在门外,一路人联系上房东后去了医院。老人身边不能离开人,他们就拿了钥匙回来,最后在凌晨才打开了房间,然后就发现了死者。"

李振峰停下脚步,转头看着丁龙:"租房协议看了吗?租客叫什么名字?"

"租房协议是老人儿子方先生写的,租客面落款是吴倩倩。"丁龙回答。

"房东查看租客身份证原件了没有?"

丁龙点点头:"方先生说自己看过了,也能确定证件的真实性,因为最近我们基层单位总是在科普如何防范各种诈骗手段,其中就包括身份证真假的辨别方式。"

李振峰迅速联想到了凌晨时分,罗卜跟自己说起的那件有关白兰花的跟踪案件,心中不免一怔。凶手在那儿租房的目的之一当然就是盯着住在不远处的李芳,这说明他注意到罗卜母亲的同时，也注意到了她身边的人，罗卜母亲是他重点关注的对象，而她身边的人自然也就离不开观察的范围。显然，他在把罗卜拖进这个案子之前，就已经全面地考虑到了所有可能性，并且做了备用计划。这是一个多么严谨的人啊，而越是严谨就越是冷酷无情。

"丁龙，给你两个任务：第一，继续跟进一下3栋周围的监控探头，越详细越好，我要知道这个租房的女孩是什么时候回来的，又是什么时候离开的，以及她与死者之间的关系；第二，联系清河派出所，查找他们最近处理的那起尾随跟踪报警事件，最好联系上报警女孩确认一下。"

"没问题。"丁龙转身匆匆离开了。

莲花苑小区是典型的一层两户的结构，101正对着102的房门。丁龙走后，李振峰听到身后传来一声门锁被打开的声音，随即一个满头白发的老太太探头出来和他小声招呼道："是警察同志吧？"

李振峰赶紧迎了上去："是的，阿姨，您有什么线索能帮到我们警方吗？"

"当然有啦，当然有啦！警察同志啊，我昨天晚上被你们吵醒后就一直在等你们来问我呢。我跟你说，这对面来租房子的可不是什么好人。"老太太一脸的凝重表情，"那眼神，冷冰冰的，就像我们小区对面菜场那个杀猪佬，他每次分切猪肉的时候，短斤缺两不说，光是那眼神，让人看了就感觉头皮发麻。"

"杀猪？"李振峰呆了呆，"阿姨，您是说那个租房的女孩子？"

"什么呀,别胡说八道,"老太太把手一扬,满脸的不屑,"那个女孩子就在租房第一天来过一次,后来我就再也没看见过她啦,反正我没听见那高跟鞋的声音就是。"

"你从哪儿看到的?"李振峰隐约从老人的话语中察觉到了一丝异样。

"喏,就是这猫眼,广角镜头的,还能放大,我女儿专门给我装的,这样就不会随便给不认识的人开门啦。"顿了顿,这老太太又接着说道,"警察同志,我上了年纪,睡眠不好,平时但凡门口有个脚步声啥的,我都听得清清楚楚。为了这事儿啊,我没少跟居委会反映,楼上好几家出租户把我吵得不行,结果呢,好话说尽他们一点儿没变,唉。"

"等等,阿姨,您说您看见的不是女孩?"李振峰试探性地问道,"那对方是不是长头发?"

"起先那个女的跟我女儿一样是个短头发,后来这个是不是长头发我不知道,也就出现了三次,两次是背影,一次是正面。就是那个正面,我从猫眼里瞅见了,是个男的,戴着棒球帽,那眼神,凶得很,但是又有点——空!"

"空?啥意思?"

老太太被问住了,想了想,皱眉说道:"怎么给你说呢,就是那眼神明明看着你这边,但是你却又觉得他看的是你的身后,就好像他的眼睛里根本就没有你的存在,懂不?很空洞。"

李振峰瞬间有些紧张了:"他长啥样您还记得不?"

"当然记得啦。"老太太一脸的阳光,"我虽然上了年纪,可记性好着呢。"

李振峰心中一动，旋即问道："阿姨，您退休了是吧？以前是哪个单位的？"

"我是安平音乐学院教西洋乐器的。"老太太退后一步，指了指后面墙上挂着的一张自己年轻时弹钢琴的照片，骄傲地说道，"我们一家都是搞音乐的，所以对声音非常敏感。"

李振峰哑然失笑，尴尬地连连道歉，最后又问："阿姨，您见过那个男人三次，他身边有没有跟着个孩子？"

老太太摇摇头："这我倒没注意，是前两天吗？前两天白天我出去了，老年大学有我的音乐课，我到傍晚6点才回来的。"

李振峰微微有些失落，他在征询了老人是否同意对她见到的那个男人做模拟画像并得到肯定答复后便匆匆告辞，回到案发现场。

丁龙的电话就是在这个时候打过来的，结果证实吴倩倩就是荷叶新村骚扰事件的报警者，只不过已经联系不上吴倩倩了，不只是电话打不通，荷叶新村的住处也被打扫得干干净净，两个简单的行李箱都被堆放在客厅一角。房东说自己昨天接到吴倩倩的微信留言，说不租了，老家有事，要回家去，客厅里的行李在这两天会有人专门过来拿。收到这条微信通知后，房东回复说她提前退租违约了，所以一千块押金按照约定他要扣除三百块，吴倩倩一口答应，后来就没了消息。而这一切都发生在吴倩倩去医院找方先生说要租他家房子之前，两件事之间只相隔了不到十二个小时。

在提醒丁龙重点关注图侦情报组的线索后，李振峰走进了102房。

案发现场，小九头也不抬地趴在地板上，撅着屁股，屏住呼吸，模样显得有些滑稽。

"查到什么了没有？"李振峰在小九身边蹲了下来。

小九伸手指了指前面的几处标尺："那两处足迹就是夏天的，可以证实他来过这个房间，加上那两只我已经打包的水杯，上面的指纹和DNA都属于他。还有那43码的足迹，花纹和磨损情况与'102室灭门案'中的也是一样的。我还发现了一组高跟鞋印，虽然陌生，但是也很容易比对。"说着，他又指了指卧室的方向："里面床边的那双高跟鞋我也看过了，与我发现的那组高跟鞋印完全相符，据此就可以得出结论，这房间里所有高跟鞋的足迹，全是死者留下的。高跟鞋的足迹之所以不多，只是因为她可能早就死了的缘故。"

李振峰回想起隔壁老太太说的话，不禁点点头："对门邻居刚才向我提供信息说，三天内她只看见这女孩进来过一次，但这位邻居不是二十四小时都在家，白天她还要去老年大学上课，所以提供的线索也不是很全面。"

"这就对了，我找不到高跟鞋出去的痕迹，只有进卧室的单趟痕迹，看来进门没多久就遇害了。"

"赵法医呢？"李振峰问。

"在卫生间呢，尸体的其余部分在那，只有头部被放在床上。"说到这儿，小九的眼神中流露出一丝怪异的神色，"李哥，我们真觉得你和这家伙可能有什么关系，你说实话，真的想不起来吗？"

李振峰茫然地摇摇头。

小九一声不吭地从自己的工具箱里找出一个证据袋，上面有标签，写着今天的日子和地点以及案件性质，但是还没有封口。他把证据袋递给李振峰："你打开看看吧，师姐刚给我的。"

熟悉的一次性成像照片，短发年轻女孩以一个奇怪的姿势跪在地上，双手高举过头顶，脸上满是惊恐的神色，手中的小黑板上写着李振峰的警号，只是这一次下面多了一句话——你答应过会保护我的。

李振峰惊愕地抬头看向小九："这是在哪里发现的？"

小九冷冷地回答："嘴里，那畜生把照片插在了她的嘴里。"

犹如被一记无形的闷棍狠狠地打在了胸口上，李振峰不由得呼吸急促，几乎喘不过气来。他猛地站起身来到卧室门边，正对门的床上赫然有一颗头颅被端端正正地摆放在床中央。短发紧贴着脸颊，双眼微合，脸上的皮肤露出一种诡异的灰白色，头颅下的床单上没有明显的血迹，只有一些看不清本来颜色的污渍。

"头是被洗干净了放上去的。"赵晓楠的声音在身后响起，"身体部分还在浴缸里放着。"

"死了多久了？"李振峰的声音沙哑而又陌生。

"四十八小时以上了。"赵晓楠回答。

"看来搬进来的那一天就被杀了。"李振峰忧心忡忡地看着赵晓楠，"照这么推算下去的话，夏天来的那天，死者的尸体就在卧室房间里放着。"

"没错，我在卧室地面上没有发现夏天的足迹。"小九回答，"只有43码的男式软底鞋和高跟鞋的足迹。这次厨房没有清理。"

"他传递了不同的信息。"李振峰皱眉说道,"可我根本就想不起照片中那句话的来历,这混蛋到底想干什么?"

"我觉得他似乎是在不断地提醒你让你想起一件事,一句你曾经许下的诺言。李哥,这个我们真的帮不上你,你好好想想。有没有办法能想起来?"小九关切地看着他。

有是有,但是李振峰真心不愿意把已经退休的黄教授再拖进来,更何况这随时会给他带来生命危险。他不由得陷入了痛苦的思索中。

正在这时,罗卜的电话打了进来。李振峰拿着手机走出102室,来到大楼外。这时候雨已经停了,空气中充斥着泥土的腥味。

"你现在在哪儿?见到那人了吗?"

"我在回单位的路上。见到了,李哥,他刚才跟我说了件事儿,是传闻,还没落实,但是可能有用。他说当年案子的真凶就是参与办理案子的人。说出这消息的人是个偷车贼,刚刚出狱,被判了十二年,想回老家却没钱,就求到他门上,他就顺道扒拉出了这个消息。"罗卜回答。

"理由?"

"第三个失踪案,也就是徐佳的案子,那辆去现场取钱的车是那个偷车贼偷的,两千块钱卖给了犯罪嫌疑人,后来因为其他的案子他被人供出来被抓进去了。在号子里组织起来看新闻的时候,他无意中看到了那个向他买车的人,他本来想说的,能立功嘛,但是又不能完全确定。更何况那时候正好是严打期间，自己说出来也没人信，还不如在号子里乖乖吃几年牢饭养身体比较明智。"

"那他这次怎么又说出来了？"李振峰不解地问。

"这家伙贪杯，又想向'老百晓'借钱，这真的假的就混一块儿全都当牛皮说出来了。"想了想，罗卜又接着说道，"'老百晓'之所以害怕，多半是因为最后那家伙酒醒后说了句——不要乱说话，警方毕竟还没结案，也就是说凶手还在外面晃悠，这要是知道自己被人揭了老底，狗急跳墙可是会和人拼命的，毕竟四条人命啊，杀一个和杀五个没啥区别的。"

"那'老百晓'呢？你就这么放他走了？"李振峰有些沮丧。

"没办法，李哥，他跟受了惊的兔子一样，早就待不住了，我给了他点钱，让他买车票走了，到目的地后再给我报平安。"罗卜轻轻笑了笑，"李哥，我完全能够理解他的心情，他年纪也不小了，又帮了我这么多，我没理由让他的下半辈子留在安平继续冒险。他外地有个远房亲戚，正好就让他走了。"

"好吧，既成事实了，那也就随他去吧，走远一点也更安全。我在单位等你，"李振峰看了下时间，"一小时后开案情分析会。"

挂断电话后，身后小九的同事老齐递过来一张模拟画像。如果光看眼睛部位，李振峰确实很佩服邻居老太太那敏锐的观察力，画得太逼真了，那眼神真的很凶。但是再往下一看，他就像泄了气的皮球，心里完全没了脾气——一只口罩严严实实地遮盖住了大半张脸！

愣了半晌，李振峰咬牙咒骂了一句："该死，原来他都想到了！"

老齐苦笑着点点头："是啊，李队，我们就像是跟在他屁股后头收拾残局呢。"

李振峰沉着脸说道："老齐，跟小九他们说一下，收队回单位，一小时后开案情分析会。我们必须要加快步伐了。"

"没问题。"老齐用力点了点头，转身就走。

罗卜并没有把所有的情况都如实告诉李振峰，他在目送"老百晓"坐着出租车消失在雨中后，没多久就接到了那个熟悉的网络电话。如果说以前的他还会有一些犹豫自己是否该接起这个电话，那么自从母亲去世后，罗卜的想法就完全改变了。

"你在跟踪我。"罗卜不客气地说道。

"不用跟踪，我知道你下一步会做什么，别忘了我跟你说过，你就是我，我就是你。"电话那头的声音异常冷静。

"我想再见你一面。"罗卜转头看向不远处的大海，"越快越好。"

本以为对方会拒绝，谁知电话那头却很快传来了肯定的答复："当然可以，等我把手头的事情办完了，我就会来找你的。对了，你那边进行得怎么样了？"

"案子吗？上面已经批准重新开始调查了。"罗卜回答道。

"太好了！"或许是为了掩饰自己无意中流露出的惊喜语气，他迅速转换了话题，"别忘了你答应我的事。"

"我当然不会忘，不就是一张照片吗？你就真的那么在乎?"罗卜随口问道。

电话那头陷入了死一般的寂静,有那么一刻,罗卜差点都认为通话线路已经中断了。

对方沉闷的声音又一次响了起来,不过,他显然已经不想再压抑自己的心情,也或许是出于对罗卜的信任,他竟然咬牙切齿地说道:"照片?不,我要的是那家伙身败名裂,去他早就该去的地方,让他下地狱!"

罗卜呆住了,脱口而出道:"你是当年的受害者家属?"

话音未落,电话已经挂断。虽然这是意料之中的事,但是看着手机屏幕上那串由乱码组成的序列,罗卜心中还是空荡荡的。刹那间,母亲的笑容和父亲的背影在自己脑海中层层重叠交织在了一起。

罗卜的心情异常苦闷,作为警察,他知道自己必须做到秉公执法,但是母亲惨死的画面却让他至今都无法完全接受。母亲是被牵着他走的这个人杀的,也是为了保护自己而死的。既然对方还在联系自己,那么不管将来发生什么,即使真像李振峰所说的他会杀了自己,那么同归于尽也未尝不是好的选择。

王宇的短信在这个时候发了过来:"罗哥,我刚得到的消息,那女孩已经被害了,尸体在莲花苑小区被发现,你们市局的人应该已经接手了。对不起,我失职了,辜负了你的期望,给你丢人了,真的很抱歉,我这就去找郑所请求处分,并把线索通报上去。"

罗卜轻轻叹了口气,回了两个字"去吧",随即关闭了手机屏幕。他伸手拦了一辆出租车,钻进车厢后关上了车门。出租车迅速驶离了海滩。

天空中,乌云渐渐散去,雨势逐渐减弱,海鸥鸣叫着划过远处的天际,很快便消失在了云层深处。

什么叫"信任"?

信任就是把你的命交给别人,轻则失去自由,重则失去生命。

我跟你说过多少遍了,不要相信别人,你都已经选择报警了,还接连打了好几次电话,为什么当我出现在你面前的时候,你却还是选择相信我呢?你是不是傻?用你的脑子静下心来好好想想,哪怕只是认真地看看我的眼睛也好啊,一分钟就可以,你就能看出真相,难道你的生命中就没有一个人告诉过你,骗子的眼睛是从来都不会骗人的吗?

说实话,我本想在那天晚上就杀了你,但是我做梦都没想到你竟然会对我一见钟情,没错,一见钟情。我现在想起来都会发笑,都说女人是感性动物,一旦陷入爱情就会丢了脑子,以前的我还真不信,但你的举动很快便狠狠打了我的脸。

不过我没花多少工夫就弄明白了你为什么会这么快就陷入对我的感情之中——你太空虚了!

而在你之前,也有一个这么空虚的女人,她最后的结局是当着我的面伸手摸向了电门。我告诉你啊,最后一刻,那个女人,也就是我亲爱的妈妈,她是很开心的,她脸上露出了我从未见过的笑容,我知道那是因为她不再感到空虚了。

你也一样,当我用双手扼住你喉咙的时候,我在你耳边轻轻对你说——嘘,乖,听话,你很快就不会空虚了,永远都不会了……

结果你真的很听话,因为你放弃了挣扎。

我很感动,你最后一次还是选择了相信我。

我真是个幸福的人呢!

只是我又得找地方住了,真叫人烦恼啊。

清脆的手机闹铃声响起,好了,天晴了,吃点心的时候也到了。我乖乖地伸手拿过一袋没有开封的面包,沿着边缘缓缓撕开,安静得就像个听话的小孩。

我喜欢守规矩,你也必须如此。

虽然还没有到冬天,但是黄教授已经感觉到了浑身骨头酸痛的滋味,或许是这几天里自己总是埋头研读这份特殊病历的缘故。

看着手上发黄的病历,回想起自己刚才的走访经历,黄教授的心里感到说不出的难受。离开一线教学,自己在医院任职的初衷就只是为了弥补以往专心学术研究的遗憾,图的就是个安逸,顺道指点下后辈们遇到的疑难杂症。但是他怎么也没想到,摆在自己面前的,竟然是多年前留下的一个可怕的隐患。

根据病历记录,这个孩子当年初次表现出有变态心理迹象时只有十四岁,十七岁的时候被收治入院,而且是在孩子所谓的法定监护人,也就是孩子父亲的强烈要求下,院方才同意收治。不可否认,人类变态心理的形成离不开生理、心理和社会环境三大元素,但是眼前这个特殊的病例,却明显是由遗传因素造成的——家族史一栏中虽然是空白的，病人的父亲也属于正常人且智商非常高，但无法排除病人母亲的家族中有人就曾经患有偏执型精神障碍。虽然说染色体变异不会造成同样一种变态人格，但是这种潜在的可能性就应该引起家长足够的重视才行，更不用提该病人的父亲本身就是业内一个知名的心理学教授。

但是他又做了些什么？看看眼前的这张申请表上，孩子的父亲亲笔写的那一句——经过本人诊断，该病例患有无法治愈的先天性分裂型精神障碍且具有严重的攻击性，故不经过法定监护人同意并亲自鉴定核实，不得擅自让其出院——黄教授的眼圈红了，他实在无法相信一个亲生父亲会对自己的儿子做出这样可怕的决定。要知道，这样的结论就等同于给孩子判了刑，即使他以后有机会重新回到社会上去，这一段病史病人自己也是无法抹去的，也就更加无法被身边人认同和接受。

更何况这个病人是他的亲生儿子。如果真的如病历中记录的那样，病人身上很早便表现出了社交焦虑、歪曲的认知和感知、言语离奇、情绪反应不适当以及行为怪异等各种明显符合先天性分裂型精神障碍的特征，作为业界知名的心理学教授，他就更不应该把自己的孩子送进医院后便直接一走了事，并且从没来看过一眼。

他得多恨这个孩子啊！

窗外吹进一股寒风，冻得老头一阵哆嗦，他赶紧站起身去关窗。回到座位上后，黄教授的脑海里突然出现了一个让人心里发怵的念头——与他同病房的那个孩子到底出了什么事？什么样的自杀竟然会让院里上下这么心惊胆战，以致一有机会就立刻把病人送出院？要知道住院费和治疗费方面，病人家属可是一次性交满了三十年的，三十年的住院和治疗费在当年来看可是一笔不小的费用啊。

难道真的只是因为联系不上病人家属，还是怕再次出事？如果自己没看这本病历的话可能还会相信，但是现在看来，事情并不是那么简单，必须马上找到这孩子，不能把他放到社会上去，太危险了。

想到这儿，黄教授深吸一口气，然后拿起外套和病历，匆忙走出了办公室，直奔公安局找李振峰。

很快就到国庆节了，朝阳菜场里熙熙攘攘的都是前来采购的人。

李振峰的母亲陈芳茹挎着那只早就磨破了边角的竹篮也走进了菜场。这几天心情糟糕得很，再加上那只被无意中撞疼的胳膊，她原本不想出门买菜，直到今天看到冰箱里只剩下一个鸡蛋，她还是忍着胳膊痛再次来到菜场。

虽然说李大强在自己面前已经尽可能地把事情说得清清楚楚，儿子也殷勤地为老爸的古怪行为做了解释和保证，但奇怪的是，老太太的心里却总有个疙瘩过不去，脑海里也始终忘不了那天在菜场里看到的那一幕。

兴许是上了年纪的缘故吧，陈芳茹这几天里也想了许多，她站在王秀英曾经的摊位前，眼前空荡荡的，心中七上八下。毕竟是一条命，真没想到悲剧会发生得那么突然，她的家人该多难受啊。

陈芳茹默默地在心中念叨了一会儿后，才转身向别的水产摊位走去。问了一圈，总算找到了江鲈鱼，她的心情瞬间好了许多，讲好价钱后便精心挑了一条，一边等老板杀鱼一边随口问道："师傅，我好几天没来菜场了，这个空摊位对面怎么也空了啊？"

鱼摊老板一听，脸上的神情有了些许微妙的变化："阿姨，您不知道？"

"这我还真不知道，出什么事啦？"陈芳茹问道。

鱼摊老板左右看了看，这才凑上前小声说道："阿姨啊，您可别出去乱说啊，我们菜场经理可是三令五申不让我们往外传的，看您是老客户了，经常来买鱼吃，我就跟您透露一下。喏，这个1号摊位的英姐，她有点倒霉，遇到了强盗。这2号摊位的阿芳嘛，听说是因为儿子意外死了的缘故，前几天撞车自杀啦！"

"这么邪门？"陈芳茹吓得一哆嗦，"你说的都是真的？"

"那是当然，我们经理开会都说了，上次公安局都来了好多人呢，法医也来了。"鱼摊老板小心翼翼地把江鲈鱼装好，又往里面塞了把小葱。

陈芳茹伸手接过鱼，想了想，脸上随即露出满不在乎的神色："公安局来的人是我儿子，他专门负责这类案子。师傅，这强盗很快就会被抓住的，你放宽心好啦！我儿子很聪明的，跟他老爸一个样。"

"你儿子？"鱼摊老板恍然大悟，"我是听保安说，那天确实是有个年轻警察过来,三十岁左右的年纪,好多人都听他的呢。"

"那就是我儿子。"老太太骄傲地扬起了头,"我老公和儿子都是警察,不过老头子现在退休了。"

"哟,那厉害的!"鱼摊老板满脸带笑,"阿姨喜欢吃江鲈鱼下次再来啊,以后江鲈鱼只有我摊位上才有了,记住啊!"

陈老太太心满意足地点点头离开了摊位,没走几步,身后便传来一个男人的声音,平和而有教养:"请问老板,有江鲈鱼卖吗?"

"有,有,当然有。"鱼摊老板的脸上阳光灿烂。

公安局会议室,第四次案情分析会。

会议室里坐满了来自各个部门的相关人员,李振峰把一沓厚厚的卷宗放在桌上,然后说道:"我先简要介绍一下今天的工作议题。第一,今天为什么要召集大家来商讨一个悬案,因为我们已经有足够的证据证实如今侦查的系列谋杀案,其中包括'102室杀人案''朝阳菜场谋杀案''徐绍强坠楼自杀案',以及刚发生的'莲花苑小区杀人分尸案',还有就是一天前的'莲花苑小区故意伤害致死案',一共八条人命,都与当年的这个系列绑架案有着密不可分的关系。所以经过省厅领导批准,我们重开当年的这个系列案件,希望能使两者同时有所突破。第二,我们今天主要讲的是发生在2002年9月至2004年8月的系列绑架案,案件总共持续两年,其间共有四名受害者失踪,都为年轻女性,年龄在十八至二十四岁不等,详细案情我等一下会阐述。根据案情记录，当时的专案组成员也曾经组织过三次抓捕行动，可惜的是结果均告失败，案犯非常狡猾，他不仅成功拿到了总数为一百五十万人民币的赎金，更是让四位受害者从此以后下落不明。我们有一位卧底警察在查到赎金去向后却无故失踪，生死不明，不仅如此，这位卧底警察的妻子就是朝阳菜场谋杀案的受害人。后续我也会提到这两起案件之间的关联。"

"李哥，如果真有联系的话，难道夺走这八条人命的人就是二十年前案件的凶手？"小九不解地问道，"都隔了二十年，凶手怎么又出来造孽杀人了？"

"刚开始的时候我对这个问题也感到很困惑，因为就像你所说，二十年都躲过去了再作案的可能性很小，能躲过我们多年来的四处寻找还不露痕迹，一定费了不小的功夫，实在想不到他会突然自掘坟墓的理由，所以我很快就排除了这个念头，不认为是原来案件的凶手这么高调地出来作案，这不是他的真正动机所在。反而，在近期的案子里，我感到了凶手强烈的恨意和主导一切的欲望。"李振峰边说边按动面前电脑的鼠标，很快，投影大屏幕上便依次出现了几份案件卷宗。

"让我们先来看二十年前卷宗中的第一位失踪者，也是最早失踪的受害者，县城十八中的高中女生胡晓月，失踪时离自己的十八岁生日还有一个半月。胡晓月的父母在安平城开了一家建材商店，规模不大，但是每年的银行流水都在三百万左右。胡晓月还有一个妹妹，叫胡静怡，案发时还在读初中。因为就读于同一所中学，所以姐妹俩都是一起去学校的。姐姐失踪那天是周五,因为马上要高考了,所以学校把毕业班留下来开会,怕妹妹等得太久,胡晓月就叫胡静怡先回家。结果,当天晚上胡晓月就没有回家。据她的同班同学说,最后看见她时她正站在树下和人说话,可惜的是对方站在树荫底下,没看清楚那人的长相、性别和年龄,再加上那时候的天网系统还没有现在这么普及,所以直到第二天凌晨,胡晓月被绑架的事情才被她的父母知道。有人用磁卡电话给他家打去了勒索电话,要价三十万,现金,一次性付清。胡晓月的父亲本来想报警,但是被妻子拦住了,虽然三十万不是小数目,但是他们家也还拿得出,更何况事后他们向我们警方反映说,对方在电话里说过了,如果通知警方的话,下一个失踪的就是胡静怡。"

听到这儿,罗卜脸色变了,脱口而出道:"胡晓月的父母给钱了?"

李振峰无奈地点点头:"我刚才说过,四个受害者,三次抓捕过程,缺失的一次,就是第一次。胡晓月的父母按照电话中歹徒的要求把钱送到了指定地点,然后便焦急地赶回家等待下一步消息。谁知歹徒却食言了,他不只拿走了钱,受害人胡晓月也就此失踪,彻底人间蒸发。

"事后,走投无路的胡晓月父亲才找到我们警方报案,但是已经过了七十二小时,一切都已经来不及了。在我们的建议下,为了胡晓月的妹妹胡静怡的安全,胡晓月的母亲带着胡静怡去了外地上学,胡晓月父亲留在当地继续等消息。现在我们已经通知基层单位,想办法联系胡晓月的父亲,只是过了这么多年,事情的进程不会太顺利。"说到这儿,李振峰从白板上拿出一枚深红色标记放在面前的地图上,"这是胡晓月最后被人看见的地方。我们接着来看第二个。

"三个半月后,第二起绑架案发生,相关日期我同样会标注在地图上,失踪的是刚从海外留学回来的年轻女孩齐敏,二十四岁,是所有失踪者中年龄最大的。据她的家人反映,事发前后没有什么特殊事情发生,当天早上齐敏和以往一样出去晨跑,手里只带了钥匙和随身听。父亲齐心刚在女儿出门前专门叮嘱女儿说一定要小心,注意安全,但是齐敏却不以为然,一方面是当时时间还很早,早上五点半,另一方面,齐敏选定的晨跑路线其实并不偏僻,相反非常热闹,就在安平市的回龙山公园,在案发前很长一段时间里,受害者一直都在这个公园里晨跑。齐敏的父亲说,就是因为这点让他们大意了,以为不是夜跑,就不用担心太多。

"上午10点,齐敏的母亲从菜场买菜回来,却见女儿还没回家,要知道当天下午是女儿齐敏参加事业单位面试的时间,可不能耽误了,就开始四处寻找。那时候没有现在这么有利的监控条件,任何事情都只能靠人力走访,所以,在四处寻找无果后,齐敏的母亲便在11点刚过的时候去了辖区派出所报案,说自己的女儿失踪了。正因为她及时报警,所以后期歹徒打来勒索电话时,旁边的刑警才能指点家属进行应对,并且准备在交付赎金时对歹徒进行跟踪,伺机解救人质。但是,歹徒还是把我们的人甩了,不只是拿走了五十万赎金,齐敏也彻底失踪了。因为受不了刺激,齐敏的母亲疯了。齐敏是家里唯一的女儿,为了让妻子不再受刺激,齐心刚就只能变卖家业,带着妻子回到自己的老家生活。我们同样派人联系上了齐心刚，也已经排除了他事后有回到安平市的可能，并且他的近期照片被拿给了莲花苑的目击证人观看，结果是否定的。"第二枚标记是墨绿色的磁铁圆块，李振峰把它安放在了回龙山公园。

"第三位，发生时间是在第二起案件发生一年半以后，失踪者叫徐佳，高三学生，失踪当天也是毫无异样。因为临近高考，所以毕业班的孩子都有晚自习，每天回到家时都已经快到晚上10点了。根据受害者父亲徐绍强反映，本来应该是他去接女儿回家的，夫妻俩只有这一个孩子，两人对孩子的照顾非常细致。但是随着自己经营的加工厂订单旺季的到来，徐绍强夫妇经常忙得脚不沾地，徐绍强觉得学校离家很近，走路也才十分钟左右，不会出什么事。女儿徐佳失踪那天是周三，妻子在工厂赶订单，当天晚上回不了家，便叮嘱自己的丈夫务必去看看女儿是否安全到家。结果徐绍强被客户拖住了，磨不开面子去喝了顿酒，直到半夜才匆匆赶回家，却发现女儿徐佳根本就没回来过。他这才察觉到事情的异样，正准备出去寻找，家里的电话就响了，是个陌生男人的声音，大意就是说徐佳被绑架了，赎金是一百万。徐绍强在电话中确实听到了女儿的哭声，他哀求说自己根本拿不出那么多钱，手中只有七十万。对方一口答应，然后留下了约定的交钱地点和时间。徐绍强当晚就去了辖区派出所报警。专案组在得知情况后迅速组织了对歹徒的布控跟踪，结果歹徒依旧成功脱身，钱没了，人也消失了。"李振峰在徐佳从学校回家的路上安放了一枚深蓝色磁铁圆块，"说到这儿，我要补充一句，徐佳的父亲徐绍强坠楼自杀身亡，而在这之前的十八年，他一直在寻找女儿。"

"为什么他在这个节骨眼上突然死了？"政委张科皱眉问道。

"十八年来生不见人死不见尸，失踪者家属宁可相信失踪的亲人还活着，但是如果一个人当着你的面拿出证据，说你一直等待的人已经死了的话，那一定会瞬间让你没了继续活下去的勇气。"说到这儿，李振峰轻轻叹了口气，"告诉他这个消息的人，和当年的凶手有关。我也曾经怀疑过是当年的凶手本人，但是很快就排除了这个想法，因为凶手已经躲了十八年，如果是良心发现的话，一般人都只会选择自首，挖自己坟的举动还不如不说。"

罗卜看着他："李哥，你的意思是害死徐绍强的凶手和当年的凶手有联系？"

李振峰点点头，伸手拿出了最后一枚黑色的圆形磁铁："最后一个被绑架的女孩叫秦晓晓，时年十九岁，在安平音乐学院读大一，她的父亲秦方正是业内知名的心理学教授。秦晓晓的家虽然在安平，但她却只是周末回家，平时都住在学校宿舍。2004年8月14日，那天是周末，也是秦晓晓的生日，据她同宿舍的同学反应，秦晓晓一大早就回家了，结果，家里人等了一天都没有等到她回家，却等来了绑匪要五十万的勒索电话，时间是下午3点整。"说到这儿，他把手中的黑色圆形磁铁放在了秦晓晓从学校到安平家里的路线上。"从安平音乐学院到秦晓晓家有十二公里的路程，平时秦晓晓都是坐公交车回家的，但唯独这一次，她走出校门后就走向了相反方向的路口，很快便消失在了监控中。"

"我在这里补充一点，案发时间是2004年8月14日，正好是学校放暑假的时间，但是音乐学院有个不成文的规定，如果学生需要打暑期工，尤其是外地学生，那么出于方便学生的考虑，学校是允许她们继续使用学校宿舍的，只要按期缴费就行。"

"秦晓晓的家境很不错，我不明白，她为什么暑假都不愿意回家住？"罗卜皱眉问道。

"我也有这个疑问。对了，丁龙，秦晓晓家里还有什么人吗？能不能联系上？"李振峰转头问专案内勤丁龙。

丁龙看着自己面前的工作笔记，说道："我查过户籍档案，她只有个姑妈，叫秦爱珠，住在苏川，他们很少来往。当地的户籍民警有帮忙联系上，秦爱珠还在，谈起秦晓晓的家人，她说秦方正的老婆很早就去世了，据说是意外，而秦方正一直联系不上。"稍微停顿了会儿，他又接着补充道："苏川当地派出所的师兄走访回来后，在电话中还跟我提到了一个很特别的事，他们说秦爱珠提到秦方正时，脸上露出的是不屑的表情，并且不愿意再谈起秦方正，原话是——别再跟我提到他的名字，那就是个王八蛋！"

这话一出，房间里瞬间一片寂静，要知道秦方正在安平可是非常出名的，就连安平市公安局当年侦破这个系列绑架案时，秦方正都曾作为专案组的顾问一度参与调查，提供专业方面的意见和建议。

罗卜突然神色一变，而他脸上微妙的表情变化并没有躲过李振峰的眼神。

"李哥,这事儿怎么处理?"丁龙问。

"你马上联系苏川警方,叫他们找到秦爱珠,想办法再打听一些关于秦方正的事,同时在户籍系统人像搜寻中寻找秦方正的下落,越快越好。"李振峰回答。

"没问题,我这就去办。"丁龙收起笔记本离开了会议室。坐在他身边的罗卜却一动不动,低垂着头在笔记本上写着什么。

"我接下来要说的,是有关一位特殊刑警的事,他工作十五年,总共做了差不多十一年的卧底——他就是宋克宇。当年他也参与了这个系列案件的调查,是从秦晓晓被绑架后开始的,那时候专案组的调查思路就是派人暗中调查总共的一百五十万赎金的去向。那时候,我们考虑到作案的有可能是人贩子集团,宋克宇对有组织犯罪集团的调查是很有经验的,并且长期从事这方面的卧底工作,有专门的渠道和线人。而他的卧底身份,在失踪前也只有专案组中的两位省厅领导才知道。出事前一天,按照约定,他给直属领导拨打了汇报电话,在电话中确认已经知道一百五十万赎金的具体下落,并且很快就能拿到证据,约定第三天下午2点在大渔湾海滩见面。那时候正好是游人最多的时候,所以也最为保险。结果,约定见面的当天凌晨,天下起了大雨,专案组接到宋克宇妻子梅英用他的手机打来的电话,说宋克宇被几个黑衣人绑走了,她一个人抱着儿子跑了出来。"

话音未落,李振峰突然怔住了,因为他看见罗卜的脸色瞬间白得就像一张纸一样。他刚要开口问发生了什么事,却见罗卜只是微微地摇了摇头,用目光向李振峰示意自己没事。

马国柱没有注意到罗卜脸上异样的神情,他以为李振峰忘了下面的情况，便接下去说道："专案组派人接回了宋克宇的家属，并做了妥善安置，同时在尽力寻找宋警官的下落，但可惜的是，无论我们多么努力，都没能找到宋警官本人。他和那四位被绑架的女孩一起失踪了。"

开会前，马国柱特意把李振峰叫到一旁，提醒他尽量不要直接就把罗卜的身份给说出来。

李振峰当即明白了老领导的苦心，一口应允，所以在分析案情时，并没有刻意指出罗卜的真实身份。但是罗卜知道，所以李振峰完全能够理解刚才发生在他身上的情绪波动，毕竟这是那件事后罗卜第一次听人在公共场合正式谈起自己的父亲。换了谁，都无法做到情绪稳定。

李振峰接着说道："奇怪的是，绑架案件至此完全终止，不只是找不到歹徒的下落，对失踪的赎金和四位受害者，也是毫无头绪。专案组在案发五年后才正式撤销。这一次，我们之所以重新开始调查这个案件，是因为我们在徐绍强坠亡后去他家中发现了这个东西，就在徐绍强女儿徐佳房间的写字桌上。"说着，他在电脑屏幕上点开了一个新的页面，上面正是徐佳的照片，以及照片被人发现时的诡异摆放姿势。

"徐佳失踪时，我还没有这个警号，所以这张照片是后期合成的，技侦方面找大龙看过，确认了这点。也就是说，凶手是冲着我来的。而这样的照片，出现了不止一次，迄今为止总共出现了三次。"他点开接下来的两张照片画面，说道，"第一张，出现在'102室灭门案'受害者之一戴佳文的日记本中的最后一页，这张照片没有合成的痕迹。第二张就是你们看到的徐佳的照片，原图我们也在徐佳学校的纪念册上找到了，因为徐佳被绑架时还没毕业，所以没有毕业照，同学们就把这张照片当成了她的毕业照，单独开辟了一个页面来纪念徐佳，希望她能早日归来。第三张，就是今天早上发现的，三号死者名叫吴倩倩，死后被分尸，在她头颅的嘴中发现了这张照片，是用同样的一台拍立得拍的。这种相机像素低，就是让你看清楚照片上的人而已，但这对于凶手来讲已经足够了。老实说仅这之前的两张照片，我还不能完全确认他是冲我来的，因为我经常上电视台做法制节目宣传，所以我的警号并不是什么秘密，这种事情我见惯不怪，当时就全身心投在了破案上，没有及时回应凶手的信息。结果从第三张照片中可以看出，凶手明显是生气了，我触及了他的底线。"说到这儿，李振峰无奈地摇了摇头："我在这个节骨眼上为什么要把那起绑架的悬案拎出来？这可不是什么凭空猜想，而是因为朝阳菜场凶杀案死者身上发现的刀伤所对应的凶器，与'102室谋杀案'中所使用的凶器是对应得上的。而且还有一条线索似乎也有点关系，那就是女死者祁红曾是当年徐佳失踪案中的证人之一，只不过这个证人并不很重要，因为根据笔录来看她什么都没有看到，所以凶手杀害她们一家的动机目前还没有办法完全确定下来。"

正说着，赵晓楠抬头补充了句："我刚得到的消息，莲花苑小区发现的女死者脖子上的刀口痕迹与前面两起案件所涉及的凶器完全吻合，可以判定是同一把剔骨刀。"

李振峰冲她点点头表示感谢，接着说道："在这之前，我一直想不通凶手为什么隔了十八年又突然去搞'自己'以前做下的案子，逼徐绍强跳楼是其一，其二，他找到了宋警官唯一的儿子，然后利用对方急于知道自己父亲当年失踪的具体原因的心理，鼓动他私下去调查。要知道，宋警官的儿子目前也是个基层警察。"

这话一出，会议室里又是议论纷纷。

罗卜平静地看着李振峰，缓缓说道："我认为凶手费尽心机想要调查当年案件的犯罪动机，就是要让当年真正的凶手身败名裂。他之所以要让那名基层警察出面调查，很有可能是因为自己的话说出去没有人相信，但是我们警方的话却不一样。更何况，他没有直接可信的证据，他所拥有的，可能就只是一段传言，而这段传言又恰好是真的罢了。"

李振峰听了心中一紧，他看着罗卜，哑声说道："你接着说下去。"

罗卜点点头："为了能让计划顺利进行，他不惜一切代价铲除有可能动摇这位基层警察调查决心的人，因为凶手已经无法再继续承受失败了，他要让当年的凶手生不如死。而且，他知道这位基层警察绝对不可能拒绝他的诉求，理由很简单，一是查案是刑警的职责，二是案件与之有关，且关系到至亲之人的下落。"

听了这话，李振峰和马国柱不由得对视一眼，后者欣慰地点点头，表示认可。

李振峰接着说道："起先，在'102室灭门案'调查的过程中，我还没有把它和当年的案子联系起来，但是菜场凶杀案却和当年的案子联系起来了，因为这是一起被人用抢劫所刻意掩盖的报复性杀人案件，包括后面自杀身亡的李芳，以及无辜意外死亡的李芳的儿子夏天，这些都是凶手为了保障宋警官的儿子能够顺利调查当年案件并且不受任何干扰，而刻意除去的一些他所认定的意外因素。他的举动像极了我们平时打扫房间时，遇到垃圾的话就会本能地清除干净，只是凶手眼中的这些垃圾，却是现实中活生生的人。所以，我认为他是一个典型的暗黑型人格的连环杀人犯。

"暗黑型人格又被称为病态人格，他们最大的特征就是毫无同理心，完全做不到设身处地地感受他人的内心，即使有也只是模仿和伪装。在暗黑型人格中有一个三联特性，那就是马基雅维利人格、自恋和精神变态，一般来说单独拥有的人很少，这三种都多少会交织地体现在同一个人身上。而在我们这个系列案件中，我趋向于凶手暗黑型人格的主类型为马基雅维利，这种类型的人毫无同理心，以操纵他人为乐，还有就是完全感受不到爱。这种人更善于布局，对自己的计划有着一种近乎病态的执念，当你有用时，你会变成受他摆布的工具，而当你没用或者阻碍了他时，那么等待你的就是被一脚踹开或者死亡，就像垃圾一样被丢弃。

"他们操纵人的手段多种多样，比方说故意将自己的姿态放得很卑微，表现出比常人更有同理心的样子，让你觉得和他相处是一件很幸运的事，或者说表现出他能理解你、懂你，让你觉得他是一个很友善、彬彬有礼的人，但是事实上，这种人心里只有他自己，没有别人。

"话说回来，我们会前刚得到了一条特别的线索——白兰花。我们差点忽视了这条重要线索，虽然目前还没有进一步的解释，但是从它出现的频率来看，它和凶手有着密不可分的联系，并且很有可能是解开这个案件、直接锁定凶手的关键一环。

　　"我现在把这条关于白兰花的线索给大家梳理一下。它最早出现是在一周前的一起纵火案中，没有人员伤亡，但是有人为了保住白兰花树而放火烧了林业公司的临街仓库。用林业公司负责人的话来说，这个人就像个神经病，对白兰花异常痴迷。而这个人，很有可能就是我们后续案件的凶手。如果不是菜场凶杀案死者手中有意抓着的那两朵白兰花，莲花苑小区遇害者吴倩倩关于白兰花的线索就有可能被忽视，因为在案发前几天，吴倩倩曾经向辖区派出所报警声称有人在她枕头上放了两朵白兰花，这种行为还发生了不止一次。可惜的是，我们的基层民警并没有对此引起足够警觉，并没有意识到这是一起凶杀案的前奏，后来，证实了今天凌晨案件中的死者就是吴倩倩。"

　　庞同朝不解地问道："李队，他为什么这么痴迷白兰花？"

　　李振峰回答道："白兰花有着非常独特的浓郁花香，心理学上有一个概念叫心理暗示，结合上次会议中的人格推测，我觉得这家伙很有可能把这种特殊的花香进行了具象化，作为了自己的某种精神支柱。所以，一旦发现有人要毁掉花，他就会受到刺激而失去情绪控制。"

　　"那你有没有考虑过是当年的受害者家属干的？因为他们是非常了解案子的，我们警方也曾经不止一次组织起来给他们开过案情通报会，只是没在社会上公开会议内容而已。"庞同朝有些担心地看着李振峰。

"不可能。"李振峰果断地回答，"因为如今的这一系列案件就是一个局，是他刻意表现自己、享受操控乐趣的局。他一方面利用别人帮自己向当年的凶手复仇，另一方面，他自己肆无忌惮地挑战警方，我甚至认为他也是在挑战当年的凶手，或许是因为轻视，也不排除是恨，总之他正在一步步地实行这个计划。至于说为什么隔了十八年才将旧事提起，或许有这样一种可能，那就是他需要时间去养精蓄锐，去想尽办法融入普通人的生活中，只有先学着做个普通人，才有机会去做不普通的事。"

"老马，他有没有可能被我们打击处理过，这十八年来被关着没机会作案？"副局长停下手中转动着的笔，神情凝重地问马国柱。

"我查过，那段时间没有被判刑那么久的，'102室灭门案'前三个月出狱的也只有两个人，是因为盗窃讲夫的，被判了一年一个月。周边兄弟城市我也问了，没有符合条件的。"马国柱回答。

"所以我建议我们的下一步任务，是抽人排查当年案件受害者家属的近况，包括找到秦方正教授的下落，这至少能弄清楚秦晓晓被绑架案件的一些至今无法解释的谜团。"李振峰看着罗卜的目光若有所思，"还有就是尽快弄清楚宋警官的下落。"

散会后，罗卜叫住李振峰，神色有些异样："李哥，刚才在会上你为什么不直接说宋警官的儿子就是我？"

"没必要。"李振峰头也不抬地说道。

"人家会这么想。"

"你别想那么多就行。"李振峰把手中签完字的会议记录丢给文书，然后转身看着罗卜，脸色严肃地说道，"你听好了，不管发生什么，都不允许你一个人去见他，明白吗？"

"如果有机会的话我为什么不去？我是警察。"罗卜有些不满。

"现在这个案件已经进入了重启复查程序，不论你愿不愿意，他的目标都已经实现了，只要我们调查结束，就必须向社会大众公开当年制造系列绑架案件的凶手是谁。所以说，从严格意义上讲，你已经没有利用价值了，那么按照他的一贯风格，下一步就是除掉你。罗卜，你听明白了吗？"李振峰死死盯着他，"你父亲的失踪和你母亲的去世，身为警察的我们都有责任，但目前最重要的是，我要保护你的安全。你的任务已经完成了，你可以继续在我们科做些文书方面的工作，三个月的试用期结束，你可以回清河派出所去，郑所那边肯定是非常欢迎你回去的。"略一迟疑后，他说话的语气缓和下来："我答应你，无论是什么样的结果，只要我找到你父亲的下落，一定第一时间通知你。你要做的，就是别做蠢事，记住了没有？"

罗卜一声不吭，默默地点了点头。

直到亲眼看见这一幕，李振峰才算松了口气。他实在无法接受再有同事因为自己而死，安东是第一个，也必须是最后一个。

我终于又一次买到了江鲈鱼，我无法控制自己的欲望。

这一次，我已经不再满足于面对一条冷冰冰的死鱼。看着它在我的砧板上不断跳动，恍惚间，在我面前的，分明就是一个人活生生的还在跳动着的心脏，我缓缓地举起了手中的刀，没有眨眼，用力地剁了下去。

鱼头应声掉在了地板上，鱼的嘴还在不断地张合，这是它对生的渴望，还是对水的执念?

我不知道，只是心中有些莫名的恐惧。

仿佛，我就是这条鱼……

第八章 抛弃

幸福的人不会折磨他人,往往是那些曾受过折磨的人,转而成为折磨他人者。

坐在公安局门口的传达室里,黄教授有些不太自然。汗水从额头渗出都快流到眼睛里了,他却依旧不肯放下手中的帆布口袋,只是朝门口不停地张望着。

终于,熟悉的脚步声响起,李振峰急匆匆地跑来。一见到自己的老师,他赶紧迎上前:"老师,你怎么来了?打个电话叫我去你那里不就得了?这么远,天气又不好。"

黄教授摆了摆手:"叫你去仙蠡墩精神卫生中心?算了吧。"

"那我请你吃饭去?"

"不用了,我找你是想请你帮忙。"黄教授开门见山地说道,"我想找一个人,然后和他好好谈谈,如果有可能的话,我想对他进行治疗。"

"谁?"李振峰顺手从旁边抓过一个小马扎坐了下来,抬头看着自己的老恩师,"尽管说,老师,我能帮上忙的一定会尽力而为。"

"2006年,有个叫姜海的孩子被他的父亲秦方正送到了仙蠡墩精神卫生中心,确切点说不是孩子,应该是'年轻人',档案上记录他的年龄是十七周岁，离法定成年还有一年的时间，但是我看档案上的照片，他看上去像有二十多岁的样子，比实际年龄最起码大三五岁。当时经过院内几位主任医师鉴定，该病人确实符合收治标准，再加上病人的法定监护人强烈要求院内对病人进行管束治疗，理由是病人已经多次病发伤人，甚至还惊动了当地的派出所，这是其一。其二是病人的法定监护人一次性缴清了三十年的住院费用，你要知道这个举动非常重要，因为对于任何一家精神卫生中心医院来讲，病人的住院费和治疗费能预付这么多都是非常难得的。于是，这个孩子就被成功收治了。"

"等等，老师，你确定这个孩子是秦方正的孩子？不是他收养的？"李振峰问。

黄教授笑了："档案中说是他收养的，但是我认为不是。"

"为什么？"李振峰突然意识到了什么，"难道是因为收养关系能被解除？"

"没错，如果是收养的，完全可以依法解除收养关系，孩子最多进福利中心，但是他却偏偏支付了三十年的钱把孩子送进精神病院，而且费尽心机，你说，这正常吗？"黄教授看着李振峰，目光逐渐变得凝重了起来，"我看他是想尽办法要在法律上抹去一个人。他没办法却又想永远摆脱这个孩子，就只能这么做了。"

黄教授忧心忡忡地接着说道："有一位退休的老护士长无意中说漏了嘴，当然了，消息来源还必须得到进一步证实。她说当年院长本来坚决不收，说万一孩子的亲生父母找来怎么办。三十年啊，等同于一辈子，你说是不是？结果秦方正教授无奈之下说出了真相，说这孩子是自己的私生子，老家是苏川的，因为他母亲姓姜，他随母姓，只是母亲在他六岁的时候病故了。这次把他送到精神卫生中心来也是没有办法，因为自己对他的病已经无能为力了，解除收养关系更不可能，一做亲子鉴定的话那就什么都瞒不住了。而他，当时可是个名人。"

李振峰吃惊地看着黄教授，如鲠在喉，什么话都说不出来，脑海里一直在想这个秦方正不就是秦晓晓的父亲吗？在当年的案卷中，自己注意到有一个地方好像有些不对劲。

"我们不说这个了，说回病人。"黄教授出言打断了李振峰的思路，拿出老花眼镜戴上，从帆布口袋里拿出病例档案打开，仔细看了看，然后接着说道，"入院时他的诊断结果是先天性分裂型精神障碍，我看过院方存档的病人家族史，虽然没有收获，但我还是坚持我的意见，那就是病人有家族史的可能性非常大。不过先天性分裂型精神障碍是个非常复杂的病症，并且很容易被误诊，完全治愈的概率也并不大。结果呢，八年后，这个孩子二十五岁的时候，却顺利出院了。"

"出院？被家属接回去了？"李振峰问。

黄教授摇摇头："出院小结中说是两个原因。第一，病人已经恢复，并且成功经过了三次会诊研判，确定可以提前回归社会。第二个原因我觉得才是最主要的，病人家属说不经过家属的同意，院方不能放人出院，但医院联系不到他的法定监护人，在征求了病人自己的意见后，院方就迫不及待地让他出院了。"

李振峰皱眉看着自己的老师，半晌嘀咕道："老师，还有重要的线索你没说吧，对不对？"

黄教授有些讶异："你怎么看出来的？"

李振峰笑了："老师，您不是那种拿鸡毛当令箭立马就想着去指挥三军的人。您今天出现在我这儿，还不惜花了自己的私房钱专门坐了出租，肯定是因为您发现了让您觉得奇怪的地方，或许是察觉到了危险，有了十足的把握，您不想再浪费时间等待，所以才会跑来找我，对不对？最后这个您没说出的才是重点，前面那些都是铺垫，您在办公室用电话就能解决，何必费这么大劲跑过来？"

黄教授听后哈哈大笑："不错，不错，分析得恰到好处，不愧是我的徒弟。"随即神色一正："这个病人本来是单独收治的，后来经过院内几轮评估，认为他已经完全没有攻击人的迹象了，所以，在入院后的第四年，考虑到让他早些回归社会，便安排他住进了普通区的双人间，与他同病房的是一位轻症患者。随后三年半内，一切都很正常，但就在那位轻症病人即将出院时，这名轻症病人突然做出异样的举动，用偷偷磨尖的牙刷柄戳破了自己的喉咙，被发现的时候已经没有办法挽回生命了。而这个姜海全程目睹了他同屋病友自杀的过程，监控资料显示，他一动不动地坐在床上，就这么看着，也不阻止，也不躲避，一点反应都没有。

"事后，院方考虑到这个血腥的过程可能会刺激到这个病人，便想办法联系病人的法定监护人秦方正，结果联系不上。此时，病人已经成年，并且又一次顺利通过了院内的精神方面的评估，已经完全与正常人无异。院方考虑到不想再在院内发生这种不幸事件——我声明一下，这是我的猜测——他们就在两个月后批准了病人出院，并且给他开具了迁户申请，好让他去法定监护人的户籍地办理落户手续。院方还将剩下的治疗费给了他。"说到这儿，黄教授看向李振峰的目光中充满了忧虑，"阿峰，出于尊重，我不能对院方的所作所为做出任何评价，但是作为一个从业多年的心理学方面的工作者，我实在是无法认同院方的做法，因为一个正常人是绝对不会全程看完相处了三年多的病友自杀，却无动于衷的，并且能够在随后的测试中高分通过，我担心的是他的病情被隐瞒了。况且，他的同屋病友所患的病症我也看了，只是妄想障碍，虽然是初次入院，但是经过一年的持续治疗，已经属于完全缓解状态，也就是说接近于正常人了，只要家人让他按时服药并且稍加引导和关注，根本就不可能自杀。"

李振峰听了，不由得倒吸一口冷气："老师，您的意思是他引导了室友自杀？"

"不排除这个可能。"黄教授沉声说道，"他和室友住了三年半，完全有时间和机会来获得对方的信任。找你之前，我还特地去了他们住过的那个病房，其中有一张病床是靠近监控器的，也就是说只要你坐在病床上，监控探头就看不到你的嘴型。对了，那个探头是没有办法音轨同步的。"

"等等，老师，这个人的法定监护人留下了三十年的住院和治疗费用？"

"对，总共七十万，一次性缴清，附加条件是——谢绝一切探视，不准在没有经过法定监护人同意的情况下擅自批准他出院。"说到这儿，黄教授毫不掩饰自己脸上厌恶的神色。

"他的父亲竟然能够让一家公立精神卫生中心做出这种不合理的承诺？"

"他的父亲可是秦方正教授。"

"我知道那个在业内非常知名，并且写了《了解心理》那套书的秦方正教授。"李振峰还是有些吃惊，他看着黄教授，"老师，您没搞错吧？"

"没有，就是他。"

"他将自己的儿子送进精神病院？"李振峰急切地想确认。

"没错。"黄教授回答。

李振峰看了看手中的病历卷宗："八年前这个病患出去后就再没有了任何消息对不对？"

黄教授默默地点头："在来这之前我给在派出所上班的学生打了个电话，他帮我查到了姜海出去后的地址，可那个地方现在已经拆迁了，他一直都没去修正过，这就意味着人已经找不到了，也有可能已经离开了本市。但是阿峰，这个孩子真的很危险，我认为他是马基雅维利人格，而且是生理遗传的，所以才会安心在医院里面蛰伏了那么久，这种人一旦有了决定，就会不折不扣地去做，就像躲在黑暗中等待捕猎的野兽。我刚看到这份病历的时候，就一直想不通为什么他进来之前和进来之后是完全不一样的表现，所以，我怀疑他忍耐了八年，一直在寻找机会，当有了病友后，他找到了机会，也正是因为轻症病人的自杀，他才成功摆脱了医院。"

李振峰顺着老师的思路接了下去："难道这个轻症病人是听了他的教唆才选择自杀的？"

黄教授神情疲惫地说："不排除这个可能。总之，阿峰，我不敢再想下去了，这个家伙真的非常危险，也不知道这些年他在哪儿，发生了什么。"

"你放心吧，老师。我有个问题，当年的警察有勘验过自杀现场吗？"李振峰问道。

"当然有，确定无误是自杀，而且有监控视频记录了整个过程。但是医院毕竟不是监狱，不可能像狱警那样做。"黄教授有些发愁，苦笑道，"我本以为退休了，就可以自由自在地好好做几篇SCI论文出来，以前在基层教学都没什么时间，也接触不到太多真实的一线案例，所以我才去了这个精神卫生中心医院做顾问。结果呢，唉，刚去就发现了这个病例，你一定要上点心，好好查一下。"

"我知道了，老师，"李振峰站起身，看着老头的目光变得愈发温柔，"老师，你最近就暂时别去上班了，在家待着。听我一句劝告，安全要紧，等我把这个家伙调查清楚，你再出来走动。在学院宿舍里很安全的，老师，相信我。"

黄教授听了点点头，临走时将病例档案交给李振峰，并顺手拍了拍李振峰的肩膀，咕哝了一句："这病例是通过正常程序复印的，你好好看下。不用担心我，我没事，我没事，你要注意安全。"这才晃晃悠悠地走出了传达室。

送导师黄教授上了回警官大学的公交车后，李振峰脑海中便不断思考着姜海与秦晓晓之间的关系。秦晓晓的失踪会不会与这个姜海有关系？秦方正又去了哪里？一时间难以解开内心的疑惑，李振峰索性回到值班室，随便找了张椅子坐下，靠着门柱打开手中的病例档案仔细看起来。

此刻，大门外的街上车来车往，大院里却很安静，值班室里养的老猫在银杏树下慵懒地打了个哈欠，又慢悠悠地走进一旁的草丛了。

时间在缓慢地流逝，来回逐字逐句读了几遍后，李振峰的目光重新回到开头那张多年前的一寸黑白照片上，总觉得这张脸有些眼熟。他在脑海中仔细地梳理着曾经的记忆，兜兜转转好几圈，最终停留在了菜场门口那个男人身上。看来，还是得找小九他们通过人像比对系统再核实一下比较妥当。

想到这儿，他翻到了最后的出院小结那页，逐字逐句又读了一遍，心中不由感到疑惑：三十年、七十万人民币、精神卫生中心特等看护，这三条信息汇总在一起，分明就等同于在事实上对一个人判了有期徒刑。

纵然十八年前的精神卫生中心收治条件并不是很规范，基本上就是家属提出，只要合乎一定的病例判定标准，院方就会考虑收治，更不用说家属是秦方正教授这么一个背景深厚的人物。但正因为他是口碑极好的心理学教授，他应该会考虑一下事态的严重性，不会随意冒着搭上自己的声誉和金钱的风险，而他不惜一切代价把儿子送进精神卫生中心，要知道一旦这个丑闻被公布，那他所面对的就不只是身败名裂那么简单了。

此时，李振峰脑海中突然冒出了一个奇怪的念头：罗卜线人"老百晓"曾经提供线索说，当年那起绑架案的凶手很有可能就是公安局专案组内部调查人员。那么，已经证实秦方正教授当年以特殊心理顾问的身份全程参与了案件的调查处理工作，并且第四位受害者就是秦方正教授的女儿秦晓晓，而根据局里档案上的时间线记录，秦方正教授正式退出专案组的时间，是在女儿秦晓晓失踪十八个月后，也就是2006年2月。那么，结合手中这本医疗病历档案来看，姜海入院的时间就是在秦方正教授退出专案组工作后的第二天上午。这样一来就让人无法理解了，女儿失踪后十八个月都没有舍得离开工作，却恰好在送姜海到精神卫生中心的前一天离开了专案组，这是巧合吗？

按照常理来说，亲生女儿被歹徒绑架，父亲在救女无果之后所产生的正常情绪，就应该同徐绍强那样，在希望、绝望与痛苦中备受煎熬。秦方正教授所表现出来的，却是正常工作了十八个月后才离开了专案组，而那时候严格来讲，专案组已经处于停滞状态了，他也没有继续留下去的必要。

但为何此时他又把自己的另一个孩子给送进精神病院？这绝对不是一个正常的父亲应该有的行为。

其至从照片来看，那时候的姜海可能就已经成年。马基雅维利人格的人虽然有时候行为偏执，但是有着正常人的思维情感。人与人之间的感情是相互的，如果姜海真的是秦方正的孩子，那么，这个在成年后还被送进精神卫生中心的"孩子"是绝对不会对自己的父亲抱有任何感恩之心的。

回想起102室案发现场中的惨烈一幕，李振峰猛地合上卷宗，右手用力扯开了衣领上的扣子，大口地呼吸起来。

他感到莫名的烦躁不安，当年"112案"的案件卷宗中详细讲述了四起案件交接赎金的过程，前面三起案件里的赎金都毫无悬念地被人取走了,而第四起,也就是秦晓晓那起,现场的警察却没等来取钱的人。当时专案组的想法是,绑架者肯定已经发现了加倍布控的警察,所以没有冒险来取款,因为秦方正身份特殊,所以也没有发表什么意见。但现在看来,或许根本就没有前来领取赎金的人?理由一,秦教授拿不出五十万赎金,所以只有表面上的五千元是真的,下面全是废纸。理由二,秦晓晓失踪案是最后一起,而秦方正在专案组解散后没多久就失踪了,临失踪前,他还花重金把一个男孩送进了精神卫生中心。

如果自己的推测是真的,如果秦教授真的与当年的案件脱不了关系,那祁红的死就不是那么简单了。显然身为姜海监护人的秦教授刻意隐瞒了什么,而姜海出院后必定拿回秦教授的东西,因为秦家除了他之外已经没人了。真要是这样的话,那人性的黑暗就真的已经到了令人无法想象的地步。

"李哥,我正四处找你。他们说你去了传达室。"大龙的脑袋从二楼窗口探了出来,他兴奋地招呼道,"你快来,我有发现。"

李振峰有点眼晕,他暗自数了下窗口,确认大龙现在的位置正好是马国柱的办公室,赶紧快步冲上台阶,进了门厅,然后直接跑上楼梯。木质楼梯地板在他脚下咚咚作响,发出了艰难的吱呀声。

果不其然,这家伙正站在马国柱办公室门口冲着他傻笑,伸手一指办公桌上成堆的打印件:"我终于分析完所有的数据了,你猜猜这家伙是怎么盯上戴佳文、夏天,以及罗卜罗警官的?"

一听这话,李振峰赶忙顺手带上了门,这才压低嗓门沉声说道:"别在大庭广众之下提最后那个名字,懂不?"

大龙呆了呆,转头看向马国柱,同样是铁板一块的脸部表情,他这才知道事情的严重性,点点头:"好吧。简单来说,他利用的就是扫脸技术。"

"你说什么?"李振峰简直不敢相信自己的耳朵,"扫脸技术?"

"对,现在很多小区都用到了扫脸技术来作为特殊的门禁,这种系统在旁人来看是很安全、很难被破解的,但是到了一般的物业手里,风险性就大大增加了,他们毕竟没有专门的技术维护队伍,一旦受到攻击,数据库被打劫得精光并不稀奇。'102室灭门案'所在的水月洞天小区就用到了这个特殊的门禁,我查过三个受害者的微信账号,其中戴佳文的账号就在他们小区数据库被黑后的第三天,接到了一个自称是数学辅导老师的人的添加请求,说是学校推荐的。学校老师确实留下过孩子和家长手机号以便联系和沟通,也方便假期补课,孩子没有辨别是非的能力,再加上他确实在数学方面是弱项,便很快加了对方为好友,从此成功引狼入室。至于说夏天,就是同样的手段,又被使用了一次。"大龙抬头看着李振峰,"现在这个社会,动不动就扫脸,看上去是方便了,但是这个数据库要是不好好维护的话,就成了黑客手中的肉鸡,找个人真是太方便了,我想想都恐怖。对了,李哥,你猜我还发现了什么?"

李振峰一屁股在马国柱的办公桌上坐了下来:"别卖关子,我可没那么多时间来听你炫。"

听了这话,一旁的马国柱双手抱着肩膀偷乐起来。

"好吧，好吧，你们知道祁红是谁吗？"大龙笑眯眯地说道。

李振峰把手一挥，皱眉说道："别扯远了。"

"祁红是徐佳的同学，只不过比她低了两级，两人在同一个校管乐队，徐佳读高三，祁红当时是高一。徐佳被绑架那个晚上，祁红也在学校，并且按照时间线推断，祁红有可能是徐佳被绑架案中最后见到她的人。事后我们警方找她做过笔录，也拍了照留了档，但是可惜的是，祁红却一口否认自己见过徐佳。有意思的是，祁红是班级里的学霸，明明有能力在一周后的高二分班考试中进入学校的快班，但是她考试发挥失常，无缘快班。随后她父母就托关系把她转到了苏川中学读书，并且举家迁了过去。祁红在大学毕业后才来到我们安平市工作，随后结婚生子。李哥，你有没有一种感觉，这个凶手杀害祁红，莫不是为了当年的事情？责怪她没有说出实情？"

李振峰略微迟疑后，喃喃自语："那几份笔录虽然没有什么异样，但均是由秦方正教授主导了对祁红的询问。而我刚得到的线索中，秦方正教授很有可能是凶手的监护人。等等，秦教授现在还没消息是吗？"

大龙摇头："没消息，还是失踪状态。"

李振峰话锋一转："说说罗警官，那家伙是怎么盯上他的？"

大龙笑了："我们的罗警官在基层的时候是个有求必应的好孩子，同时也加入了社区所在的志愿者组织，他的照片在网络上被作为社区民警以及志愿者标兵公开展示，到处可见，就像李哥你，上过几次电视后，迷哥迷妹一堆了吧？"

李振峰终于忍不了这个话痨了，索性伸出胳膊搂住对方的脖子："来，兄弟，我送你下楼，晚上我请你吃烤串。"

"你拉倒吧，你家老太太刚打来电话，叫我转告你，下班后回家喝汤，专门给你炖了鱼汤，新鲜的江鲈鱼。"大龙笑嘻嘻地摸了摸头，"这次就不麻烦啦，记得下回帮我问问你家老太太还缺不缺干儿子啊，记得哦！"

说着，这个高大而又乐观的警察便哼着歌儿走了，都走出去老远了，走廊里依旧余音袅袅。

"阿峰，你怎么看大龙刚才说的？"马国柱摘下眼镜，指了指办公桌上两摞打印文件。

"我得去找小九。"李振峰没有直接回答马国柱的问话，抱起两摞厚厚的文件，头也不回地走出了办公室。

70%是个什么概念？李振峰无法用言语来形容。

"李哥，你真是给我出了个难题，一张十六年前的照片，一张根据记忆画下的脸，你知道人的记忆和真实的影像有多少参数差距吗？我真不是神笔马良啊，科学这玩意儿跟电视剧里演的完全是两码事。"小九说着，趴在工作台上发出了一声低沉的哀号，"70%是我能给你最准确的结论了，你就饶了我吧。"

李振峰呆了呆，无奈地站起身，顺手拍了拍小九的肩膀："好了，好了，谢谢你，兄弟，剩下的30%我再想别的办法吧。"

走出技侦大队办公区，回到自己的工位上，李振峰陷入了沉思。记得自己在学校上的最后一堂刑侦课上，老师曾经专门提到过，说这个世界上的所有命案，活要见人，死要见尸，就算是化成灰，也要尽全力搞清楚他为什么会化成灰。

这个案子必须要换个思路了——彻底落实清楚姜海的身份和真实来历。

秦方正教授失去联系到现在也已经有差不多十六年了，他的女儿秦晓晓在十八年前的年末失踪，十六年前的初春他离开专案组后第二天就把姜海送进了精神卫生中心。最后一次有人看见他是2008年的中秋节，随后他就与他的那辆吉普车一起消失了。

秦方正教授在学术界的口碑是非常好的，同事对他的评价也很高，尤其是在他失踪后，各篇报道的方向也都是正向的，那他又为何会被孩子的姑妈骂得如此不堪，甚至都不愿意听到他的名字？

户籍档案中显示，秦方正教授就只有秦晓晓一个女儿，妻子徐丽在秦晓晓十六岁的时候死于触电事故，三年后女儿秦晓晓失踪。而姜海的原户籍也是苏川，并且与秦晓晓的姑妈在同一个村落，秦方正就是在那里收养的姜海。看来，要想知道秘密的话，自己必须去趟苏川好好和这个姑妈谈谈才行，她可能会知情。

想到这儿，李振峰站起身，关掉电脑，拿起外套就向楼下走去。

下午4点多，阳光还是有些刺眼，大楼外的银杏树树干上不断有鸟儿起飞降落。

李振峰边走边给丁龙打电话，说明了自己的打算。

"没问题，李哥，我马上通知苏川那边的兄弟等你，你开车过去吗?"

"是的,我正好顺路回家吃个饭,我妈唠叨好几天了。我会连夜赶回单位的,你记得通知苏川那边的人先和秦爱珠沟通一下,我晚上7点半左右会到苏川市局。"李振峰伸手拉开车门钻进了驾驶室,同时挂断了电话。

李振峰的比亚迪开进胜利新村的时候,正是下午4点30分。他把车在楼栋下停好,一边锁门一边和笼着袖子站在楼栋口的父亲李大强打招呼:"爸,您在那儿干吗?"

"你妈早就做好晚饭了,非得催我下来接你,说你快到了。"李大强背着双手,笑眯眯地看着几天没见的儿子。

父子俩一前一后走进楼栋,上楼推门进家的刹那,鱼汤的香味扑鼻而来,母亲陈芳茹正在厨房里忙碌着,饭桌上摆了一桌子的菜,都是李振峰爱吃的。

李大强迫不及待地在饭桌边坐了下来,顺手摸出两个酒杯:"阿峰啊,你看你妈把你宠的,每次还都得你回来丁我才有好吃的呢。"

"干吗搞得这么隆重,又不是过年。"李振峰看了看墙上的挂钟,"我就半小时的时间,马上要去趟苏川。"

一听这话,陈芳茹从厨房探出头:"这么赶?还好我今天将晚饭时间提前了。"

"是啊,工作挺忙的。"李振峰伸手拿起桌上的筷子,刚要夹菜,母亲端着一锅鱼汤走了出来,嘴里嘀嘀咕咕:"阿峰,洗手了没?要讲卫生啊!难得回来一趟,还这么急,我是好不容易才买到的江鲈鱼呢。儿子,你多吃点啊……老头子,傻站着干吗?去,去把厨房地面用拖把好好拖拖,你看你,又给我弄脏了,等下我滑倒了,你伺候我啊?"

李大强尴尬地笑了笑,虽然极不情愿,却还是放下手中的筷子,站起身去了厨房。很快,厨房里便传来了擦地的声音。

"记得地砖缝隙里也要擦干净,我等下要看的,不过关不行的啊。老头子,听到没?"老太太冲着厨房的方向大声嚷嚷道。

"唉,这厨房啊,就是你妈妈的天下,我是一滴油都不能掉地上呢,老天爷哦!"李大强边干活边抱怨。

这边饭桌前坐着的李振峰却突然呆住了。他放下手中的筷子,微微皱眉想了想,大声问道:"爸,你刚才说啥?"

"啥?"李大强抱着拖把出现在了厨房门口,似乎没听明白儿子说的话,没多久回过神来嘿嘿一笑,"我说这厨房啊,你妈妈看得死死的,我要是随便弄脏了一点点,她都不让我过夜,非得要我立马擦干净才行。"

李振峰转头问母亲:"妈,是不是很多女人像你这样,都会有这种奇怪的想法?"

陈芳茹虽然不明白儿子怎么会突然对这个感兴趣,但还是耐心地解释:"这不是奇怪的想法,阿峰,我再给你纠正一下,是结了婚的并且有孩子的母亲都会非常注意卫生的。"

听了这话,李振峰恍然大悟。他迅速站起身,拿过外套,犹豫了一下,又伸手从桌上盘子里拿了一只红烧鸡腿,边啃边往外走:"妈,爸,我下回再吃,我出差去了。"

两位老人还没完全反应过来,门已经被李振峰顺手关上了。

陈芳茹哀怨地看了眼李大强："都怪你当初同意他当警察。"

李大强赶紧赔笑："算啦，翻旧账不太好吧！再说了，儿子不是干得挺好的嘛！还有啊，老婆子，你看，咱家阿峰突然关心起厨房来了，那说不准可能是好事哦。"

"好事？"

老头神秘兮兮地笑了笑："天机不可泄露。"

"你是想说阿峰终于有女朋友了？"老太太瞬间转怒为喜，"那太好了！我终于可以当奶奶了。"

萝卜推开家门，一股陌生的冰冷感觉扑面而来，他深吸一口气，打开灯，看着眼前昏黄的灯光，又看看四周，时空就好像凝固了一般。他的心里空落落的，一时不知道该做些什么了。

在这套房子里，满打满算萝卜和母亲一起生活了十二年。可以说，过去的记忆几乎填满了房间里的每个角落，但自从母亲走后，这一切都已经不存在了，他再也找不到以往家的感觉了。

无力地跌坐在沙发上，萝卜伸手把兜里的手机和钱包，还有钥匙串、工作笔记等一些杂物一股脑儿地拿了出来丢在茶几上。以后自己要长住在这里，一切也会重新开始。或许自己会回到清河派出所去，依旧每天在值班和出警中度过，直到退休为止；也或许，自己会辞职，找个地方躲起来，什么都不想。反正母亲走了，这个世界上属于自己的东西或许就只剩那一点对寻找父亲的执念罢了。

其实，萝卜心里已经做好了足够的思想准备，父亲是不会回来了,就在当年的那个雨夜,父亲被几个黑衣人绑走了,至少母亲后来就是这么对警方说的。

突然,他站了起来,转身看向墙上悬挂着的那个相框,照片里,母亲的脸上看不出一丝表情,就好像那张脸并不属于她一样。罗卜知道自己脑海中对那次雨夜后的记忆有些缺失,但是有一点他很清楚,就是自己趴在母亲背上向后看去的时候,父亲是面对着他的,他根本就不记得有什么黑衣人出现。包括在公路边等车,母亲也是很平静的,平静到甚至有些不耐烦,嘴里不停地说着很快会有人来接我们,我们马上就能离开了……

罗卜死死地盯着母亲的脸,拼命地回忆着那个雨夜所发生的事。虽然他的记忆只是碎片,但是父亲嘶哑的呼唤声却好像一只无形的大手硬生生地在撕扯着罗卜漆黑的记忆——英子,回来!英子,你在哪儿……

冷汗瞬间从额头渗了出来,罗卜紧锁双眉难以置信地看着照片中母亲凝固的表情,摇摇头,嘴里咕哝着:"妈,你为什么骗我?为什么?告诉我,那天晚上到底发生了什么?"

罗卜很肯定,那天晚上根本就没有什么黑衣人,母亲撒谎了。

突然响起的手机铃声把罗卜从痛苦中拽了回来,他看着跳动的蓝色屏幕,脸色一沉。

"找我有什么事?"

"我们该见面了,你不是很想和我见面吗?"虽然对方并没有笑出声,但是罗卜能很清晰地感觉到对方声音里那丝调侃和戏谑的味道。

"时间？地点？"

"就现在，我在石头岗等你。"对方回答。

"石头岗？"罗卜脱口而出，这可是个很陌生的名字，"我没去过那个地方，在哪？"

电话那头是一声重重的叹息："那曾经是你的家，你不记得了吗？"

"我，我不记得了。"罗卜心中有些莫名的慌乱。

"你打个车到姚湾路口，然后向左步行八百米左右，你会看见一片树林，我就在树林里等你。"

"明天白天不行吗？"

一阵刺耳的笑声响起："怎么了，你怕了？小屁孩，你不想知道当初你父母之间到底发生了什么事吗？要想知道的话，就赶紧过来吧，机会可不等人。再说，咱们之间也该有个了结了。"

"等等，你不要凶手的照片了？"罗卜突然问道。

略微停顿过后，沙哑的嗓音再度在电话中响起："你不会真的以为我要的是张照片吧？我要的就是你们向社会公开他的名字，懂吗？我要让所有人知道，那个秦方正教授就是个畜生！"

电话旋即中断。

黑暗中，罗卜站起身，脱去警服外套，来到卫生间，伸手打开灯。看着镜子中面色灰白的自己，他不由得轻轻叹了口气。

窗外传来小孩的啼哭声，很快便有女人的声音在轻轻安抚。如今，周围越是有家的感觉，罗卜的心里就越是空荡荡的。

离开家的时候，他把警服留下了，换了一件灰色的夹克，连家门钥匙都没拿，只带了手机和刚够打车去目的地的路费。

几分钟后，正在开往苏川路上的李振峰手机里便接到了一条语音短信，但这条信息的提示音被嘈杂的车内发动机的声音淹没了。

远处，天空中漆黑一片，夜风乍起，仿佛有无数个精灵震动着翅膀正向天边飞去。

晚上6点35分刚过，苏川的街头下起了雨。

老城区的街道纵横交错，地面几乎都是用青石板铺就的，雨水顺着屋檐滴落在石板上，发出了沙沙的声响。

李振峰把车停在弄堂口，和苏川市局的同事一起走进了低矮的巷子里。沿街两旁都是老式民房，路灯昏暗，空气中充斥着青苔和松树的气息。

苏川到处都是松树，而安平却是三面环海。各有各的特点。

秦爱珠的家就在巷子尽头的那棵塔松旁。

"你们苏川好多松树。"李振峰环顾四周，感慨地点点头。

"不奇怪，我们苏川人都好静，平时就喜欢读个书，哪像你们安平，年轻人多，蛮有活力的。"同事微微一笑，伸手指了指前面的青灰色平房，"就是那里。"

"秦爱珠一个人住？"李振峰问。

"没错，我刚才不是说了吗，我们这个城市虽然离你们安平不远，但是年轻人不喜欢，可能是嫌太沉闷了吧。"苏川同事回答，"就连当年的秦方正教授也是早早地就从苏川出去了，自打读书后就很少回来了。"

"姜海那时候在你们这里的口碑怎么样？"李振峰问。

苏川的同事听了，讪讪地笑了笑："我还真的不是很清楚，不过在来之前我特地查了这孩子。他是被收养的，弃婴，收养人就是秦方正教授，只不过在这之前，他一直被秦爱珠带着。我想秦爱珠不喜欢秦方正，很大程度上可能就是因为带孩子带出来的吧。这年头家里有个孩子可头疼了，不只花钱，还有各种各样的麻烦事儿，更别提当年了，你说对不对？"话说到这儿，同事见李振峰没接茬，突然意识到他可能还没结婚，便哈哈笑了两声，把话题扯开了。

两人在秦爱珠的门前停了下来，听到屋里有脚步声，苏川的同事便轻轻扣了两下门，说道，"秦阿妈，我们是派出所的，麻烦您开下门。"

屋内的光线也不是很好。见到秦爱珠的第一面，李振峰的心里就很不是滋味，眼前这张布满皱纹的脸上，分明写满了对自己这位不速之客的警觉。

"阿姨，我想和您聊聊秦方正教授。"李振峰很有礼貌地将秦方正的照片递到了秦爱珠面前。

秦爱珠默默地把脸转向了另一边，似乎根本就没有听到李振峰说话，更别提看他手中的东西了。

见此情景，李振峰轻轻叹了口气，旋即从公文包里取出了一张从黄教授那里拿来的姜海入院档案上的照片递给秦爱珠："那姜海呢，您应该还记得他吧？"

或许是姜海的名字触动了秦爱珠的内心，她默默地把头转了过来，却并不看照片，只是盯着李振峰，半晌，轻声说道：

"警察同志,你到底想说什么?"

"阿姨,我这次来找您,也是想帮他,想帮帮姜海。"李振峰索性开门见山,"我相信您是他在这个世界上唯一的依靠了,对吗?"

一听这话,秦爱珠突然目露惊恐的神色,双眼死死地盯着坐在面前的年轻警察,很快,脸上又恢复了平静。她摆摆手,颤声说道:"算了,算了,我知道他早晚得出事。"

李振峰和苏川的同事不由得互相看了一眼,前者点点头,脸上的神情十分凝重。

李振峰继续问道:"阿姨,和我说说姜海,好吗?我知道他从小是在您身边长大的,能和我谈谈当年的事吗?"

"不!"秦爱珠猛地从椅子上站起来,脸色苍白,片刻后又颤颤巍巍地坐了回去,"你告诉我,他是不是出事了?"

李振峰凑上前,专注地看着秦爱珠的眼睛:"阿姨,这孩子真的是秦方正教授的孩子,对吗,不只是收养关系?"

听了这话,秦爱珠瘦弱的身躯猛地一震。她转头看向李振峰,昏暗的灯光下,那张近乎扭曲的布满皱纹的脸竟然满是泪痕:"警察同志,你不用怀疑,姜海就是秦方正的私生子。他母亲叫姜美兰,早就死了,在这孩子六岁的时候就没了。就在村头的私人诊所,死的时候身边一个亲人都没有,只有这个野种。诊所那地方啊,你们也知道,条件很差,更不用提抢救了。那时候未婚生子是一件很丢人的事,孩子一个人生活是不可能的,因为不想他被送去福利院,毕竟是我们老秦家的男丁,所以我和我妹妹就把孩子带回了家。我们俩都没结婚,母亲在的时候身体不好,干不了活,我们姐妹俩要养家,高中毕业后就去了纺织厂打工，什么脏活累活都干，就想多挣点钱。"

"那姜海的户口是秦方正帮他上的吗？"李振峰问。他知道秦爱珠虽然是姜海的姑妈，却没办法给姜海上户口。

"是他爸给上的，但是以收养的名义。"秦爱珠的语气中带着一丝鄙夷，"那时候我们老秦家因为出了第一个大学生，在村里还是有点头脸的。请支书他们吃了顿饭，证明就打出来了。本来报的是姓秦，也算是认祖归宗，结果呢，那混蛋死活不干，最后没办法就只能让孩子随了他妈的姓。"

"那孩子外婆家怎么说？"

秦爱珠苦笑着摇摇头："年轻人，那么丢人的事儿，在我们这地方，无论过去多少年都会被人戳脊梁骨的，更别提那孩子脑子还有点不对劲。所以，他们根本不会承认小海的存在。"

说到姜海，秦爱珠的眼中又一次闪现出泪花："那时候的秦方正考上了安平大学，正是春风得意的时候，对这个孩子根本就不上心，还嫌孩子丢人。刚开始那几个月他还会偷摸着回来看两眼，到后来索性不看了，再后来更是连生活费都不给了，甚至还埋怨我们姐妹俩为什么要揽下这盆脏水。我们听了这话以后心里那个气哦，但我们也不能把孩子扔出去吧。后来，秦方正读博士了，也结婚了，妻子叫徐丽，也是我们苏川人，书香门第，听说嫁妆给了很多，那个婚礼办得很有面子。那年头啊，知识分子很吃香的，更别提是博士了。我和我妹妹却因为这个稀里糊涂的拖油瓶被弄得里外不是人，流言蜚语四起，妹妹还经常抱怨说行了好心却没好果子吃。

"后来，我也不愿意再继续当这个冤大头了。那个时候秦方正已经结婚了，反正名义上孩子也是他收养的，我就索性直接把小海给送到了安平。"说到这儿，秦爱珠的目光中闪过了一丝狡黠，"孩子是他秦方正的种，这也算是物归原主吧。我没问他要抚养费就已经不错了。"

"对了，阿姨，小海最初的户口是随您这边吗？"

秦爱珠摇摇头："户口是落在村里的，是集体户，因为秦方正的户口迁走了，说是将来会过来把孩子的户口也迁走，鬼才信！"

"那小海是什么时候出生的？"

"1985年的腊月初八。"秦爱珠回答，"我记得很清楚，因为那年城里的电影院正好在放映一部电影，挺有名的，叫《城南旧事》。"说着她的眼中掠过一丝遗憾。

李振峰却愈发感到蹊跷，姜海进入仙蟊墩精神卫生中心的时间是2006年，也就是说那时候他已经成年了，为什么用的却是未成年身份？

"阿姨，小海出生的日子您确定是吧？"

秦爱珠摇摇头："当然确定，他出生的日子还是我记下来交给秦方正的，他要到大队里开证明去镇里办收养手续。等等，"她突然意识到了什么，顿时愤怒起来，呼吸也变得有些急促，"难道说小海到现在还没有正式入户口？"

无声的沉默就是默认。

"这孩子是他的亲生儿子，他怎么这么狠？这还是人吗？"秦爱珠一字一顿地骂道，"他赌博打老婆我都听说了，我也只当不知道，毕竟他是我的本家兄弟，被乡里乡亲骂也是带了边儿的，拐不出一个胳膊肘的距离，丢人。本以为他能好好待小海，毕竟这孩子可怜，从小就没妈，真没想到……太过分了！简直就是畜生！"

苏川的同事生怕秦爱珠的身体出问题，赶紧上前劝慰，并端了一杯水递过去："阿姨，阿姨，别生气，事情都过去了，想开点。"

见秦爱珠喝了水，情绪稍稍缓和了些，李振峰这才接着问："阿姨，我还有两个问题想请您尽量帮忙回忆一下。"

秦爱珠点点头，声音异常沙哑："警察同志，你尽管问。"

"您是发现小海不对劲了，才把他交给他父亲抚养的吗？"李振峰目不转睛地看着秦爱珠的脸。

果不其然，秦爱珠微微皱了皱眉，右手下意识地抓住了自己左手上臂，目光从李振峰的脸上移开了。

李振峰苦口婆心地劝说道："阿姨，都这个时候了，您还有什么顾虑吗？我知道您对小海有感情，当初，您为了他宁可终身不结婚，多大的压力都扛过来了，为什么在小海开始明白事理懂得感恩的时候，您却甘愿放弃他？更何况您明知他父亲根本不够格，您还是坚持要这么做。阿姨，您心中的苦衷，压抑了这么多年，也该放下了。只有您真正放下了，或许才能挽回小海错误的人生。"

秦爱珠泪目，久久地注视着茶几上那张姜海的照片，点点头，颤声说道："我不是有苦衷，我是害怕。这孩子，好像特别懂事，又特别有主意，我根本就猜不透他的心思。最初的时候，他只是把我养的一只看门的小狗给剁了脑袋，接着，便开始对我养的鸭子和鸡崽子下杀手，一个都不能幸免。我开始还以为家里进了黄鼠狼，结果……直到那天，我没有出门，故意躲在房顶平台上，我就看到他淡定地走进鸡棚，一阵鸡的惨叫声后，他兴冲冲地走了出来。他离开家后，我立刻就去了鸡棚，果然，刚买的十只小鸡崽子，都被他掐死了。

"我妹妹说他疯了，我本来不信的，后来亲眼见到这一幕，我知道必须把他送走了。他爸爸是个心理医生，又是个知名度那么高的博士，肯定有法子。再说了，我们毕竟不是孩子的父母，给不了他爹妈能给的东西。小海最初的时候是在村小上的学，后来到了升初中的年纪，却因为没心思上学就辍了学。我们文化程度又不高，做不了他的思想工作，这一来二去就耽误了下来，小海成天在村里晃。我本来还在犹豫是不是该让他回到自己父亲身边，毕竟那会儿他已经十八岁了，村里又老催着家长把孩子领回去办身份证，秦方正却老是找借口说工作忙。直到孩子成年了，我亲眼见到这么诡异的举动后，才终于下定了决心。那时候我对秦方正说，我什么都不要，就只有一个条件，好好善待小海，因为他病了，我相信他的本性是不坏的。本指望他跟了父亲以后，能让他过上正常人的日子，我真是做梦都没想到，他父亲在三年后就亲手把他送进了精神病院，还一次性缴了三十年的钱。把他送到那地方去不等于给他判了死刑吗？这畜生不如的东西！"说到最后，秦爱珠几乎咬着牙嘶吼。

"您是怎么知道他被送进精神病院的？"李振峰轻声追问道。

秦爱珠投向李振峰的目光里充满了哀怨与心痛："不瞒你说，警察同志，我放心不下这孩子，毕竟是我一手带大的，我打算去城里看他，结果他们家保姆说他已经不在家里住了，搬走了。我问秦方正那混蛋，他后来承认了，说把孩子送去了精神卫生中心，据说还托了人。我不能和他吵架，我心脏不是很好，我要了地址去了精神病院，却没有勇气进去。你知道吗，我是哭着走的。这孩子太可怜了，我却无能为力啊……"

说到这儿，她突然问道："小海是不是出什么事了？"

"阿姨，没有，您别多想。"此时，李振峰不由得心里一沉，看来姜海在少年时期就已经患上了由生理遗传所造成的精神障碍，如果那时候他父亲能够及时地对他进行心理治疗并加以药物治疗的话，也许他还能成为一个正常人。

临走的时候，李振峰转身问："阿姨，您还有姜海的其他照片吗？"

秦爱珠皱眉想了想，随即转身从架子顶上拿出了一个铁盒，铁盒里装满了各种杂物。在最底层的地方，她小心翼翼地找出一张珍藏的五寸照片递给了李振峰，哆哆嗦嗦地说道："这是一年半以前小海寄给我的照片，那是他最后一次给我来信，说自己快结婚了，说会把我接到安平去住，照片中的女孩是他的未婚妻。你看看，警察同志，小海现在长得多高啊，不过还是瘦，太瘦了，他说他现在开了公司，生活很不错，身后那套大别墅就是他刚买的……"

李振峰接过照片，不由得长长叹了口气，照片中的男人正是自己在菜场门口见过的人。而这张照片上有明显的拼接痕迹，显然，姜海在用假象安慰秦爱珠。

"那信封您还保存着吗？"

秦爱珠转身从铁盒里找出一封信递给李振峰："就这个。"

经秦爱珠同意后，李振峰借走了那封信，并用手机翻拍下了她那张珍藏的照片。临走时，他忍不住又问了秦爱珠最后一个问题："阿姨，小海是不是很喜欢白兰花？"

秦爱珠满脸惊愕："你怎么知道？小海的母亲美兰家当年就是村里专门培育白兰花盆景的，如果不是后来出事，可能现在已经很富有了吧。唉，不瞒你们说，警察同志，美兰也是个苦命人，脑子不好使，从小就被家里人嫌弃，在村里就和我们谈得来。对了，看我这记性，警察同志，小海的手，现在找医生治好了吗？"

"手？"

秦爱珠脸上露出了一丝歉意："这孩子十四岁的时候，有一次因为偷东西，我妹妹罚了他，把他吊在房梁上，时间久了些，后来他的左手就不听使唤了。我把他送去安平的时候，还专门跟秦方正提过这件事，叫他一定要找医生给孩子治手，不知道他有没有做。他答应我了。"

李振峰的胃里突然有些不舒服，他小声问道："阿姨，如果不治的话会怎么样？"

"可能会截掉吧，我听镇里的大夫说过，他手上的神经好像出了问题，总是有炎症消不下去……"秦爱珠絮絮叨叨地关上了房门。

"截肢？"苏川同事不解地问道。

李振峰摇摇头，咕哝了句："走吧，我今晚还要赶回去。对了，她知道秦方正已经失踪多年的事吗？"

苏川同事的回答有些出乎意料："当然知道，不过她没有再继续追问下去，似乎已经不在意了。"

李振峰有些吃惊，回过头看了看紧闭的门板，斑驳的木纹纵横交错，就好像从来没打开过一样。

临上车的时候，李振峰又一次戴上手套取出公文包中的那封信，为了避免进一步污染，把它们装入了防水证据袋，回去后留给小九查指纹和DNA用。这个案子非常复杂，自己总要做好最坏的打算。

在赶回安平市的路上，夜风徐徐吹进车内，李振峰的脑海里清醒了许多。

姜海根本就是一个影子，一个对自己的父亲充满渴望却又渗透着无尽恨意的影子。按照秦爱珠所说的年纪来推算，姜海离开苏川来到安平的时候就已经年满十八岁，三年后被送进精神卫生中心的时候是二十一岁，那时候的他分明就是一个思想成熟的成年人。想想他能在恨意中忍耐八年时光，每天面对的又是精神病患者，李振峰不由得浑身哆嗦了一下。

前方路标显示离安平还有十公里。

李振峰按下手机免提键，拨通了丁龙的电话："你在情报中心吗？"

"没错，正在核对监控。"丁龙回答。

"你马上帮我找一个叫姜海的人，看看他有没有最新的住址，孟姜女的姜，大海的海，应该是八年前补办的身份证，我们安平市户籍，目标锁定为年龄在四十岁上下的单身男士，对照照片我马上发给你。"说着，他便将刚才用手机拍的照片发了过去。

"收到了，李哥，马上进行处理。"

"同时和户籍档案中的最新照片一起，分别拿给朝阳菜场水产摊位的摊主以及莲花苑小区凶案的目击证人辨认一下，看看能不能确定。记住，务必两张都给他们看。"李振峰想了想，接着问，"罗卜呢？他在不在单位？"

"罗警官很早就走了，应该是回家去了，"说到这儿，丁龙压低了嗓门，语气也变得凝重起来，"李哥，你到底跟他说了什么？我看他走的时候脸色很不好。"

"没什么，尽快找到他，照片也记得给他辨认一下，他见过凶手，也是证人之一。"李振峰挂断了电话，转而联系上了还在实验室赶报告的小九。

"小九，我这儿有个活儿，需要从一封信，包括信纸和信封上提取DNA和指纹，你可以接吗？"

小九爽朗的笑声瞬间传了过来："李哥，咱就是干这个的，你这么说不是小瞧兄弟了吗？"

"有点难度哦，那可是一年半以前的东西，而且接触过好几个人的手了。"

"没问题，有没有比对样本？"小九问。

李振峰平静地回答："咱们手头这个白兰花系列案件。"

"好，我等你消息。"电话随即被挂断。

就在这时，李振峰无意中瞥了眼手机提示页面，上面显示

311

有一条语音信箱留言。于是他随手按了播放键。罗卜沙哑的嗓音顿时在车里响起来：

李哥，是我，罗卜。

当年的案子，凶手应该就是秦方正教授，这是那人亲口跟我说的。我知道他不会骗我，而他利用我的目的也已经达到了，正如你所说，他就是要秦方正教授身败名裂。他说出去的话没人会信，但是我们却不一样。

谢谢你，李哥，你的苦心我明白，这段时间真的给你添麻烦了，对不起。我就要去见他，他要我和他见面，这是难得的能够抓住他的机会，如果我失败了，那也没关系，我和他之间有些事情也确实是该了结了。我妈的事，我放不下，对不起。

我把警服留在家里了，以防万一，我怕弄脏了，还有我的工作证和工作笔记。李哥，如果我回不来了，麻烦帮我把它们打包一起交给郑所，告诉他我辜负了他对我的期望。大恩大德只能留着下辈子再报。

李哥，我承认我有时候很胆小，也很容易冲动，遇事不够成熟冷静，以前的我总是逼着自己去做一个内心强大的人，因为那时候我妈身边就只有我了，所以我必须坚强。现在想来我确实不是一个合格的刑警，但是我会努力，如果人生还愿意给我一个机会的话，我一定不会给我爸丢人。

再见，李哥，等我的好消息吧！

李振峰惊愕地看着自己的手机,他不敢相信自己刚才所听到的是罗卜发出的留言。迟疑片刻后他又按下了重播键,但事实就是事实,听着扩音器中罗卜沙哑的声音和最后那一声苦笑,李振峰立即拨打了罗卜的电话,可是传过来的却是"您拨打的电话已关机"!

这个时候他会去哪儿?如果我是凶手,如果我是姜海,我会去哪儿?

李振峰的脑海里飞速搜寻着自己曾经找到的各种疑点。他知道,只要是人,就会有人性上的弱点,姜海也逃不过。他之所以挑中罗卜,很大程度上就是因为罗卜和他的经历有着非常多相似的地方。姜海从小就是一个被忽视的孩子,他陪在精神受过严重刺激的母亲身边,日子自然不会好过,他虽然恨自己的母亲,但是他离不开她,他要生存。同样的道理,罗卜也知道母亲对自己的隐瞒,所以等他一有能力独立生存的时候,他就选择了当警察,和自己记忆中的不被允许提起的父亲一样做了警察。赵晓楠不是说过吗——对你最好的爱,就是把自己活成你的样子。

所以,如果我是姜海,我要给予罗卜重重一击的话,就要打碎他曾经最重要的依靠,也就是他的母亲和他的童年,告诉他当年到底发生了什么。

姜海为什么会知道?因为他和秦方正一起生活过三年多,儿子对父亲的崇拜是刻在骨子里的,所以秦方正一定留下了什么东西让姜海看到了,杀了王秀英后,他就成了唯一知道当年真相的人。而这个真相,或许会彻底毁掉罗卜。

李振峰猛地踩下油门,同时又联系了指挥中心:"丁龙,放下手头一切工作,马上找出宋克宇当年的家庭住址,要快,我现在就赶过去。"

　　这个季节的海边夜凉如水,一辆警车正沿着公路向郊外疾驰。

第九章 轮回

所有的事物都是谜团，
而解开一个谜的钥匙，就是另一个谜。

我听到了由远而近的脚步声从身后传来,虽然面前一片漆黑,但是我什么都不怕。

我知道你正在向我走来,唱着歌走近我身边。

你从来都不允许我叫你父亲,你说那会脏了你的耳朵。你说我跟我生母一样肮脏,所以你一根手指都不会触碰我,因为那会让你觉得恶心。

黑暗是我唯一的伙伴。

我想和你对抗,我必须和你对抗,只要我有那该死的机会,我就会取下你高傲的头颅。

我突然想到了,你虽然死了,但是我不需要你的姓,也不需要你的财产,那些都是你的东西。

我知道我的机会在哪了。

我要把你的名声一股脑儿地倒进那该死的下水道,把你永远地钉在耻辱柱上,让人看清楚你肮脏的内心世界,让你看看什么才叫真正的黑暗!

这是打败一个死人最彻底也最有效的方法,尤其是一个傲慢的死人。

现在，我只需要等待另一颗棋子。我双腿交叠坐在石头上，双手平静地放在膝盖上，闭上双眼，等待着他的到来。

最后一颗头颅。

罗卜看着眼前黑漆漆的树林，他没有一点犹豫，旋即走下田埂，跨过废弃的沟渠，一头钻进了这黑暗的小树林。

和外面寂静的路面相比，树林中却能不断听到树叶被风吹动摇晃的沙沙声。罗卜打开手电，在微弱的光中环顾四周，终于，目光在林中不远处的一块石头上停了下来。那里正坐着一个人，背对着自己，纹丝不动。

罗卜一点都不害怕，径直走上前："我来了，你说吧。"

那人抬头看了看漆黑的天空，这才转过身来，看着罗卜："我喜欢黑暗，你呢？"

"黑暗和光明只是时间在这个世界上两种不同的表达方式罢了，我无所谓。"罗卜回答。

"哦？像你这样的人，又是警察，应该是喜欢光明才对。光明是正义的化身，不都是这么说的吗？"那人的声音中充满了调侃的味道，"所以这个世界上才有好人和坏人之分，就像现在的你和我，我，坏人，你，好人。"

罗卜笑了，他长长地出了口气："孩子才会区分好坏，成年人绝对不会那么说。"

"那你是怎么定义好坏的？"

"一个人只要没有伤害到另一个人，那他就是个好人；如果他下一秒钟就伤害了别人,那他就是个坏人。所以,好人和坏人之间没有永恒的、固定的界限,关键是要把握住中间那个度。"罗卜回答。

长久的沉默过后,对方轻轻叹了口气,像个孩子似的从石头上跳了下来,掸了掸身上的灰尘,转而笑眯眯地看着罗卜:"走吧,我们边走边聊,我带你去个地方。"

罗卜也不反对,两人随即肩并肩向林子的另一头走去。

身后的树林重新回归于黑暗。

与此同时。

李振峰的手机响了起来,他按下接听键,丁龙的声音传了过来:

"李哥,2014年6月21日,有一个叫姜海的人,姜子牙的姜,大海的海,申报说自己的身份证件丢了,他是在那一天才正式办理的补办身份证手续。他原来的户籍地是苏川市下面的宁西镇宁西村,原来的村委会开出了弃婴证明,时间是2002年9月,收养人是秦方正,收养地就是宁西镇的民政单位。同时,还有一份仙蠡墩精神卫生中心八年前开出的出院证明,上面还有他入院时的申报资料和收养证的影印件,法定监护人一栏写的也是秦方正。"丁龙接着说道,"我补充一下,十年前我们沿海的苏川、安平和长桥三市就可以联网补办身份证件了,所以这个姜海不用回苏川去补办身份证。"

李振峰额头上渗出了汗珠。

"电脑中比对过了,两张照片除了年龄不一样外,其他几乎一模一样。"

"他现在从事什么职业？"李振峰问。

"在市区开了一家电脑维修公司，还没有员工，有时候也会为小区的物业监控等设施提供上门维修保养服务，生意还不错。"

李振峰脑海中突然闪过黄教授的话："他户籍中有登记新的家庭住址吗？"

"还是原来的，没有新住址，只有公司地址，但是他有个买房记录，地址就在他的公司附近，因为买的是小产权房，没有房产证，五年内暂时无法过户，所以只是做了备注。但这是他除了公司地址外的唯一有效住址。"丁龙回答。

"对了，小区的物业监控不都是有专门的公司负责保养和维修的吗？怎么会让社会上的人员插手？"

丁龙叹了口气："还不是预算在作怪？谁都想省点钱，既然都能达到目的，那干吗不找一个又能省钱、活儿又干得漂亮的乙方呢，你说是不是？"

李振峰哑口无言。

突然，他心中一震，记忆深处一个模糊的身影逐渐在脑海中变得清晰可辨。

"丁龙，莲花苑，莲花苑凶案现场死者嘴中发现的照片，死者跪在地上，双手上举，托着的小黑板上最后一句话是怎么说的来着？"

"你说过会保护我的。"

李振峰的呼吸瞬间停止了，他终于找到了自己和凶手在时间和地点上的交汇点。八年前发生的那一幕，和一周后新闻中那场可怕的燃烧着的大火，恍惚间，李振峰的面前似乎又一次出现了那个跪地哀求的女孩，是自己给了她希望，却没想到一周后她就被人活活烧死在街头。女孩走后，同学劝过自己，说自己做不到的话就不要轻易向人承诺，不然的话，会终身后悔。他做梦都没有想到，八年前自己无意中的冲动言语，不只是给自己留下了无法弥补的痛苦，自己的人生轨迹也因此发生了改变。

"天桥派出所！"他喃喃念道，经办人名字一栏中盖的就是自己同学华天的签章，也就是说，当时在挤满人的大厅里，自己与八年后的凶手只是咫尺之遥。姜海记住了李振峰，这八年来，他或许都在谋划，在为如今这一切做准备。整整八年，他一天都没有忘记过，八年后，姜海终于有了实力并且找到了向李振峰报复的机会，一个彻底毁了自己的父亲秦方正的机会。他就像一只在地底下等了几乎一辈子的蝉，破土而出的那一刻，终于实现了自己的愿望。

这才是他真正的犯罪动机！

深深的内疚感瞬间包裹住了李振峰的内心，他知道当年刚走出精神卫生中心的姜海是多么孤立无助，尤其是他已经去了好几趟派出所，又碰了钉子。也就是在那个时候，他肯定看见了自己对受害女孩的承诺，以为终于有了倾诉的机会，谁承想，一把大火让他重新认清了现实。姜海的内心肯定非常失望，而这样的失望已经不止一次。其实在他心中，他很想成为他父亲那样的人，这样的动机在他所有的动机中占据最高位置，所以，他才会那么渴望去控制受害者的头颅。

"李哥，罗警官手机信号最后出现的地点也是姚湾附近，我把坐标发到你手机上了。我马上派人跟你过去。"

"同时派人去姜海公司和现在的家里，要快！"

"明白。"

丁龙挂断电话后，身边坐着的值班员李萍萍看看他，忧心忡忡地说道："丁龙，李队他们能救回小罗吗？"

丁龙叹了口气："应该能吧。"

"唉，太莽撞了。"

"萍姐，第一次在食堂看见他的时候，我就觉得这个人的眼神里有故事，因为他太冷静了，和以往来我们单位的年轻孩子很不一样，他的眼神就像个四十岁的中年人。但是现在发生的这件事又让我有些弄不懂了，这莽撞劲儿跟个孩子一样，可能他的心事确实是太重了吧。"丁龙回答。

窗外，安平路308号大院内警笛声骤然响起，警车鱼贯而出，径直向黑暗的城市驶去。

穿过黑暗的树林，眼前就是一片大海，从斜对面的过道上去就是一道石梁，石梁很高，有将近五米，穿过去便是一片依山而建的村庄。此时，远远看去，村庄里还有星星点点的灯光。

"那就是你曾经的家，不过房子都已经荒废了，村里大半的居民也都迁走了。"姜海幽幽说道，"我这人一向恩怨分明，我也不想让你带着遗憾走，所以你想问什么就尽管问吧，我都回答你。"

"我爸在哪儿？他还活着吗？"罗卜颤声问道。

姜海一阵冷笑："早死了。"

"谁杀了他？为什么？"虽然早就猜到会是这么一个冰冷的结局，罗卜却还是忍不住想探听真相，"是不是秦方正？"

姜海一阵冷笑："我倒真的希望是那个畜生干的，但可惜，凶手并不是他。"

"你怎么这么确定？案发时你又不在。"

"伟大的秦方正教授有个非常优秀的习惯，那就是他喜欢写小作文，记录自己平日里各种疯狂的所思所想，以及听到的和看到的，那简直不要太详细了。而恰好，那个时候，秦方正作为警方的心理顾问，曾和凶手谈过一次话，就在那次谈话过程中他知道了真相。"姜海转而看向罗卜，脸上的表情被夜晚的黑暗吞噬得一干二净。

罗卜呼吸急促，他凑近一步，又一次问道："凶手到底是谁？动机是什么？"

"凶手就是你母亲！"姜海的声音沙哑而又坚定，他也同样在观察罗卜脸上的表情，似乎生怕自己会遗漏掉这个世界上最完美的"表演"。

"动机！动机！"罗卜低吼道，"没有动机就是胡说八道，我妈这辈子最爱的人就是我爸，她怎么可能杀了他？"

不远处，海浪拍打着沙滩，波涛汹涌。

姜海听了，发出连连的啧啧声："爱和冲动导致的误杀是两个不同的概念，是完全可以并存的。你母亲的性格非常强势，甚至到了偏执的程度，你父亲却是个好好先生，什么都宠着自己老婆，我想啊，这也有可能是因为他是警察吧，照顾不了家庭，自然就对你母亲很愧疚了。事情总是有个因果之分的，就你父母身上发生的悲剧来看，只因为不知道你父亲是个卧底，而你父亲介于职业和个性使然又不能解释太多。所以呢，事发那天晚上，你母亲和你父亲吵架了，她甚至动手打了他，和以往多次一样，理由很简单，她偏执地认为你父亲在外面有了情人，背叛了家庭，背叛了你们娘儿俩。伟大的秦教授在那里备注了这么一句话——这个女人有很强的攻击性，非常危险——她认为你父亲背叛了家庭，所以一气之下就抱着你跑了，你父亲去追……"

"追？我爸根本就没有追我们，我听得很清楚。"罗卜反驳道。

"可怜的孩子，你的记忆被外界严重干扰了，再说了，那时候你才八岁。"姜海又是一阵带有嘲讽的笑声，"根据你母亲的讲述，你父亲当晚还是去追你们了，就在前面那片林子里。那女人一时冲动，也不排除是产生了幻觉，拿了块石头砸向你父亲，没想到砸到了你父亲的脑袋，然后你父亲就死了，事情就这么简单。"

一股强烈的窒息感紧紧地锁住了罗卜的咽喉，他拼命去撕扯，却什么都没有抓到，只能任由眼泪无声地从眼角滚落。他突然明白了母亲为什么在事发一个多月后经常会背着自己偷偷去医院看病，然后拿回了很多很多的药，藏在柜子的顶上。他瞒着母亲看过那些药瓶，上面的标签虽然被撕掉了一大半，但是有个名字却被遗漏了，也就此被深深地刻在了自己的脑海里——艾司唑仑。

原来真相早就在自己面前。

姜海接着说道:"你母亲后来找人帮忙偷偷处理了你父亲的尸体,但是我想她肯定把你父亲的尸体藏在什么地方了,不然的话,警方绝对不可能找不到尸体的下落。伟大的秦方正教授曾经想过,尸体是不是被丢进海里去了,他查了那几天的水文报告,但那样的潮水下,尸体是飘不远的,所以不是埋了就是烧了,你说对不对?你好好想想,你母亲有没有经常去一个地方?"

"你什么意思?"罗卜警觉地问道。

"秦方正那本小作文中是这么描述你母亲的,"姜海清了清嗓子,接着说道,"'这个女人的眼中看不到泪水和自责,只有希望和幸福。'你能明白这句话吗?"

"我,我不知道。"罗卜摇摇头。

姜海的声音突然变得像秃鹫一样尖细刺耳:"很简单呀,傻孩子,你刚才都说了,你母亲很爱你父亲,爱到极致也就会恨到极致。她不知道你父亲是卧底,她赌气抱着你离开,却因为冲动而误杀了你父亲,我相信她是痛苦过的,但是后来为什么这么快就能为自己找到另一个情感定位呢?很简单,因为爱得太深,所以更不愿意去面对残酷的现实,这是情感中的回避规律。所以,她藏起了尸体,这辈子,她都能拥有你父亲了。我想啊,她如果最后时刻能见到你的话,一定会要求你让她和你父亲合葬,可惜的是,她没有这个机会了,难道不是吗?"

安平花桥镇思静堂32号!

罗卜无力地瘫坐在沙滩上,垂下头,陷入了沉思:能够叫思静堂这个名字的,不用问就是骨灰堂。她后面撒的谎完全是为了掩盖自己犯下的杀人罪过，希望人生能够重新开始，但是她一辈子都走不出去了。

难怪自己第一次穿上警服的时候，母亲目光中流露出的不是幸福，而是恐惧。

"好了，你的问题我都回答了。"姜海的声音冷不丁地把罗卜拉回了现实，"你现在站起身。"

罗卜猛地抬头，一支黑洞洞的枪口正对着自己的脑门。他平静地站起来，怒视着姜海："你想杀警察？"

"不，你是投海自尽的。你因为父母双亡，受不了打击，得了抑郁症，所以自杀了。这里是你的出生地，尘归尘土归土，看，结局多完美。你必须得佩服我有这么好的艺术天赋。去吧，去吧，大海就在那边，别想着跑，我这枪可是上了膛的。"姜海笑嘻嘻地说道。

罗卜虽然是基层派出所警察出身，但是他不止一次摸过枪，更不用说这支枪离自己这么近了。眼前这支枪绝对不是玩具枪，而且他也相信最后这家伙肯定会朝自己开枪，以确保万无一失。

但是现在夺枪的话并不是什么明智之举，因为他都能闻到枪管所散发出来的特有的铁锈味道，这是一把自制枪。

罗卜慢慢地站起身，转身向漆黑一片的大海走去。海浪声离自己越来越近，他深深地吸了口气，一步步踩在沙滩上，他竟然感到了从未有过的轻松。

距离在逐渐缩短，咸咸的海风也把罗卜包裹了起来，一如当年母亲抱着自己冲入瓢泼的大雨中。父亲沙哑的嘶吼声在他耳畔响起，罗卜默默地闭上了双眼，终于，恍惚间他看到了记忆深处那被自己藏起来的一幕——父亲倒在地上,母亲跪在旁边抱着父亲的尸体痛哭。

突然,身后传来了一声熟悉的嘶吼,紧接着便是扭打在一起的声响。"啪——"清脆的枪支走火声让罗卜猛地从幻觉中惊醒,他回过头去,看着地上扭成一团的两人,一股震撼的力量让他的泪水夺眶而出——李振峰和姜海在拼命搏斗。

"蠢货,快来帮忙啊!"李振峰冲着罗卜愤怒地催促道,"老子不会打架!"

罗卜赶紧冲了上去,就像一头发怒的老虎。

警灯闪烁,沙滩上满是赶来的警察。

海风阵阵,李振峰累得瘫倒在沙滩上。看着天上无边无际的星空,他突然鼻子一酸,泪眼蒙眬。此刻的他终于明白了安东的心情,不由轻声喃喃道:"兄弟啊,好好去吧,谢谢你!下辈子我们还是兄弟!"

不远处,海浪拍打着沙滩,海鸥鸣叫着划过天际,新的一天很快就要开始了。

两天后。

阳光明媚的早晨,李振峰依旧坐在银杏树下的花坛上。他仰着头,闭上双眼享受着这难得的晨光。

"早啊。"赵晓楠笑眯眯地看着他,"听丁龙说你也会打架了。"

李振峰摇头苦笑:"被逼的,救人要紧,那节骨眼上我要不冲上去,那傻子说不准就真的跳海了。"

赵晓楠在他身旁坐了下来:"小九说在那封信的信纸右下角

发现了两枚姜海的右手指纹，分别是拇指和食指。最有意思的是，信纸上居然查出了姜海的DNA，而且鉴定组那边也指出了其中几个钢笔字有墨迹模糊的迹象，不排除DNA的来源是泪水。我不明白，这种人怎么会有泪水？"

李振峰叹了口气："尽管他说出的都是谎言，但或许在那一刻他真正面对自己的亲人时，也曾真情流露吧。"

赵晓楠点点头，把手中的报告递给他："还记得'102室灭门案'中我提到的钝器伤吗？"

李振峰一边翻看报告，一边若有所思地点点头："在苏川的时候姜海的姑妈跟我提到过，这孩子左手受过伤，那天我和他打架时，也觉得他的手有问题，没想到真的换了假肢。"

"我看过他当年的病历，假肢是入院前半年做的，据说是因为耽误时间太久，肢体已经坏死了。"赵晓楠接着说道，"但是我仔细看过他现在的状况，能导致那种截肢程度的，一定是很严重的外伤。虽然已经无从考证是什么样的外伤，伤口处也完全愈合超过十年，但我想这种残疾对于他来说打击肯定不会小，也不排除他的思想从而发生严重扭曲。"

李振峰合上报告，点点头，目光深邃："在姜海的住所搜到了那本由秦方正教授亲笔写下的个人感想，我想，这或许就是姜海唯一愿意从他父亲那里继承下来的东西吧。"

"当年的案子到底是怎么回事？"赵晓楠问，"还有，那些人的下落都有了吗？"

"应该是找到了，四位死者，尸骨都被绑上了铁链和铁丝网，最后再绑上水泥块扔进了东星码头，那本小作文里记录得非常详细。"李振峰看着赵晓楠，嘴角又一次露出苦笑，"你今天应该会接到分局老陈的通知，一旦落实，他就会直接打电话给你。"

赵晓楠茫然地摇摇头："这些没关系，这是我的本职工作。我只是不明白，他为什么要把这些都记录下来？"

李振峰的目光中闪过一丝轻蔑："这位心理学教授本身就是强迫症人格。他出身并不富裕，凭借自己的努力考上大学最后当上了教授，这里面正是超强的自律起到了关键作用，而自律的后果就是强迫症人格的产生，他生怕自己做错事说错话，所以，他记录下了所有的事情。还有就是，这应该也是他对自己所作所为的一种炫耀吧，想想等将来老了，看看自己年轻时做过的每一件事，多么骄傲啊，你说对不对？我想，每天写小作文对他来说就像是教徒在虔诚祈祷，真的是一天都不能落下。"

赵晓楠的脸色有些难看："那四位死者中有一位可是他的女儿，他也下得去手？"

李振峰的声音变得非常空洞："秦晓晓不是被绑架的，是被她父亲勒死的，因为她要去报警。为了掩饰自己的所作所为，秦方正将计就计也报警称自己的女儿被绑架，因为他当时的身份是心理顾问，所以没有人注意到这起混杂在绑架案中的杀人灭口案。而秦晓晓死后，绑架案就终止了。姜海正是因为看到了这段文字，所以才愈发对自己的父亲恨之入骨，而在这之前，他只是恨秦方正把他送进了精神卫生中心罢了。"说到这儿，他叹了口气，"我刚开始的时候，就一直感觉二十年前凶手的所作所为是断层的，我以为凶手是两个人，到后来才明白一切都只是恰好罢了。"

"秦方正的作案动机是什么？"

"当然是钱。他迷上了赌博，但是工资就那么多，走投无路之下就想到了绑架勒索。因为他是心理学教授，经常被各个学校机构请去做报告和座谈会，时间久了，就有了机会。我想，后来把姜海送进精神病院的钱，应该也是绑架得来的一部分赎金吧。"李振峰说道。

"找到他的下落了吗？"赵晓楠问。

"现在还不知道，姜海那边是问不出来了。我导师说，他已经是重度精神分裂了，这都是压抑太久的后果。那本小作文上的时间最后停留在2008年9月14日中秋，记录突然停止，然后他就失踪了。"

正说着，赵晓楠的手机铃声突然响了起来，两人对视一眼，赵晓楠便接起电话："我是……好的……确定吗？我马上来。"

说着，她站起身，神情严肃地说道："潜水员报告发现了四具尸骸，用铁链绑着，身上有衣服，还缠着渔网，老陈说渔网是铁质的，所以尸骸还比较完整。还有，在十多米远处，发现了一辆车，车门车窗都是紧闭的，里面也有一具并没有完全白骨化的尸骸，在水下有不短的时间了。"

"东星码头上一次整修时间已经是三十年前了，"李振峰紧锁双眉，"难道说车里的人是秦方正？"

"他们在核查车牌，目前能确定的是，车牌是属于2010年以前的牌照样式，所以可能性很大。"赵晓楠回答道，"我得去现场了，你去吗？"

"走吧，我开车送你去。"

两人一起向大楼走去。

一周后。

快下班了,李振峰推门走进了马国柱的办公室:"马叔,罗卜呢?怎么打不通他的电话?老郑那边也说没见到人。"

马国柱抬头看了看他:"他有事休假了,说要去处理一些家务事,下个月回来上班。"

李振峰盯着马国柱看了会儿,又低头想了想,突然点点头,笑着说道:"我懂了。马叔,我下班了,回家我会替你向我家老爷子问好的,放心吧。"

傍晚时分,家家户户亮起了灯。李振峰把车停好后,一回头就看见了站在楼栋门口的父亲李大强,赶紧上前招呼:"老爸,叫你别黑灯瞎火站那儿,摔着了咋办?你年纪可不小了。"

老爷子狠狠地瞪了儿子一眼,脸上却满是笑意。

进门后,依旧是一股诱人的饭菜香味。李振峰伸了个懒腰,刚要坐下,突然看见电视机上有个怪异的大信封。

李大强在背后平静地说道:"是寄给你妈的,里面就是几朵花,有我在没意外。"

李振峰一把抓过信封打开,里面是几朵已经干涸发黄的白兰花,除此之外什么都没有。

"凶手不是已经被抓住了吗?别让你妈知道实情。"李大强咕哝着给自己倒满了酒,"算了,先别管了,来,儿子,今天陪你老爹好好喝几杯。"

看着信封里的花,又看看表面上似乎稳若泰山的父亲,李振峰心里不免五味杂陈。

晚上临走的时候,李振峰不动声色地带走了那个大信封,回到单位后就径直去了技侦大队值班室。在等待结果出来的时间里,他在走廊长凳上一遍遍地看着手机,十多分钟后,看着意料之中的结果,他重重地叹了口气。

姜海右手部分掌纹赫然在目,显然,自己的母亲差点成为他的下一个目标。

李振峰给父亲打了一个电话后关了手机屏幕,嘴角不由得露出了苦笑。

第二天一早,天空黯淡,一场阵雨即将到来。

安平花桥镇思静堂的工作人员接待了一位身穿黑衣、面容憔悴的年轻男人,他结清了所有账目并领走了32号骨灰坛。

看着他逐渐远去的背影,工作人员默默地点点头,咕哝了一句:"一路走好。"

海边,天空中乌云散尽,阳光穿过云层洒落在平静的海面上。罗卜坐在礁石上,脚边放着两只空了的骨灰坛,身后就是他出生的地方,一切明明已经不复存在,却又似乎没有改变多少。

手机铃声响起,罗卜按下蓝牙接听键:"喂……"

尾声

在理想与现实之间,在动机与行为之间,总有阴影在徘徊。

隔着2病区的不锈钢隔离栅栏，李振峰看见姜海正木呆呆地坐在娱乐室窗前的藤椅上，看着窗外发呆。

"老师，"李振峰回头看向黄教授，午后的阳光在他的脸上留下了一片红晕，"情况怎么样，严重吗？"

黄教授点点头："他总是跟我提到江鲈鱼，说他妈妈很喜欢吃江鲈鱼。我问他，你吃过吗？他说没有，但是很熟悉那种味道。"

"他的生母在他六岁的时候就死了。老师，我觉得他说的应该不是他的生母。"李振峰眼中飘过一片云彩。

"是的，他说的是他的后母，秦方正的妻子徐丽。我让他做过沙盘推演，"黄教授说道，"徐丽对他很好，但是秦方正心胸狭隘，根本就看不起姜海，也从未真正接受过这个孩子。"

"老师，我一直不太明白他为什么要杀害祁红，难道只是因为祁红当年没有说出真相吗？"

老头轻轻叹了口气："没那么简单，在看完那本秦方正留下的日记后，他找到了祁红。最初，他确实是为了让祁红说出当年的真相，但不幸的是，在和戴佳文的频繁接触中，他找到了情感共鸣。这样的后果是，他所患有的分裂型人格障碍的临床表现出现了偏差，导致幻觉边缘产生了再发性错觉，也就是说，他把祁红看成了别人。"

"谁？"

"可能是他的生母姜美兰，也可能是他的继母徐丽。其实他对徐丽的爱是很尴尬的，辈分上徐丽是他的后母，他得管徐丽叫声妈，但是两人之间却没有血缘关系。姜海跟我说，徐丽经常被秦方正家暴，所以，他一直劝徐丽离开这个世界，就像他的生母一样，离开了就解脱了。我想徐丽应该是得了抑郁症，进而自杀的吧？我这几天一直在听他聊他的后母，感觉症状有点像。"黄教授问道。

李振峰点点头："摸电门死的，是不是抑郁症我不知道，因为已经死了很多年了。"

"他对后母的感情很微妙，所以，他最后一个杀害的是祁红。如果祁红那时候不是拼命反抗的话，或许，还能活下来。"黄教授说。

"老师，你为什么会这么想？"

黄教授轻轻一笑："因为那条江鲈鱼，徐丽生前很喜欢吃，他就一遍又一遍地重复这个动作，其实就是对徐丽的留恋。如果真要我说穿的话，这孩子应该是喜欢上了他年轻的后母。"

李振峰微微皱眉，换了个话题："老师，他知道他的父亲秦方正已经死了吗？"

"知道，他把代表他父亲的人偶放进了海里。我也问过他为什么这么做，他只回答了我两个字——赎罪。或许，他知道自己的父亲最终会走这条路吧，毕竟四条人命，更别提里面还有自己的亲生女儿。"黄教授想了想，又接着说道，"我有一个问题，他一直不肯回答我，你知道答案吗？"

"什么？"

"白兰花，他每次画完画，总会画上两朵白兰花。"

李振峰道："老师，他的生母家里是做白兰花盆景育种的，喜欢白兰花，老家院子里就有很多。"

"原来如此。不过你要小心，他杀死酷似徐丽的吴倩倩时，有白兰花出现，说明他的病更重了。"黄教授点点头。

这时候，两人已经走到了医院门口。

"老师，我还有一个问题，他有没有跟你说起过他和徐绍强说了什么话？就是徐佳的父亲，四个受害者之一。"

黄教授皱眉想了想，随即面露无奈之色，点点头："他只是把那天晚上发生的事情都告诉了徐佳的父亲，最后对他说——你去找你的女儿吧，她很孤单的，这里你就不用担心了，我会帮你报仇的。"

"徐绍强为什么会相信他的话？"

黄教授冷冷地说道："因为他等待了十八年，时间能鉴别一切谎言。他还哭着跟我提到了他的妹妹秦晓晓，要我去救他的妹妹。他说晓晓最后给他打过一个电话，说打算趁着自己的生日去找父亲，劝说父亲改变对姜海的歧视，结果，这一去，就遇害了，他父亲可真是个畜生啊！不过，老天有眼，他最终还是被自己的良心给惩罚了。"

李振峰知道老人动情了，心中不忍，便摸出手帕递给了老师。

驾车离开安平市精神中心后，看着后视镜中逐渐远去的老人的身影，李振峰伸手打开车窗，任由微咸的海风吹拂自己的脸颊。

远处洒满夕阳的天空中，海鸥飞翔，发出阵阵鸣叫。

二楼2病区的娱乐室里，12号病人姜海的目光中带着些许莫名的笑意。他把报纸轻轻放回了桌上的黄色回收篮里，旋转座椅，向后仰靠在椅背上，微微合上双眼。

《惊天旧案：知名心理学专家秦方正教授亲笔日记公开，坦承其身背四条人命，于十四年前畏罪自杀》

他仔细读完了这头版头条，全篇总共12785个字，甚至连标点符号都没有落下。唯一感到不满意的，就是媒体对此事的谴责仅仅停留在人死并不追究的程度上，而不是完全彻底地去揭下那个男人虚伪的假面具，同时封杀掉一切他所谓的学术成果。甚至对当年四名受害者中秦晓晓的死，也都只是轻松地一笔带过。

而那个人之所以能享受如此特殊的待遇，都只是因为他已经死了。

一想到这，姜海便感觉胃里止不住地翻江倒海，不过还好，自己能忍得住。

虽然这篇报道与自己最初的期望还有一定的差距，但姜海很清楚，在这个世界上最不可靠的东西就是人的记忆。要不了多久，社会大众就会忘记这篇报道，忘记凶手的名字，因为即使那个男人再罪大恶极，毕竟他只是个死人，人死了就一了百了。

关键是，姜海会允许这样的情况发生在自己身上吗？

不，当然不会。

想到这儿，他猛地睁开双眼环顾了一下四周，心里嘀咕：这鬼地方，我可不会停留太久的。

仿佛是听到了他内心的独白，坐在对面的8号病人冲着他适时地咧嘴一笑，洁白的牙齿在阳光中显得格外醒目。不过，这干涩而又古怪的笑容很快就随着8号病人不断来回摇晃的上身而变得破碎，对此，周围的人早就司空见惯。

因为8号病人每天要做的事情，就是在人眼前不断地来回晃动，不断地笑。

所以他很容易被人忽视，而被忽视的人，是可以做任何事的。

想到这儿，姜海分明又闻到了一股诱人的白兰花香，花香愈发浓烈，仿佛就在咫尺之间悄无声息地飘荡。他下意识地抬头看着娱乐室窗外一望无际的天空，脸上突然露出了莫名的微笑，嘴里轻声咕哝："妈妈，白兰花开了啊。"